LE SOURIRE DES FÉES

Portraitiste tout en délicatesse et fine analyste du couple sur lequel elle pose un regard aussi tendre qu'acéré, Laure Manel rencontre un immense succès depuis son premier roman, *La Délicatesse du homard*. Suivront *La Mélancolie du kangourou*, *Histoire d'@*, *L'Ivresse des libellules*, *L'Embarras du choix* et *Le Sourire des fées*. Après avoir été enseignante, elle se consacre aujourd'hui entièrement à l'écriture.

Paru au Livre de Poche :

La Délicatesse du homard

L'Embarras du choix

Histoire d'@

L'Ivresse des libellules

La Mélancolie du kangourou

LAURE MANEL

Le Sourire des fées

MICHEL LAFON

ISBN : 978-2-253-07873-9 – 1re publication LGF

Aux vivants pour se croire immortels,
Aux vivants pour se savoir mortels,
À tous ceux qui les aiment,
À tous ceux qui les soignent

Quand je regarde ma vie et sa couleur secrète,
j'ai en moi comme un tremblement de larmes.
Comme ce ciel. Il est à la fois pluie et soleil, midi et minuit.

Albert CAMUS, *La Mort heureuse*

Prologue

Ils entendent ses mots plus qu'ils ne les écoutent. Dans une fausse concentration, un peu brumeuse.

Il le fait répéter. Plusieurs fois. Comme pour être sûr de comprendre, de ne pas se tromper. Il se tait. Un temps certain. Comme pour intégrer les données, tenter d'apprivoiser la réalité.

Ils se tiennent droit sur leurs fauteuils, et aussi immobiles que s'ils avaient cessé de respirer. La pâleur de l'un, la rougeur de l'autre sont les seuls signes qui trahissent la tempête dans leurs crânes.

Elle finit par poser sa main sur la sienne, puis se tourne vers lui. Tente d'attraper son regard tout en s'obligeant à ne pas trembler. Elle voudrait rester celle qui est forte, celle qui sourit tout le temps, celle qui voit la vie en rose… lui montrer qu'elle le sera toujours. Il pose ses yeux sur elle, dans le silence pesant. Il y lit tout cela, bien sûr, mais la larme qui perle à son œil et brouille sa vue ne lui échappe pas.

Rien ne sera jamais plus comme avant.

Antoine et Rose le savent déjà.

1

Vivre ici

Le cartable attend dans l'entrée. Encore presque vide, encore flambant neuf. À l'intérieur, on peut trouver un lot de fournitures tout aussi neuves. Les trousses renferment des stylos en plastique, à bille et plume, des crayons de couleur parfaitement taillés et des feutres parfumés. La gomme sent le caoutchouc, la colle l'amande amère. Le cahier de textes dont un chaton touffu a pris possession de la couverture n'est déjà plus vierge : la page de garde a été soigneusement annotée, avec nom, prénom, adresse et numéro de téléphone. « DUSSAC Lou » est aussi écrit sur l'étiquette accrochée au cartable.

Ladite Lou est attablée devant son bol de chocolat chaud, parfaitement réveillée, pour ne pas dire survoltée. Le trac de cette rentrée dans la classe des grands ne l'empêche pas d'avoir bon appétit. Elle mord avec vigueur dans sa tartine de pain beurrée à la confiture, sous les yeux attendris de son arrière-grand-mère.

— Ne mange pas si vite, ma chérie. Tu vas être mal… rouspète gentiment Hermance.

Lou hausse les épaules. Elle dit toujours ça, et jamais elle n'est mal. Son estomac doit être très résistant. Et puis, il ne faudrait pas arriver en retard à l'école !

Hermance regarde la petite fille qui ne l'est plus tant que ça… Elle a bien voulu mettre une robe. C'est bien parce que c'est la rentrée ! Exceptionnellement, elles ont joué la carte de l'élégance. Jusque dans la coiffure. Rose s'est appliquée à lui réaliser un ensemble très élaboré de nattes, qui change de son habituelle queue-de-cheval. Lou pose son bol sur la table avec une énergie qui provoque un sursaut chez Hermance. Les yeux bleus de l'écolière pétillent d'une intelligence espiègle.

— On y va ? Papa ? Rose ? Ils sont où ? s'agace-t-elle presque.

— Tu n'aurais pas oublié quelque chose, par hasard, ma Lou ?… Le brossage de dents. Et tu jetteras un coup d'œil dans la glace, par la même occasion…

Lou arbore en effet de magnifiques moustaches de chocolat. Comme un matin sur deux.

Le moteur de la voiture tourne déjà. Lou et son cartable ont pris place dans l'habitacle, Antoine au volant, Rose à ses côtés. C'est la rentrée, et, pour l'occasion, ils vont tous les trois à l'école. Hermance se tient devant le chalet et multiplie les signes de la main, les coucous et les bises imprimées sur sa paume qu'elle envoie à Lou en soufflant. Cette dernière y répond en miroir. Ces deux-là ont leurs rituels.

— Dommage que Gramima ne puisse pas venir avec nous, soupire Lou, résignée.

— Ma puce, tu sais bien qu'Hermance ne peut pas nous accompagner. En dehors du fait qu'elle a du mal à marcher en ce moment, ce n'est pas vraiment sa place.

— Elle me manque déjà.

Rose sourit à Antoine. Elle voit bien ce que Lou veut dire et ressent… Cet été encore, la petite et son arrière-grand-mère ont passé beaucoup de temps ensemble, pour leur plus grande joie à toutes les deux. Même si l'aïeule ne peut pas gambader à travers champs ni construire des cabanes, elles ont partagé, dans le jardin ou dans la maison, recettes de cuisine, jeux et riches discussions. Peut-être même échangent-elles quelques secrets.

Après vingt minutes de route, les voilà garés près de l'école du Chinaillon. Lou saute de la voiture. Déjà elle court vers ses deux meilleurs copains, Côme et Alix. Le « Attends-nous » d'Antoine est passé complètement inaperçu. Elle franchit le portail de l'école, adresse un bonjour poli au directeur puis s'empresse de rejoindre ses camarades. Entre joie de se retrouver, excitation à l'idée de cette nouvelle année et jeu de la comparaison des cartables (Il est trop beau / On a le même ! / Ma mère a voulu que je garde celui de l'année dernière…), les enfants animent déjà la cour avec force décibels.

Les parents, souvent devancés – et dépassés –,

franchissent le portail à leur tour, saluent les enseignants et se dirigent vers le rituel pot d'accueil de rentrée : café et thé fumants les attendent sur une table dressée en petit banquet, avec quelques biscuits. On se retrouve dans la bonne humeur, on parle des vacances, des destinations, des belles surprises comme des ratés… Convivialité est le maître mot de ce moment ponctué des éclats de rire des enfants.

Après un petit discours du directeur et le traditionnel appel – sans suspense, puisqu'il n'y a qu'une classe par niveau –, les élèves se rangent et s'apprêtent à rentrer dans le bâtiment, le sourire aux lèvres. Quelques-uns envoient un dernier coucou à leurs parents. Lou est bien trop occupée à discuter avec Alix pour y penser. Elles sont si fières de rejoindre la classe des grands ! Même si elles y seront parmi « les petits »…

Antoine et Rose traversent la cour pour regagner la voiture. Il attrape sa main, elle lui sourit. C'est la cinquième rentrée de Lou qu'ils effectuent ensemble. La troisième ici, au Grand-Bornand.

2

Changer de vie

Le décès de Raphaëlle, ses obligations de père solo, la rencontre avec Rose et sa vie avec elle, et ce bien avant qu'ils soient ensemble, avaient conduit Antoine à revoir ses priorités, et son rapport à son travail, donc. Responsable des approvisionnements dans une grande société de cosmétique, il ne comptait ni ses heures, ni ses dîners d'affaires, ni ses déplacements à l'étranger. Il s'était rendu compte que le travail n'était pas tout, et surtout pas le principal. Il avait *levé le pied*, délégué, réparti certaines de ses obligations entre ses collègues et, petit à petit, avait gagné en qualité de vie et en présence pour sa fille. Elle avait alors trois ans. Il était temps… Quelques mois plus tard, il avait retrouvé Rose et elle était passée d'ex-jeune fille au pair à amoureuse officielle. À sa grande surprise, et alors qu'il ne croyait ni à un deuxième amour ni à la potentialité d'une histoire avec une femme un peu trop jeune à son goût (leurs quatorze ans d'écart et le fait qu'il soit son employeur avaient d'abord été pour lui deux motifs suffisants pour que leur histoire ne commence jamais), il était tombé amoureux de Rose, d'une façon aussi folle que rationnelle. Finalement, il n'avait fait que se laisser porter et céder à ses sentiments et son désir.

La vie avec Rose et Lou avait confirmé ce qu'il avait découvert : le travail, oui, mais pas au détriment de la vie de famille. Et son ambition s'était peu à peu muée insidieusement en démotivation. La course aux contrats, aux meilleures matières premières, au meilleur rapport qualité-prix, les réunions à rallonge, le salaire confortable mais sans saveur… Il n'avait plus envie de cela. Il ne rêvait plus que d'une chose : démissionner. Et partir. Il ressentait alors une lassitude généralisée dans laquelle la vie en région parisienne prenait une large part. Il avait le sentiment d'étouffer, de vivre à côté de sa vie, de ne pas être à la bonne place… de devoir la chercher ailleurs. Il rêvait d'espace, de grand air, d'horizon, d'un havre de paix loin de Paris, où Lou pourrait s'épanouir complètement. Pour autant, il fallait trouver ce que serait l'après… Il ne se voyait pas monter une ferme bio dans un coin perdu. Et puis, il n'était pas seul. Il fallait trouver un projet de vie qui le comblerait, lui, tout autant que Rose et Lou. Il fallait qu'elles adhèrent, qu'elles disent « banco ». Lou, du fait de son jeune âge (pas encore cinq ans à l'époque), ne serait pas difficile à convaincre. Mais Rose… Elle venait d'obtenir son diplôme de prof de danse, elle avait trouvé un poste de remplaçante et s'épanouissait dans sa carrière balbutiante. Elle avait ses amis, pas très loin. Il avait redouté sa réaction, ou qu'elle le trouve égoïste. Il y était allé à tâtons, exprimant de plus en plus sa lassitude, son ras-le-bol confinant au dégoût pour son travail qui ne revêtait plus ni sens ni plaisir, et pour cette vie parisienne trop folle : le bruit permanent, la pollution, la foule, l'agressivité, le stress, les heures vides passées dans les transports… Non, vraiment, à quarante ans ou presque, ça n'était plus possible.

Rose s'était montrée, une fois de plus, au-dessus de ses attentes, merveilleuse de compréhension et d'empathie, enthousiaste par principe, pleine d'heureuses initiatives. C'était elle qui avait trouvé leur point de chute… tellement évident qu'il n'avait osé se l'avouer ni même y penser. Le Grand-Bornand et Hermance leur tendaient déjà les bras. Là-bas se trouvaient la grand-mère d'Antoine, les meilleurs souvenirs de son enfance et les premiers moments heureux passés avec Rose. C'était là que, pour la première fois après le décès de sa femme adorée, il avait recouvré un semblant de sérénité. Grâce à Rose, qui lui avait fait retrouver une Hermance par trop négligée, son chalet et les joies de la montagne. Ce chalet, eux quatre dans ce chalet, c'était incontestablement la promesse d'un avenir aussi différent que radieux.

Et, comme cela arrive parfois dans la vie, tout s'était aligné parfaitement, une décision en entraînant une autre, avec une logique implacable. Quitter Paris et ce travail qu'il avait choisi malgré lui, pour retrouver la montagne, c'était renouer avec les rêves de sa jeunesse, quand il se voyait skieur professionnel mais que son père l'avait éloigné des sommets pour qu'il en gravisse de plus abstraits, qu'il grimpe les échelons d'une entreprise du CAC 40 au lieu de dévaler les pistes… Au fond, il n'y avait rien de plus cohérent que de retrouver la montagne. Un retour aux sources nécessaire.

Mais pour y faire quoi ? Antoine possédait un solide niveau de ski. Il lui était vite apparu qu'il pourrait devenir moniteur à l'ESF, moyennant une formation adéquate. Mais cela ne l'occuperait que quelques mois de l'année. Comme beaucoup de montagnards, il serait obligé de s'adonner à une double activité. Et comme beaucoup de moniteurs de ski, il se voyait bien, l'été, devenir guide. Oh, pas alpiniste ou guide de haute montagne, non. Plutôt « simple » guide, accompagnateur en moyenne montagne. Être en contact direct avec la nature, faire découvrir le massif des Aravis à des touristes, communiquer son amour pour la région tout en pratiquant un sport, voilà qui le ravissait d'avance !

Après avoir entrepris des recherches, appelé des guides et amassé des informations, il s'était inscrit aux deux formations en quelques jours et avait posé sa démission dans la foulée, avec un intense soulagement. Tout cela avec l'accord enthousiaste de Rose.

Qu'allait-elle faire, de son côté ? Elle aussi avait cherché des pistes… Ce n'étaient pas les centres de vacances qui manquaient, là-bas… Elle pourrait sans doute trouver un poste de prof de danse pour des stages, ou dans des associations communales. Et puis, tant qu'elle pourrait continuer, d'une manière ou d'une autre, à danser, peu lui importait de changer de voie professionnelle. Ce qu'elle voulait, c'était le bonheur d'Antoine et de Lou… Ils le méritaient tant.

Leur bonheur faisait le sien.

3

Rentrer de l'école

Lou passe le portail et retrouve tout de suite Rose qui l'attend, pressée d'avoir les premières impressions de sa belle-fille. Alors, cette première journée ? Et le maître ? Pas trop impressionnant d'être dans la classe du directeur ?

Lou réserve ses mots pour lorsqu'elle sera dans la voiture. Quelle n'est pas sa joie quand elle découvre Hermance assise à côté de Rose ! Lou se colle contre le siège passager pour mieux tenter de prendre sa Gramima dans ses bras.

— Tu vas m'étrangler ! s'exclame Hermance en riant.

Le temps du trajet, Lou raconte ce jour de rentrée. La joie de retrouver les copains, les nouveaux cahiers, les classeurs, le beau livre de lecture, l'humour du maître, le menu de la cantine, la gomme déjà perdue, les récréations, les blagues de Côme, les vacances d'Alix…

— Il y a un nouveau ! ajoute Lou. Il s'appelle Isidore. Le maître nous a dit de lui faire bon accueil… Les maîtres, ils disent toujours ça, quand il y a un nouveau. Il faut bien l'intégrer. Ça veut dire qu'on doit lui proposer de jouer avec nous, en fait. Et ne pas le laisser tout seul, parce que nous, forcément, on se connaît tous. Il a l'air gentil. Mais Noé, il a dit que ce ne serait pas son copain. Vous savez pourquoi ? Parce qu'il est noir. C'est n'importe quoi, hein, Rose ? Hein, Gramina ?

— Évidemment, Lou. Et toi, tu es allée vers lui ?

— Oui, même que je l'ai invité à notre table, à la cantine. Il est en CM1, il vient d'une grande ville. Je lui ai dit que moi aussi, avant, j'habitais dans une grande ville, une très grande, même, et que vivre ici, c'était beaucoup mieux. Il avait l'air rassuré. Enfin… un peu.

Lou marque une pause, puis ajoute :

— Je peux l'inviter à mon anniversaire ?

*

Hermance a préparé un véritable goûter de fête. Sur la table de la salle à manger trône une magnifique tarte aux myrtilles. Voilà qui promet ! Lou applaudit et saute de joie :

— Merci ! Merci ! Merciiiii ! Meeeerci ! Meeeerciiiii ! s'exclame-t-elle à qui mieux mieux sur tous les tons.

Sa première journée d'école ne l'a pas (assez) fatiguée. Après le goûter, elle ira dans le jardin. Elle trouve toujours à s'occuper. Surtout, elle adore monter dans sa cabane. Dans son antre, où elle a installé l'ours polaire de sa petite enfance, elle vaque à diverses activités : dessin, coloriage, écriture... En ce moment, elle essaie de créer une bande dessinée. Quand elle était en CE1, ils ont travaillé sur ce genre, en français. Elle a adoré. Cet été, elle en a emprunté plein à la bibliothèque du village. Elle les a dévorées. Et s'est mis en tête d'en écrire une, comme en classe, mais toute seule, cette fois. Une vraie !

— Il n'y a pas de devoirs pour demain ! Le maître a dit d'en profiter, alors, comme je suis obéissante, je vais en profiter.

Hermance et Rose sourient et se regardent d'un air amusé. Sacrée Lou... Toutes les trois s'installent autour de la table pour faire honneur à la pâtisserie maison. Lou ne tarde pas à attaquer sa part de tarte avec appétit, Hermance et Rose commencent par quelques gorgées d'un thé à la bergamote.

— Il rentre quand, papa ?

Antoine ne devrait pas tarder. Il accompagnait un groupe du côté de la pointe Percée, aujourd'hui. En ce début du mois de septembre, les touristes sont encore nombreux. Lou ne cache pas son impatience de retrouver son père. Elle a hâte de lui raconter sa journée. Il ne reste de sa part de tarte que la bordure. Elle n'aime pas la pâte sans les fruits. Le dit, comme si c'était la première fois, et, comme d'habitude avec la tarte aux myrtilles, tire la langue. C'est tellement rigolo d'avoir la langue bleue... même à bientôt huit ans.

— Quel clown... dit Hermance en riant, une fois Lou sortie de table et rendue dans le jardin.

— Oui, une vraie pile électrique, concède Rose. Dire qu'elle est déjà en CE2. Je n'en reviens toujours pas. Le temps passe si vite… Trop vite.

Hermance n'a pas besoin d'avoir sa bonne vue d'autrefois pour deviner une larme perlant au coin de l'œil de Rose. Elle la connaît si bien. À sa voix, elle a senti l'émotion que les mots ne disaient pas. Elle sait combien Rose aime Lou… depuis le début. Avant qu'elle devienne sa «belle-fille» (terme qu'Hermance trouve à la fois laid et idiot), à l'époque où Rose avait été embauchée pour aider le père démuni et ravagé par le chagrin. Malgré les conseils et les alertes de son entourage amical, Rose s'était attachée plus que de raison à la petite fille qu'elle gardait. Cela avait été plus fort qu'elle et ne tenait pas seulement du fait que Lou était un bébé particulièrement agréable et attachant. Le contexte y avait été pour beaucoup : la mort de la maman au moment de l'accouchement, la dépression bien compréhensible d'Antoine, son incapacité à s'occuper seul de son bébé (et même à l'aimer, les premiers temps), les heures, les jours et les nuits passés auprès d'elle… Tous ces éléments avaient offert à Rose une place infiniment plus grande que celle qui aurait été dévolue à une simple baby-sitter. Deux ans plus tard, il avait été très difficile de céder sa place auprès de Lou à une autre… la femme qu'Antoine avait choisie. La même qui s'était empressée de la mettre dehors. Mais la vie avait finalement décidé de les réunir de nouveau, et d'une tout autre manière, puisque Antoine, alors, avait pris conscience de ses sentiments pour elle. C'est ainsi que Rose était devenue la belle-mère de Lou, pour le plus grand bonheur d'une Hermance conquise d'avance. Dès leur rencontre, l'été précédant le premier anniversaire de Lou, la grand-mère avait trouvé la jeune femme adorable et parfaite. Elle avait même alors espéré, bien avant que la réalité lui donne raison, qu'Antoine et Rose se mettent ensemble un jour. Elle avait su bien avant eux, bien avant lui, que Rose saurait lui faire retrouver le chemin du bonheur et l'amour. Depuis, elle le constate tous les jours : avec Lou, ils forment le trio le plus heureux du monde, elle en est sûre.

4

S'être installés ici

Une fois leur décision prise, Antoine et Rose l'avaient annoncée à Hermance lors du repas de Pâques. Heureusement qu'elle était assise : à rire et pleurer de joie, elle se serait effondrée par terre. Jamais elle n'aurait osé espérer cela ! Son petit-fils chéri, sans doute son préféré, allait venir habiter près d'elle ! Son pauvre cœur aurait pu lâcher ce jour-là. Antoine, son Antoine, celui qu'elle emmenait sur les pistes tous les hivers, celui qui adorait tant ses tartes aux pommes, celui dont elle avait été privée pendant plusieurs longues années il n'y a pas si longtemps parce qu'il travaillait trop et n'avait plus le temps de rien, parce que sa femme n'aimait pas la montagne, celui dont elle pensait qu'il l'avait oubliée… Le même. Son Antoine allait vivre auprès d'elle ! Il serait là pour ses vieux jours. Cette perspective l'avait rendue heureuse comme cela ne lui était pas arrivé depuis longtemps.

Cependant, il ne fallait pas tarder. Lou allait rentrer au CP. L'été suivant serait donc le moment idéal pour s'installer au Grand-Bornand. Antoine avait déjà démissionné, la maison de Boulogne avait été mise en vente… Il ne restait plus qu'à déménager.

Au début, il avait été question de s'installer chez Hermance le temps de trouver la maison de leurs rêves, pas très loin… si possible tout près de chez elle, du côté de Lormay, dans la vallée du Bouchet. Ce qu'ils avaient fait, comme ils le voulaient, l'été suivant ce fameux repas de Pâques. Lou avait effectué sa rentrée en CP dans la petite et fort sympathique école du Chinaillon. Les mois avaient passé. Assez vite, Antoine et Rose avaient commencé à baisser les bras. Dénicher le chalet rêvé à cet endroit précisément, c'était comme trouver une aiguille dans une botte de foin, la quadrature du cercle ou découvrir $E=mc^2$. Autant dire une mission impossible : la zone étant relativement peu construite, les chalets à vendre étaient rarissimes et hors de prix.

Hermance la première leur avait proposé que ce provisoire devienne permanent. Son chalet était bien assez grand ! Ils avaient peur de la déranger ? Ils avaient envie aussi, peut-être, de vivre tous les trois ? Elle serait tellement ravie de vivre avec eux ! Et elle ne serait pas éternelle… Dans quelques années, elle ne serait plus de ce monde. À quoi bon chercher un autre chalet ? Le sien était le leur ! Antoine détestait quand Hermance évoquait sa fin. Cela le renvoyait toujours à ses années d'absence. Petit-fils indigne… tellement en dessous de tout, et surtout en dessous de toute l'estime et de l'affection qu'il portait à sa grand-mère. Hermance avait raison : la présence d'Antoine et de sa petite famille serait à la fois gage de bonheur et de sécurité. Sans compter que cela rassurerait ses propres enfants, Jacques et Mariette, qui vivaient respectivement à Bordeaux et Annecy. Car quoi de mieux que d'avoir des membres de sa famille sous son propre toit, en cas de chute ou de souci de santé ? Cela étant, Hermance avait la chance de rester en bonne forme pour son âge. Elle avait été jusqu'à présent parfaitement autonome. Seules ses jambes commençaient à lui jouer des tours, et elle devait parfois utiliser une canne. Pour le reste, esprit compris, elle « pétait le feu », comme le disait souvent un petit-cousin d'Antoine.

Finalement, le trio, Lou en tête, s'était rallié à l'idée d'Hermance. La petite aimait tellement sa Gramima que, si elle avait pu, elle aurait passé toutes ses journées chez elle. Lou l'avait baptisée ainsi avec une logique implacable : Simone, la mère d'Antoine, ayant souhaité que Lou l'appelle Mima, Hermance, en tant que « grande mamie » de Lou, avait été surnommée « Grande Mima », petit nom qui, au hasard d'une plaisanterie ayant fait date, était devenu « Gramima ».

Même si le chalet d'Hermance, à l'image des autres chalets savoyards traditionnels, était très grand (jusqu'à la moitié du XXe siècle, il avait été une ancienne ferme qui accueillait famille, animaux et stock de foin), l'installation des trois Parisiens nécessitait quelques aménagements. Réduisant le garage, ils avaient ainsi créé au rez-de-chaussée une chambre pour Hermance qui, de par sa surface, tenait plus de l'appartement. Au premier étage (côté façade, mais accessible de plain-pied depuis le jardin, derrière, en raison de la pente du terrain), il y avait les pièces à vivre, cuisine, salon, salle à manger, et un bureau. Au deuxième, dans l'ancien grenier, on trouvait toujours les quatre chambres, rafraîchies pour l'occasion, une salle de bains supplémentaire et ce qu'il restait du grenier d'origine. Même si les travaux avaient pour nom « rénovation », tout avait été fait en bois, dans le respect de l'esprit savoyard, selon les règles de l'art. Le chalet avait le charme chaleureux de la rusticité tout en étant confortable et esthétique.

Le rêve secret d'Antoine, quand il vivait encore à Paris, s'était enfin réalisé. Ils attendaient chaque année l'hiver avec impatience pour le plaisir de lancer la saison des feux de cheminée.

5

Vivre ensemble

Deux ans et trois rentrées qu'ils vivent tous les quatre. Les générations se côtoient harmonieusement. Chacun a trouvé naturellement sa place, juste et respectueuse des autres. Les rôles se sont répartis avec la même évidence. Personne ne se marche sur les pieds, comme dans une chorégraphie à quatre qui serait pourtant totalement improvisée. Lou grandit, joue, parle pour dix avec une vitalité qui balaie tout sur son passage ; Rose s'occupe d'elle, de la maison, danse, cuisine avec Hermance ; Antoine travaille, éduque sa fille avec bienveillance, prend soin des trois *femmes* autour de lui, entretient le jardin ; Hermance veille sur ses protégés (qui la protègent sûrement plus), cuisine comme jamais, philosophe, radote un peu… surtout quand il s'agit d'exprimer le bonheur qui lui est donné de vivre. « Merci, mon Dieu, pour ce bonus », laisse-t-elle souvent échapper. Et silencieusement, à la messe, le dimanche.

Ici plus qu'ailleurs, ils vivent au rythme des quatre saisons. Néanmoins, en montagne, si l'on se place d'un point de vue professionnel, il y en aurait plutôt trois : l'été, l'hiver et deux intersaisons, où il n'y a plus assez de neige pour le ski, et trop pour envisager une randonnée pédestre les pieds au sec, où les touristes sont moins présents et la météo incertaine. Ces deux périodes où Antoine est plus ou moins en vacances. Rose enseigne la danse, pendant l'année scolaire, en semaine dans des associations municipales, au Grand-Bornand et à La Clusaz. À toutes les vacances, elle encadre des groupes en stage de danse (contemporaine, le plus souvent) dans des centres, dont l'un se trouve à quelques mètres du chalet. Antoine vient de terminer sa double formation. Il vivra jusqu'à la retraite avec la double casquette de moniteur de ski et d'accompagnateur en moyenne montagne.

Les vacances scolaires étant synonymes de regain d'activité pour Antoine et Rose, Lou se partage entre Hermance, le centre aéré et ses grands-parents. En plus de Mima et Papou qui vivent à Bordeaux, il y a mamie Mer et papy Bêtises, les parents de Rose, à Fécamp, et ses grands-parents maternels à Reims (mamie Tricot et papy Pêche). Si bien que Lou est toujours bien entourée et n'a jamais le temps de s'ennuyer.

*

Si le chalet n'a pas de nom officiel, Lou s'est chargée de lui en attribuer un : pour elle, c'est bien simple, c'est « le chalet du bonheur ».

Sans doute est-ce d'ailleurs pour cette raison qu'il est devenu un lieu prisé de la famille et des amis d'Antoine et Rose. Outre la chance de seoir dans une magnifique région, face à la chaîne des Aravis, c'est un endroit chaleureux et accueillant pour chacun. Aussi le quatuor reçoit-il souvent. À toutes les vacances, on se presse pour y passer quelques jours. Les parents d'Antoine, qui ne venaient qu'une fois ou deux par an, ont pris un abonnement trimestriel. Ils viennent ainsi régulièrement passer quelques jours, voire deux semaines… Simone, à la retraite, reste souvent plus longtemps que son mari, ou bien leur rend visite sans lui. Ceux de Rose sont devenus des habitués aussi. Sa marraine, son frère Bastien et sa sœur Fanny ne manquent pas non plus d'effectuer un passage. Sans parler des amis… En premier lieu, leurs anciens voisins, Cédric et Mélanie. L'été, c'est un défilé permanent, et la maison vibre des mouvements, des rires et des jeux, des chansons… de la vie qui s'engouffre. Hermance s'en régale et ses convives le lui rendent bien. Tout le monde l'adore, on est aux petits soins pour celle qui n'a qu'une ambition : nourrir, faire frétiller les papilles des invités (pour ne pas dire « les gaver », si l'on en juge par les quantités qu'ils se voient contraints d'ingurgiter).

L'été marque la pleine saison pour Rose et Antoine. Alors, bien sûr, ce n'est pas le moment de prendre des vacances et de partir. Ils apprécient donc d'autant plus que les gens viennent à eux et se posent au chalet pour quelques jours. Pendant qu'eux travaillent, en journée, ceux-ci en profitent pour se balader et découvrir la région. Le soir, ils se retrouvent tous autour d'un bon dîner, sur la terrasse, ou dans la salle à manger s'il fait trop frais dehors.

Les vacances d'été qui viennent de s'achever n'ont pas dérogé à la règle. Après la valse de grands-parents, le chalet a accueilli tour à tour Cédric, Mélanie et leurs deux enfants, la marraine de Rose, Marie-Cécile, accompagnée de son mari, ainsi que toute la troupe d'amis parisiens de Rose (Manon, Vincent, Charlotte, Maxime et leur bébé) durant une bonne semaine chaque fois. Hermance n'en a rien dit, mais ressort de cet épisode fatiguée. Elle est bien trop heureuse de toute cette vie qui vient à elle pour s'en plaindre. Jamais elle n'aurait espéré finir ses vieux jours dans un tel climat de joie, si bien entourée.

6

S'aimer

Le réveil du 7 septembre est toujours un peu étrange pour Antoine, même huit ans après. Chaque année, ce jour lui rappelle tout autant l'arrivée dans la vie de sa fille que celle de sa femme dans la mort. Ce jour funeste qui lui a pris l'amour de sa vie alors que Raphaëlle donnait naissance à Lou. Ce jour où il est devenu père et veuf à quelques minutes d'intervalle. Ce jour où le malheur a pris le pas sur le bonheur qui aurait dû être. Ce jour dont il a longtemps cru ne jamais se remettre. Et pourtant… Non seulement il s'en est remis, mais en plus il vit depuis un autre amour, tout aussi fort. Peut-être même encore plus fort.

Antoine observe avec tendresse Rose qui prend le temps de se réveiller à ses côtés. Elle a encore les yeux fermés et pousse de petits gémissements. Il adore ce moment où elle émerge du sommeil et le découvre qui la regarde. Alors elle sourit. Et ce sourire-là vaut tout l'or du monde. Tous les jours, et plus encore aujourd'hui. Parce que le réveil d'une nuit blanche, il y a huit ans, à la maternité, a été le pire de toute sa vie, et que chaque réveil au côté de sa Rose a la saveur de l'eau fraîche après la traversée du désert.

Parfois, il se dit qu'elle lui a sauvé la vie.

En plus du malheur qu'il traînait comme un boulet de trois tonnes, Antoine, quand il a rencontré Rose, était un acharné de boulot. Il était bien content d'avoir trouvé Rose, dont il profitait du dévouement, moyennant espèces sonnantes et trébuchantes, afin de mieux se dévouer au dieu Travail… de tenter d'oublier l'absence et de mieux fuir ses responsabilités. Il avait mis du temps à lui témoigner sa gratitude. Il avait fallu des étapes, des prises de conscience. Petit à petit, aussi, il s'était rendu compte qu'elle tenait autant au bien-être de Lou qu'au sien à lui. Peut-être, indirectement, pour sa fille, qui méritait certainement un père plus investi et surtout plus aimant. Peut-être aussi par pure empathie. Parce que Rose est ainsi : désirant faire le bien, participer à rendre heureux. Et il ne saurait définir en quelques mots « la recette » de Rose. C'est un mélange d'état d'esprit, de vision des choses et de la vie, un optimisme à toute épreuve dont il a compris les racines assez tardivement. Il ne savait pas que quelqu'un comme elle, une fée solaire, pouvait exister pour de vrai. Il mesurait depuis chaque jour la chance qu'il avait de vivre avec un soleil souriant, un regard aimant et un corps câlin à câliner.

D'abord, il n'avait vu que des freins à leur histoire. Non, à vrai dire, il n'avait rien vu du tout, tout à son chagrin, puis à ses *a priori*, puis enfin à Jeanne. Quand Cédric et Mélanie avaient tenté de lui ouvrir les yeux, il avait ri... C'était n'importe quoi ! Rose n'était qu'une gamine. Certes, très mûre pour son âge, mais enfin, quand même. Finalement il était tombé amoureux, presque soudainement. Il avait eu peur que ses sentiments ne soient pas partagés, il avait craint une histoire d'amour à sens unique, platonique, aux airs d'amitié. Mais Rose était revenue, elle était restée. Et, depuis, ils ne s'étaient plus quittés.

Au début, il trouvait qu'ils formaient un couple bizarrement assorti. Leurs âges, leurs milieux d'origine, leurs personnalités, leurs amis, leurs vécus... tout lui semblait différent. Pourtant, loin de révéler une incompatibilité, leurs différences avaient été et restaient une richesse, une originalité à préserver, une force à chérir.

Rose ouvre les yeux et sourit. Lui dit : « Bonjour, Amour. » Il ouvre les bras pour qu'elle s'y blottisse. Elle l'embrasse, caresse son torse. Elle aussi sait quel jour on est. Pour elle, il a toujours été « le jour de Lou ». Elle aime se rappeler le premier qu'ils ont fêté ensemble. Ils étaient tous les trois : le père veuf, la petite orpheline et l'employée. Mais elle avait réussi à célébrer l'anniversaire de Lou malgré la peine et la présence particulière de Raphaëlle dans tous les esprits, dans la maison, jusque dans son portrait géant du salon...

— Ça va ? lui demande-t-elle avec douceur.

Il hoche la tête. Huit ans, et, même s'il y pense, il a au fond du cœur la certitude que les plaies ont cicatrisé et séché, la sérénité… et surtout, surtout, le sentiment intense d'aimer et d'être aimé très fort, qui le ramène souvent à cet étrange paradoxe : c'est peut-être ce terrible malheur qui lui a permis aujourd'hui d'être plus amoureux et plus heureux que jamais. Avant, il culpabilisait de penser cela. Plus maintenant.

Avec Raphaëlle, il l'avait compris plus tard, trop tard, ils faisaient fausse route. Avec Rose, il était redevenu lui-même, en cohérence avec ses aspirations profondes, plus léger, moins sérieux, dans la réalité des rêves de son enfance : une vie simple, à la montagne, avec les deux (trois) aimées.

7

Avoir huit ans

C'est samedi aujourd'hui, mais il n'est pas question pour Lou de s'adonner à une grasse matinée. Elle est bien trop excitée pour rester au lit quand la journée s'annonce divinement remplie et très prometteuse. Elle descend et retrouve Hermance dans la cuisine, déjà affublée de son tablier préféré (celui avec les fromages de Savoie dessus), les mains pétrissant une pâte à pain avec une vigueur étonnante pour son âge.

— Joyeux anniversaire, ma Lou chérie ! s'exclame Hermance en lui tendant les bras.

La petite s'approche avec méfiance. Elle n'a aucune envie de se retrouver avec des mains de farine dessinées sur sa chemise de nuit rose à pois rouges.

— Merci, Gramima, lui dit-elle en déposant un baiser appuyé sur sa joue ridée.

Lou part ensuite en quête d'un bol pour son chocolat chaud. Elle en prend un dans le placard, puis prépare sa boisson avec ce qui ressemble à un grand sérieux.

— Dis, Gramima, tu n'as pas oublié que je fête mon anniversaire avec mes copains, cet après-midi ?

— Bien sûr que non ! Je sais que je dois prévoir deux gâteaux… Tu m'as déjà passé commande, rappelle-toi. Ton père a fait les courses, hier. Je finis mon pain au fromage et je m'occupe de tes gâteaux. Tu as bien dormi, ma chérie ?

Lou répond positivement de la tête. Elle a déjà mordu dans une tartine et ne peut pas articuler. Elle s'installe avec son bol de lait chaud au bout de la table, paraît songeuse un instant et dit :

— Je vais écrire ma carte. Cette fois, je peux le faire toute seule. Je n'ai plus besoin de l'aide de Rose. Hein, Gramima ?

— Bien sûr, ma grande.

Hermance sourit avec un peu de tristesse. Cette carte, c'était une idée de Rose, sur un souhait de Lou, devenue un rituel le 7 septembre au matin.

Lou est remontée dans sa chambre. Sur son bureau attend une enveloppe. Dedans, une carte double, sur laquelle pose un chat. Lou aime beaucoup les chats. C'est elle qui l'a choisie, il y a quelques jours, avec Rose.

La petite s'installe à son bureau. Déchire une page d'un vieux cahier aux lignes presque effacées pour rédiger son brouillon. Elle ne veut pas se tromper. Au bout de longues minutes, elle a terminé. Elle se relit, sourit avec un petit voile devant les yeux et s'applique ensuite à recopier de sa plus belle écriture ce petit mot à sa maman disparue trop tôt.

Lou glisse la carte dans l'enveloppe, qu'elle referme sans la cacheter, puis se lève et se dirige vers sa commode pour la déposer là, devant un portrait en noir et blanc de Raphaëlle.

La petite fille connaît l'histoire de sa naissance comme l'histoire de cette photo. On ne lui a jamais caché la vérité. Lou sait depuis toujours que ce n'est pas Rose qui l'a mise au monde. Et même si elle ne connaît pas sa mère, même si elle n'a jamais vécu avec elle, elle a l'impression de la connaître un peu quand même, par les mots de ses proches, par l'existence qu'elle garde et que personne ne nie. Même si c'est plus difficile d'en parler avec mamie Tricot et papy Pêche, Raphaëlle n'a jamais été ni un tabou ni une déesse à laquelle vouer un culte. Elle est restée Raphaëlle, sa maman. Celle qui lui a donné la vie juste avant de perdre la sienne.

Si Lou n'éprouve logiquement aucune nostalgie, elle ressent la tristesse de ne pas avoir de mère, de se sentir différente des autres rien que pour cela, de n'avoir personne à appeler *maman*, d'ignorer ce qu'aurait été sa vie avec elle et son papa. Même si Rose est là, comme depuis toujours. Même si elle aime Rose. Même si Rose l'aime. Même s'ils sont heureux tous les trois.

Il lui manque sa vraie maman.

*

L'après-midi a passé vite. Lou a fêté son anniversaire avec Alix, Côme, Isidore et Soraya. Ils ont joué dans le jardin, fait des jeux de société. Elle a soufflé ses bougies, ouvert ses cadeaux. Ils ont englouti le gâteau aux deux chocolats, celui que Lou adore, avec un nappage au chocolat blanc et plein de bonbons par-dessus. Ils ont bu du Coca. Il n'y en a jamais, à la maison, d'habitude. C'était la fête ! Les copains sont partis à 18 heures.

Le temps de débarrasser, de ranger la salle passablement dévastée et de dresser la table, il est déjà l'heure du dîner. Antoine et Rose sont rincés. Les enfants d'aujourd'hui sont tellement énergiques ! Étaient-ils comme cela, eux aussi, et ils l'auraient oublié ? Ou cette nouvelle génération est décidément sur le fil de l'hyperactivité ? L'agitation des cinq enfants leur avait presque donné le tournis… Et ils n'avaient pas été déçus d'en voir quatre repartir après le goûter.

Hermance a préparé un « menu royal » au sens de Lou, avec toasts au saumon fumé, poulet-frites et gâteau aux noisettes. La petite exulte, ne se lasse pas de revenir avec force détails sur son après-midi réussi, trépigne d'impatience dans l'attente de ses cadeaux qu'elle n'ouvrira pas avant d'avoir soufflé ses bougies.

Découvrant une paire de patins à glace flambant neufs et une encyclopédie sur la montagne, Lou rayonne. Elle a tellement hâte de retourner à la patinoire avec Rose ! Il est déjà tard. Elle s'empresse de terminer sa part de gâteau.

— On y va ?

Tous savent autour de la table qu'elle ne compte pas

se rendre maintenant sur la glace. Antoine est le premier à approuver. Ils se lèvent et gagnent la terrasse devant le chalet dans le plus grand silence. « Ouf », a envie de dire Lou. Toute la journée, elle a scruté le ciel pour s'assurer qu'il ne se couvre pas. Avant le dîner aussi.

Les étoiles sont bien là. Tous les quatre lèvent les yeux vers le ciel clair. Quelque part, c'est sûr, brille celle de Raphaëlle.

Ma chère petite maman,

Je pense fort à toi. Aujourd'hui, j'ai huit ans. J'espère que tu es fière de moi et que tu es heureuse, là-haut. En bas, tout va bien.

Ce soir, je te chercherai parmi les étoiles.

Je t'aime.

Lou

8

Patiner

Lou était impatiente d'essayer ses nouveaux patins et n'a pas eu à beaucoup supplier Rose pour qu'elle l'emmène ce dimanche. Depuis deux ans qu'elles vivent au Grand-Bornand, elles patinent souvent ensemble, ici ou à La Clusaz. Presque chaque semaine. C'est toujours un réel plaisir qu'il leur est agréable de partager. À force d'admirer Rose et ses pirouettes, à force de suivre ses conseils et de s'essayer à diverses figures (fort simples), la petite fille a eu envie de passer à la vitesse supérieure et a demandé à être inscrite au club de patinage des Aravis, dont la présidente, Cyrielle, est devenue une amie de Rose. L'assiduité sur la glace de Rose et de Lou, ainsi que l'aisance de la première, avaient attiré l'attention de Cyrielle, qui avait commencé à discuter avec elles. Petit à petit, une amitié était née entre les deux femmes. Rose était aussi, à présent, la prof de danse de Maya, la fille de Cyrielle. Autant de raisons de se croiser régulièrement.

Ce dimanche matin, elles se retrouvent à la patinoire toutes les quatre. Maya et Lou prennent vite leur indépendance pour évoluer sur la glace comme elles l'entendent. Cyrielle et Rose discutent de la rentrée de leurs « filles » en mode décontracté, puis optent pour un thé à l'espace cafétéria afin de poursuivre leur conversation plus tranquillement. Il faut dire que Cyrielle a une proposition à faire à Rose…

— Je suis ravie que ta fille intègre le club ! Elle en a tellement envie…

— C'est sûr, mais… même si je la considère d'une certaine façon comme telle, ce n'est pas ma fille, lui rappelle Rose avec un clin d'œil.

— Oui, bien sûr, où avais-je la tête ? Évidemment. Je ne m'y ferai jamais. Surtout qu'à vous regarder, les deux têtes blondes, on n'a vraiment aucun mal à croire que vous soyez mère et fille…

Rose n'est pas surprise. On le lui fait souvent remarquer, surtout les gens qui ignorent tout de leur histoire. Cela démontre que, au-delà d'une ressemblance physique, il y a un lien très fort et une complicité indubitables. Parfois, même, il semble à Rose que Lou est sa fille. Elle est là, depuis le début, à la nourrir, à l'éduquer, à veiller à son épanouissement, à lui donner de l'amour. Bien plus que certaines mères envers leur propre enfant. Quand elle était à l'école maternelle, Lou disait souvent : « Rose, c'est comme ma maman. » Le *comme* avait son importance. Un jour, Lou l'avait appelée *maman*. Même si une vague d'émotion l'avait envahie, la jeune femme avait corrigé Lou, afin qu'elle ne prenne pas cette habitude. Mais, au fond d'elle, le naturel avec lequel ce mot magique avait échappé à Lou l'avait touchée. Il avait du sens. Il signifiait tellement...

— Et toi ? demande Cyrielle.

Rose sort de sa torpeur. Elle a perdu le fil de la conversation.

— Quand nous rejoins-tu ?

— Je ne te suis pas, répond Rose, interloquée.

— Rose, je t'en ai déjà touché un mot il y a quelques mois. Tu adores patiner, tu te débrouilles très bien. Alors pourquoi ne rejoins-tu pas le club loisir ? Ce serait super. En plus, il me manque une femme pour mon projet de gala, cette année. J'ai pensé à toi : tu es mon premier choix.

— Je ne sais pas. Tu penses bien que, techniquement, j'ai quand même beaucoup perdu... Les sauts, les portés... ça va me demander du travail.

— Certes... Mais ce n'est que du plaisir ! Je suis sûre que tu vas adorer le groupe et que tu vas adorer tout court ! Et puis, tu vas pouvoir renouer avec la passion de ta jeunesse.

Petite, après quelques années de danse classique, Rose avait commencé le patinage artistique, rêvant de galas et pourquoi pas de médailles... Puis la vie en avait décidé autrement : la leucémie l'avait arrêtée dans son élan et avait fauché son rêve. Quand elle a fini par vaincre la maladie, elle a repris le patin, à doses homéopathiques. Elle n'avait plus d'envie de paillettes ou de gloire. Elle voulait juste glisser, recevoir le souffle glacé sur elle, se sentir en vie sur la glace comme ailleurs. Rien de plus. Elle n'avait plus de rêve plus ou moins accessible. Juste une envie et une chance qu'elle mesurait tous les jours : être, simplement, vivante…

Au lycée, elle s'était mise à la danse. D'abord *modern jazz*, puis danse contemporaine. C'était autant une joie qu'un défouloir. Un vecteur de possibles, une source de vie supplémentaire. Quand elle dansait, tout s'exprimait, même ce dont elle n'avait pas conscience. Elle était capable de se lâcher complètement.

— Alors ? relance Cyrielle. Ce serait chouette, de partager ça. Et avec Lou ! Allez, Rose… Promets-moi d'y réfléchir…

Rose promet, puis sourit. Dans ce sourire en forme de capitulation, il y a déjà une part de la réponse.

9

Recevoir la famille

La rentrée paraît déjà loin. L'automne a pris ses marques et déposé au pinceau ses touches habituelles sur les feuilles des arbres. Bientôt, les premières neiges saupoudreront les sommets.

Lou est excitée comme une puce. Mima et Papou ne vont pas tarder à arriver, pour quelques jours de vacances. Elle a bien du mal à contenir son impatience, et court plus qu'elle ne marche dans la cuisine.

— Mais vas-tu te calmer, péronnelle ! Tu es une vraie tornade, aujourd'hui ! Pose-toi et aide-moi plutôt à éplucher les pommes de terre, la tance gentiment Hermance.

— Ça dépend pour quoi faire, fait Lou, malicieuse.

— Regarde ce qui rissole dans la poêle, et tu devrais deviner…

Lou s'approche de la gazinière, découvre les oignons qui dorent en crépitant au milieu des lardons, et hume l'agréable fumet qui s'en dégage.

— Mmmmhhh… Gramima, ne me dis pas que tu nous prépares une tartiflette !

— Eh si, ma Lou… La première de la saison, la meilleure ! Tiens, sors-moi le fromage du frigo, s'il te plaît. Et viens t'asseoir près de moi. Je termine d'éplucher les pommes de terre. Et tu les coupes, d'accord ? À moins que tu ne préfères frotter le plat avec la gousse d'ail ?

— Ah non, beurk ! Après, on a les doigts qui puent pendant trois jours.

— Soigne ton langage, ma chérie. Ce n'est pas joli joli, ce mot…

— Pardon, Gramima : après, on a les doigts qui fleurent l'ail pendant trois jours, et ce n'est vraiment pas agréable. C'est mieux ?

Lou éclate de rire, ouvre le frigo et en retire deux beaux reblochons.

— Ils viennent de ta ferme ?

— Bien sûr. Où voudrais-tu que j'en trouve de meilleurs ?

Lou sait bien l'attachement que voue Hermance aux reblochons de la ferme d'à côté. Et pour cause : elle y a travaillé toute sa vie à les confectionner. De la traite des vaches à l'affinage en passant par le moulage et le salage, Hermance connaissait tout du reblochon. À tel point qu'elle aurait pu être la meilleure de ses ambassadrices ! Elle s'illustrait particulièrement lors des marchés où elle n'avait pas son pareil pour vanter toutes les vertus de son reblochon fermier. Quand on la lançait sur les utilisations possibles de ce fromage, elle devenait intarissable. Aucune recette à base de reblochon ne lui résiste ou ne lui est inconnue ; elle en a même inventé. Malgré tout, qu'est-ce qui peut rivaliser avec la tartiflette (la sienne, surtout) ?

*

Lou les attend de pied ferme devant le chalet depuis un bon moment, en dépit des exhortations d'Antoine et Rose à la patience. Enfin, elle aperçoit la voiture de ses grands-parents. Elle crie à qui veut bien l'entendre à l'intérieur : « Ils sont arrivéééés ! »

À peine Mima a-t-elle le temps de poser un pied au sol que Lou lui saute dans les bras. Simone la serre fort jusqu'à ce que sa petite-fille juge que le câlin a assez duré… Elle doit dire bonjour à son grand-père, s'approche de lui, plus calmement, attendant qu'il se penche vers elle pour les deux traditionnelles bises familiales, sobres et sans éclat. Manque d'enthousiasme ne signifie pas manque d'affection. Jacques lui en témoigne autant qu'il peut en donner, et Lou le lui rend bien… mais toujours avec mesure. À sa manière à lui.

— Vous avez fait bonne route ? demande Antoine à sa mère, alors que c'est Jacques qui a conduit tout au long du trajet.

— Oui, ça a été. Même si, comme d'habitude, le périphérique de Bordeaux n'a pas été une mince affaire… Sans compter les ralentissements à cause d'un accident. Ce trajet me semble toujours interminable… Enfin ! Nous sommes bien contents d'être arrivés.

L'absence de sourire sur le visage du père d'Antoine pourrait laisser penser le contraire. Mais non. C'est son air de tous les jours, son air normal. Et même son air content, le cas échéant. Il en faudrait bien plus pour que sa bouche s'étire et dévoile ses dents. Parfois, Antoine se demande ce qu'il faudrait, hormis les facéties de Lou qui, elles, obtiennent toujours leur petit succès. Son père rime avec austère, il l'a toujours dit. À moins que cela ne lui soit spécifiquement réservé... C'est ce qu'il a tendance à penser lorsqu'il croit se rappeler l'attitude de son père avec Arnaud, son frère. Elle lui apparaissait plus chaleureuse, ou au moins plus naturelle, plus aisée. Vue de l'esprit ou réalité ? Antoine ne cherche plus à comprendre : il y a entre eux une sorte de mur de non-dits et de rancœur que rien, pas même les épreuves, n'est parvenu à briser.

Rose arrive, enjouée. Embrasse Simone et Jacques avec la même chaleur. Elle sait le mur, mais s'est toujours efforcée de ne pas en tenir compte ni d'en construire un autre. Elle a toujours pensé qu'elle finirait par dérider son beau-père. Au fond, elle est persuadée qu'il l'aime bien... Elle n'ignore pas l'estime que Simone a pour elle, et ce malgré sa méfiance initiale. Néanmoins, elle se rappelle bien le jour où Antoine avait annoncé à ses parents qu'ils étaient en couple. Elle revoit les grands yeux étonnés de Simone, l'air presque indifférent de Jacques. Cela dit, ils n'avaient pas désapprouvé leur relation. Au contraire, Antoine était enfin de nouveau heureux, et Simone savait à qui attribuer cet état qui réchauffait son cœur de mère. Rose était décidément parfaite.

Les parents d'Antoine installent leurs bagages à l'étage, dans la chambre d'amis, puis prennent place au salon. Sur la table basse attendent déjà verres, bouteilles et saucissons divers. Le feu crépite dans la cheminée. On glisse vers l'hiver dans une atmosphère douillette.

— Tout va bien, à Bordeaux, mon Jacques ? Et les affaires ? commence Hermance.

— Très bien. Je viens de vendre tout un vignoble que j'avais dans mon fichier depuis plus d'un an. Une très belle opération.

La fierté sur le visage d'Hermance contredit l'expression atone d'Antoine. La réussite du fils de l'une, du père de l'autre ne fait pas résonner les mêmes émotions. Antoine oscille entre indifférence et dégoût pour les « affaires » de son père depuis bien longtemps, maintenant. Petit, il avait souffert de son absence presque permanente à la maison. Simone l'en excusait : c'était grâce à lui qu'ils vivaient confortablement. Et elle avait été une mère présente ! Antoine aurait simplement voulu d'un père avec qui jouer, s'amuser, skier, bricoler. Au lieu de cela, c'est à peine s'ils partageaient leurs repas. Le plus souvent, son père rentrait une fois qu'il était couché. Le pire, c'est qu'il avait quand même trouvé le moyen de lui inculquer, du moins pour un temps, le goût de la réussite, l'ambition, le désir d'être parmi les meilleurs et de gagner beaucoup d'argent ! Son fils avait suivi son exemple. Pour un temps.

— Pour fêter ça, j'ai rapporté un saint-émilion grand cru ! s'enorgueillit Jacques, avec un sourire.

Oui, un vrai et franc sourire. De satisfaction. Antoine réprime un rictus amer. Dire qu'il a failli devenir comme son père… Il regarde Lou qui engouffre les rondelles de saucisson à la chaîne, et sourit. Il a peut-être été défaillant dans les premiers mois de la vie de sa fille, mais il s'est bien rattrapé. Tous les deux, ils partagent tellement. Le plus possible.

10

Rester diplomate

Ils ont de la chance : le beau temps est de la partie durant ces quelques jours. Le soleil brille et, même s'il joue parfois à cache-cache avec les nuages, c'est toujours lui qui gagne.

Équipés de bonnes chaussures de marche, puisque les chemins sont par endroits bien humides, Simone, Antoine, Rose et Lou en profitent pour randonner en étoile autour du chalet. Sous prétexte de rester avec sa mère, Jacques passe une bonne partie de ses journées dans le canapé, alternant siestes, télévision (il regarde les chaînes sportives à défaut de pratiquer lui-même) et lecture de magazines économiques. Passionnant. Hermance dort aussi, en début d'après-midi, mais cuisine pendant des heures. Seule. En écoutant de vieux morceaux de jazz qui lui rappellent son jeune temps. Elle fredonne gaiement. Elle est si heureuse de voir sa famille réunie. Samedi, Mariette, la petite sœur de Jacques, viendra passer la journée avec son mari et deux de ses petits-enfants. Ils seront au complet ! Il ne manquera qu'Arnaud.

*

Voilà cinq jours que ses parents sont là, ils partent demain. Tant mieux… Antoine n'en peut plus. Heureusement que Rose veille à le raisonner et à le calmer pour qu'il fasse preuve de diplomatie, pour qu'il reste aimable et poli. Il aime beaucoup sa mère (à petites doses, au bout de quelques jours, elle commence elle aussi à l'agacer), mais il ne supporte plus du tout son père, sa vision étriquée des choses, son monde à lui, sa froideur. Parfois, il voudrait ruer dans les brancards, balancer ses quatre vérités à son vieux. Il n'en fait rien. Il reste un « bon fils », comme dit Hermance. Est-ce qu'un bon fils ne doit jamais se poser en adulte qui assume ses pensées et ses différences auprès de ses géniteurs ? Quoi qu'il en soit, et d'abord pour Rose et Lou, Antoine ne se voit pas être à l'origine d'un conflit ouvert. Et puis, cela peinerait trop Hermance, laquelle est tellement ravie de voir chez elle toutes ces générations réunies.

— Comment va Arnaud ? s'enquiert Mariette, la sœur de Jacques.

Simone a un temps d'hésitation, cherche un peu ses mots.

— Eh bien, justement, figurez-vous qu'il va rentrer, là. Bientôt. Définitivement.

Si Jacques n'ignorait évidemment pas l'information, autour de la table les réactions rivalisent de surprise. Antoine en lâche sa fourchette.

— Depuis quand le sais-tu ? Pourquoi tu ne m'as rien dit ? s'étonne-t-il.

— C'est-à-dire que… Il comptait t'appeler. Te le dire lui-même, explique Simone, mal à l'aise.

La mère n'ignore pas combien ses deux garçons se sont éloignés avec les années et s'en tiennent, depuis qu'Arnaud est parti vivre en Amérique, à une ou deux communications annuelles un peu forcées. Souvent, Simone joue le relais entre les frères pour transmettre les informations essentielles.

— Mais pourquoi rentre-t-il ? Je croyais qu'il était bien, là-bas, lâche Antoine avec un sourire vaguement ironique qui marque autant son incrédulité que son manque d'enthousiasme.

— Il te le dira lui-même, quand il viendra.

— Quand il viendra ?

— Oui, il compte venir passer quelques jours ici, voir Hermance, et…

— C'est la meilleure, ça. On l'a invité ? Et depuis quand se soucie-t-il de nous et de mamie ? demande Antoine, railleur.

— Antoine, ne sois pas trop dur avec lui. Il traverse une mauvaise passe.

— Je vois. Quand monsieur va mal, on se doit de l'accueillir à bras ouverts, alors que le reste du temps, il n'en a rien à faire de nous ?

Rose pose une main sur son avant-bras pour l'amener à se calmer. Mais Antoine serre les dents, il n'a rien oublié. Surtout pas l'absence de son frère à l'enterrement de Raphaëlle. Antoine et sa douleur ne méritaient pas qu'il traverse l'Atlantique ? Apparemment pas. Pire, Arnaud ne l'avait même pas appelé. C'est Simone qui avait relayé ses condoléances. Pour la forme. Depuis, ils s'étaient vus rapidement deux ou trois fois. Antoine l'avait ignoré pour ne pas aborder ce sujet qui restait en travers de son cœur.

— J'espère qu'il viendra nous voir à Annecy aussi, ajoute Mariette en guise de conclusion, avant d'enchaîner sur l'organisation des fêtes de Noël.

*

— Je n'en reviens pas qu'il rentre en France…

Ce disant, Antoine se glisse dans le lit, au côté de Rose qui lisait en l'attendant. Elle reste silencieuse, lui laissant le soin de poursuivre selon sa pensée.

— Ça doit faire douze ans qu'il est parti. New York, puis Montréal… et là, il revient. On ne sait même pas pourquoi.

— Il y a forcément une raison. Ta mère a fait allusion…

— Oui, et je suis curieux de la connaître. Mais je n'imagine que trop bien le cinéma qu'il va faire. « Mamie chérie, tu m'as manqué… » Tu verras ! Alors qu'il ne l'appelle presque jamais. Et qu'il n'est pas venu ici depuis des années !

— Il n'est pas rentré souvent. Et puis, par rapport à Hermance, rappelle-toi… Tu n'as pas été très présent non plus, à une époque, et pourtant tu as toujours vécu en France !

Antoine en convient. Rose sait le mettre face à ses

propres contradictions. Toujours respectueusement, mais sans pincettes.

— Tu ne serais pas un peu jaloux… ? lui demande-t-elle avec douceur et un brin de taquinerie qui n'est pas dénué de sérieux.

— De ?

— Le fait que ton frère revienne, cela pourrait changer la donne familiale, remettre en question ta place de *fils unique.*

— Tu veux parler de toute la considération que mon père a pour moi ? demande-t-il avec un humour qui trahit une blessure.

Rose ne dit rien. Elle a son idée sur la question. Pour elle, si la complicité qui unissait les deux frères a laissé place à une lourde rivalité au fil des ans, Jacques est loin d'y être étranger. Peut-être le retour d'Arnaud va-t-il modifier cet état de fait ? Et si c'était en mieux ? Rose serait tentée de l'espérer, mais cela paraît tellement peu probable ou du moins inconcevable pour Antoine qu'elle préfère se taire pour le moment.

Elle passe sa main sur la joue d'Antoine et l'embrasse.

— Souris, lui ordonne-t-elle.

Il lui obéit sans même rechigner. Elle a tous les pouvoirs sur lui.

11

Accueillir son frère

Rose et Lou se tiennent sur le quai, main dans la main. Elles guettent Arnaud dont le train vient d'arriver. C'est à qui des deux l'apercevra la première. Les voyageurs descendent un à un. Bientôt une silhouette vaguement familière se tourne vers elles. C'est lui. Grand, de corpulence normale, quoique visiblement amaigri, Arnaud leur adresse de loin un signe de la main. Ils ne se sont pas vus souvent, mais ils se sont parlé en vidéo il y a quelques jours. Rose et Lou avancent dans sa direction. Arnaud ouvre les bras pour que Lou s'y jette, mais elle n'en fait rien. Par solidarité avec son père ? Non, plutôt parce que son oncle ne lui paraît pas faire, à proprement parler, partie de la famille. *Son tonton d'Amérique*, comme elle le dit parfois, porte dans ce surnom son statut d'étranger. Aussi Lou se contente-t-elle d'imprimer une bise timide sur la joue barbue d'Arnaud. Il se redresse, croise les yeux bienveillants de Rose et la salue.

— Merci d'être venues me chercher, dit-il avec un pauvre sourire.

— Je n'allais quand même pas te laisser prendre le bus. C'est normal, voyons !

Rose attrape l'un de ses sacs. Par réflexe.

— Antoine n'a pas pu venir, ajoute-t-elle. Il avait du travail.

Arnaud a la politesse de feindre de la croire. À quoi bon relever ? Il sait bien qu'en cette saison Antoine n'est pas plus en randonnée que sur des skis… On est fin novembre. La neige a peut-être gagné les sommets, mais les pistes n'ouvriront que dans un mois environ.

Ils se dirigent tous les trois vers le 4x4 de Rose.

— Veux-tu passer chez Mariette et Régis avant ? Ils n'habitent qu'à cinq kilomètres, demande Rose avec prévenance.

— J'avais prévu d'aller les voir plutôt dans quelques jours. Je suis un peu fatigué par le voyage, mais c'est gentil de me le proposer.

Rose ne le connaît pas assez, mais devine à la lassitude de sa voix qu'il n'est pas seulement fatigué. *Une mauvaise passe*, a dit Simone. Un euphémisme pour ne pas prononcer le mot *dépression*.

*

Lorsque le trio arrive au chalet, Antoine et Hermance sont dans la cuisine, à préparer un gratin de crozets. Antoine a bien entendu le moteur de la voiture, mais opte pour ne pas bouger. Hors de question pour lui de faire l'honneur d'un bel accueil à son frère, qu'il n'a pourtant pas vu depuis deux ans. Quant à Hermance, elle ne bouge pas pour une autre raison : son ouïe n'est plus de la première jeunesse.

Rose franchit le seuil de la cuisine avec un regard désapprobateur. Antoine ne peut que le remarquer, décide de se reprendre et esquisse un mouvement vers son frère. Il lui fait la bise. Hermance l'attire dans ses bras et l'étreint avec chaleur... comme si, au fond d'elle, elle avait cru ne jamais le revoir.

Lou, que le trajet a libérée de sa réserve, a retrouvé sa verve habituelle et s'est mis en tête de faire visiter le chalet à son oncle.

— Viens, tonton ! Tu vas voir, il est trop bien, le chalet. Il a changé depuis que tu es venu, je crois.

Elle l'emmène d'un étage à l'autre à une vitesse effrénée, jouant à l'hôtesse manifestement pressée. La précision inutile de ses annonces, à chaque ouverture de porte, fait sourire Arnaud :

— Là, c'est la cuisine... Là, c'est la salle de bains... Là, c'est ma chambre...

Il trouve le lieu *cosy*, félicite Antoine et Rose pour leur bon goût. Éprouve fugacement un brin de jalousie, à les voir si proches et manifestement heureux.

Le chalet respire la sérénité et donne envie de se blottir dans un plaid au coin du feu. *Un havre de paix pour âme amochée*, se dit Arnaud. Sa première impression le conforte dans l'idée qu'il a bien fait de venir. Même si son frère ne l'a pas accueilli de la meilleure manière. De toute façon, il n'en attendait pas vraiment plus. Il connaît le côté rancunier d'Antoine. Il se dit qu'il va pouvoir compter sur les trois femmes de la maison. Et il espère, au fond, repartir avec un peu plus… une étincelle retrouvée, un lien renoué avec Antoine, idéalement. Il verra bien.

*

Il a vu. Au bout de trois jours, il décidait d'écourter son séjour, dont il n'avait de toute façon pas franchement défini le terme. Arnaud s'était dit : « Je partirai quand je le sentirai. » Pour le sentir, il l'a bien senti… Dès le deuxième jour, l'animosité même pas rentrée de son frère, son refus manifeste de passer du temps avec lui, sa relative indifférence sur son sort (ah bon, on t'a viré, après des mois de harcèlement ? Ah, OK…) l'avaient autant surpris que dégoûté… L'attitude autrement plus affable et généreuse d'Hermance et de Rose qu'il espérait contagieuse n'y a pas suffi. Pas plus que la gentillesse et sa complicité naissante avec Lou. Arnaud a préféré renoncer que de se prendre un nouveau mur. Il est reparti comme il était venu, s'est arrêté un peu chez Mariette avant de rentrer à Bordeaux. Il a insisté pour que Rose le laisse prendre le car, cette fois. Elle a refusé, ajoutant qu'elle le raccompagnerait à Annecy, montrant à Antoine à quel point il avait été en dessous de tout, espérant le réveiller. Elle ne cautionnait pas son attitude. Il la décevait… sans doute pour la première fois depuis qu'ils étaient ensemble. Elle ne comprenait pas sa crispation, ses rancœurs d'un autre temps, son absence de bienveillance, sa mesquinerie… Il avait retrouvé son frère, son seul, son unique frère, bon sang ! Il avait là l'occasion de démêler les conflits, de faire table rase, de poser les marques d'une complicité nouvelle entre eux. Qu'importaient les vieilles jalousies, les incompréhensions, les déceptions et les lacunes… Il fallait oublier ça et permettre à leur relation de repartir sur de nouvelles bases.

La veille du départ d'Arnaud, quand il a eu dit qu'il préférait s'en aller parce qu'il sentait qu'il « dérangeait », Rose et Antoine se sont disputés, une fois la porte de leur chambre fermée. Le genre de choses qui n'arrive presque jamais. Elle voulait qu'il s'excuse, qu'il tende la main à son frère, qu'il l'empêche de repartir. Il était mal, il avait besoin d'eux ! « Tu n'as pas de cœur » a été la phrase de Rose qui a transpercé celui d'Antoine. Comment pouvait-elle penser cela ? Elle ne voulait pas comprendre sa souffrance de frère niée, il y a huit ans. « Je pensais que tu avais l'âge de la maturité et que tu avais dépassé le stade revanchard », lui a-t-elle assené. Elle n'a pas ménagé ses coups. Pour le faire réagir. Pour qu'il ait honte. Il n'a rien laissé paraître. En son for intérieur, pourtant, Antoine a été atteint. Mais il était trop fier, il a laissé partir Arnaud.

Le lendemain, Simone a appelé Antoine. Visiblement pour en remettre une couche. « Je pensais que tu avais grandi, mais non. Tu ne pouvais pas faire un effort ? Tu voulais qu'il reparte de chez toi encore plus déprimé ? Quel égoïste tu fais ! Tu crois que c'est ce que voulaient Hermance, Rose et Lou ? As-tu pensé à elles ? » Bref… Il en a pris pour son grade, de tous les côtés.

Hermance, elle, n'a rien dit. Mais son silence déçu, les jours d'après, parlait pour elle.

12

Fêter Noël

Quelques courtes et banales semaines ont passé, au rythme d'un quotidien bien huilé. La saison de ski a commencé. Antoine a ressorti sa combinaison rouge de moniteur ESF. Lou, avec l'école, a aussi entamé le cycle ski. Il lui tarde de dévaler les pistes avec son père, pendant ses jours de congé.

Cette fois, les fêtes de fin d'année frappent bel et bien à la porte. Comme souvent, et pour éviter à Hermance un trop long trajet, la famille d'Antoine les rejoindra au Grand-Bornand pour l'occasion. Puis le trio gagnera la Normandie pour fêter le passage à la nouvelle année.

Toute la famille d'Antoine sera là.

— Même tonton Arnaud ? a demandé Lou.

Antoine a été surpris de cette question où résonnait une note d'espoir.

— Oui, même tonton Arnaud, a confirmé Antoine.

La question ne s'était pas posée : à Noël, comme

la tradition l'exige chez les Dussac ainsi que dans nombre de familles, tous les membres sont invités d'office.

— Chic ! Je l'aime bien, moi, tonton. Il est gentil. On a fait plein de jeux de société, quand il est venu. Il m'a même appris à jouer au tarot africain. Tu connais, papa ?

Antoine ne connaissait pas. Dans sa tête, il a trouvé drôle que son frère soit revenu d'Amérique avec un jeu qui s'appelait « tarot africain ». Ce qu'il a surtout noté, c'est qu'Arnaud avait une alliée de plus, et une alliée de poids. C'était tout lui. Il se débrouillait toujours pour que tout le monde l'adore. Évidemment, il ne comptait pas laisser son frère fêter Noël en solitaire, à Bordeaux… le seul moment où ils se sont parfois croisés, ces dernières années. Et puis, Rose lui avait parlé de « l'esprit de Noël », l'incitant à faire un pas vers son frère, et la paix, idéalement. Antoine n'a rien promis. Néanmoins, intérieurement, et depuis la venue d'Arnaud et son départ précipité, l'idée avait cheminé dans son esprit. Ils n'allaient pas rester comme ça, à s'ignorer… D'autant qu'il n'avait que lui, comme frère. Mais bon. Le côté « aimons-nous les uns les autres parce que c'est Noël » avait tendance à agacer Antoine. Son père serait là, lui aussi, et, Noël ou pas, les lignes ne bougeraient pas. Le mur serait toujours là. L'esprit de fête a ses limites.

*

Simone, Jacques et Arnaud sont arrivés le 23 décembre au soir. Antoine a joué la carte de la bonne figure, promesse d'un accueil plus que courtois et d'une humeur presque joviale, annonciatrice d'une agréable soirée. Rose a apprécié son effort d'ouverture. Elle le lui a glissé, entre deux portes, pendant le dîner, l'a embrassé. Il a souri, de l'air de celui qui veut bien se laisser amadouer dans ces conditions. Il le lui a dit en l'enlaçant, elle a pouffé de rire. « Je t'aime, toi », a-t-il murmuré à son oreille. « Non, c'est moi », a-t-elle répondu. « Moi, plus que toi », a-t-il continué. Ils pourraient passer de longues minutes à jouer ainsi. Avec elle, il redevient parfois l'enfant qu'il n'était plus, à l'époque où lui, tout, était trop sérieux.

Le lendemain, alors que Simone, Hermance et Rose s'appliquaient à préparer un menu de réveillon de haute volée, qu'Antoine était sur les pistes avec ses petits élèves, les trois autres ont opté pour une journée sur les skis, au Chinaillon. Lou était ravie d'enchaîner les descentes avec son Papou et tonton Arnaud. Elle l'a d'ailleurs trouvé très drôle, de par son goût assez exclusif pour les pistes vertes. « Je ne suis pas très ski », s'est-il défendu. « Tu es quoi, alors ? », l'a taquiné Lou. Il a dit préférer les activités en intérieur, la lecture, les puzzles et les maquettes. Elle l'a trouvé encore plus drôle. Presque bizarre. Surtout pour un enfant de la montagne ! Lou découvrait comme les deux frères étaient différents malgré leur faible écart d'âge. La gaucherie d'Arnaud sur les skis souffrait tellement de la comparaison avec l'aisance professionnelle de son père ! Et s'il n'y avait que ça… Même physiquement, ils ne se ressemblaient pas. Hormis les yeux, bleus… quoique d'un bleu différent. Arnaud, le petit frère, mesurait presque un mètre quatre-vingt-dix, soit quelques centimètres de plus qu'Antoine. Il était mince, pour ne pas dire maigre, quand l'autre était plus carré. Arnaud était châtain clair, Antoine avait les cheveux très bruns. Leurs visages, surtout, différaient dans la forme autant que dans les expressions.

*

Ils sont dix-sept autour de la table, pour le réveillon. Mariette, son mari Régis, leurs deux enfants et leurs quatre petits-enfants sont venus d'Annecy pour fêter Noël tous ensemble. Arnaud dénote, mais assume son pull de Noël dans la plus pure tradition anglo-saxonne, avec tête de renne et pompons sur fond rouge. « Tradition… Vous devriez vous y mettre ! » Hermance trouve l'idée géniale : l'année prochaine, chiche, tout le monde aura le sien. Jacques réprime difficilement une grimace et serait tenté de refuser de participer à cette parade ridicule. Cela se lit aisément sur son visage crispé. Les plus téméraires, ou les moins discrets, pouffent de l'imaginer vivre ce calvaire. Mais Lou explose de joie : « On pourrait même faire un concours du plus moche pull de Noël ! » L'idée fait rire et enthousiasme à la fois ; on vote « pour » à l'unanimité moins Jacques, opportunément parti se rafraîchir. Attention à qui voudrait contourner la loi de l'année prochaine… Le gage encouru sera dissuasif.

Il y a de l'animation, tout au long de la soirée. Lou

fait sa folle avec ses cousins qui n'ont d'éloignés que le nom. Ils sont cinq, on dirait qu'ils sont vingt… Ils se voient une à deux fois l'an, ils ont entre deux et dix ans, et ne manquent pas d'occupations ou de bêtises à réaliser à chaque occasion.

L'excitation est à son comble au moment d'ouvrir les cadeaux. Il est tard – les plus courageux sont revenus de la messe de minuit, qui s'est avérée magnifique mais un peu longue. Le sapin, bien que de belle taille, semble disparaître sous l'amoncellement de cadeaux qu'ont disposés les adultes pendant qu'on couchait les deux plus jeunes. On les a réveillés en leur racontant que le Père Noël avait dû commencer sa tournée par Le Grand-Bornand et qu'il était passé très vite, vu l'ampleur de sa tâche. Les yeux bouffis de sommeil, mais la pupille éclatante, ils ont couru vers le sapin en poussant des cris stridents. C'était le signal pour lancer le grand déballage.

La bonne humeur règne. Les cris aussi, entre surprise et joie bruyantes. Après les enfants, c'est au tour des adultes. Arnaud ne s'est pas foulé : il a acheté pour les trois maisons trois jeux de toc identiques. « Un super jeu québécois ! », s'exclame-t-il, fier de son idée. Les autres le regardent, vaguement déçus par cet argument pas très vendeur. On dirait un jeu de petits chevaux… Ils ont passé l'âge, non ? « C'est bien plus que ça, vous verrez ! », affirme Arnaud. Pour le reste, les cadeaux sont dans la lignée habituelle, sans grande originalité : Jacques reçoit entre autres des marrons glacés et une nouvelle cravate, Hermance un livre de recettes et un tablier (comme si elle n'en avait pas déjà dix), Antoine un beau livre sur les plus hauts sommets du monde, Rose une carte cadeau pour une journée bien-être, Arnaud un guide de développement personnel par sa mère. (« J'ai échappé à *Surmonter sa dépression* et *Comprendre les femmes*, c'est déjà pas mal », dira-t-il à Rose avec humour le lendemain, une fois le message digéré...)

Finalement, la soirée s'est bien passée. Quoi qu'il lui en ait coûté, Antoine s'est parfaitement comporté avec son frère et son père. Jacques est resté fidèle à lui-même, l'attitude digne, le sérieux incarné, le sourire mesuré, sous les yeux consternés de Simone. Régis a cherché à faire rire, avec des blagues réchauffées et un résultat logiquement mitigé, ce dont il semble avoir pris l'habitude, mais qui ne l'empêche pas de recommencer à chaque événement, cherchant peut-être à rencontrer un jour le succès et à décrocher le statut unique de rigolo de la famille... Mariette a passé le repas à le tancer gentiment. Arnaud a semblé quitter son rôle de dépressif le temps d'amuser la galerie avec des anecdotes sorties de sa vie à Montréal. Son imitation réussie de l'accent québécois et sa maîtrise du vocabulaire ont remporté un franc succès... sous les yeux envieux d'un Régis visiblement démuni. Hermance, aux anges, n'arrêtait pas de répéter que c'était formidable que tout le monde soit là, en tapotant l'avant-bras de son petit-fils revenu d'Amérique. Durant ces quelques heures, on a réussi à oublier les petits conflits, les incompréhensions et rancœurs, pour ne garder que le positif et assurer la bonne humeur requise en ces périodes de fêtes. Au moment de se coucher, Lou ne peut d'ailleurs s'empêcher d'affirmer :

— Le chalet du bonheur porte vraiment bien son nom, hein, papa ?

Antoine approuve et sourit. Il lui est doux de constater que sa fille, comme les autres enfants, ne perçoit pas toutes les complexités de la vie des adultes. Laissons-les encore, pour aussi longtemps que possible, dans l'innocence bénie de l'enfance, se dit-il avec un brin de nostalgie.

13

Prendre le temps autour d'un chocolat chaud

Rose et Lou sont parties trois jours avant Antoine. N'ayant que deux jours de congé, ce qui est déjà bien, il ne fera qu'un aller-retour rapide entre Le Grand-Bornand et Fécamp. Beaucoup de kilomètres pour le plaisir accordé à Rose d'être sur ses terres à la Saint-Sylvestre. Elle n'aurait pu envisager de passer à la nouvelle année sans lui. Elle serait restée au chalet s'il n'avait pas pu se libérer.

Rose et Lou ont donc troqué la neige et les pistes pour la mer et la plage. Anne-Marie et Yann, mamie Mer et papy Bêtises, étaient si heureux de les revoir ! Le temps leur avait paru long sans leur fille et leur petite-fille, depuis l'été dernier. Pour l'occasion, dès le premier soir, sont arrivés groupés Marie-Cécile, la tante et marraine de Rose, son mari Michel, ainsi que Fanny et Bastien.

Pendant que Lou fait découvrir le fameux jeu de toc à ses grands-parents, Rose part marcher le long de la plage avec Marie-Cécile. Ensuite, elles iront à leur salon de thé habituel. De ces rituels immuables que rien ne saurait empêcher. Elles aiment toujours se retrouver et discuter ensemble. Il y a entre elles un lien très fort noué, sans doute, au moment où Rose avait pour maison l'hôpital. Marie-Cécile avait autant épaulé sa sœur, en proie à des angoisses vertigineuses, que sa nièce, multipliant chaque semaine la centaine de kilomètres qui la séparait de Saint-Germain-en-Laye, où ils habitaient alors. Quand Anne-Marie avait du mal à rester forte et à s'occuper de Fanny et Bastien qui avaient besoin d'elle aussi, Marie-Cécile prenait le relais dès qu'elle disposait d'un moment. Elle apportait à Rose des livres. Elle restait auprès d'elle, lui parlait, la soutenait. Tout cela, bien entendu, une fois que la petite fille était sortie de sa chambre stérile.

Depuis, elles ne se voient jamais sans se parler vraiment. De tout, de rien… mais le plus souvent de choses profondes, personnelles, philosophiques. Cela, sur fond de joie. C'était peut-être Marie-Cécile, d'ailleurs, qui avait inculqué à Rose son énergie vitale, son goût des bonheurs simples, son appétence pour la contemplation. Elle lui avait appris tout cela, oui. Puis l'élève avait dépassé le maître, par sa propre capacité de résilience. Par son regard sur le monde et la vie qu'elle puisait partout, y compris dans le mouvement. La danse avait fait partie du processus.

— Antoine va bien ? demande Marie-Cécile, une fois le pied posé sur la plage de galets.

— Oui, très bien. La saison commence. Elle s'annonce prometteuse : il a beaucoup neigé.

— Je ne sais pas comment tu fais pour vivre là-bas, soupire Marie-Cécile en riant. Toute cette neige… Certes, c'est beau, mais il faut déblayer, conduire sur des routes glissantes… Il faut aimer, quand même. Je ne pourrais pas.

— Moi, j'aime. J'aime cette vie au grand air, à la campagne. Nous sommes privilégiés. Certes, il faut souvent prévoir large, côté timing, pour déblayer, comme tu dis, à cette saison. Mais quel bonheur de se réveiller le matin sous la neige et de redécouvrir le paysage, qui a changé depuis la veille. On ne s'en lasse jamais. Depuis que nous vivons là-bas, il n'y a plus de stress. Nous nous sentons reposés et sereins. Et Lou est tellement heureuse !

Marie-Cécile sourit. Elle est touchée depuis toujours de voir *sa* Rose en « maman ». Parfois, elle lui demande si elle aimerait avoir un autre enfant, un autre vraiment à elle. Mais Rose dit toujours : « Pour l'instant, je n'en ressens pas le besoin. » Parfois, elle développe : elle est encore jeune… et puis Lou est « comme sa fille ». Elle l'a connue à ses quinze premiers jours de vie et, depuis, elle a presque toujours vécu avec elle.

Elles marchent longtemps, se ménageant régulièrement des pauses contemplatives. Rose a toujours aimé le son particulier des vagues se frayant un chemin sur les galets avant de se retirer, et regarder le soleil descendre et colorer les falaises de calcaire. La lumière est si belle, les après-midi d'hiver. Pas étonnant que les impressionnistes aient trouvé leur inspiration dans cette région.

Autour d'un chocolat viennois et d'un délicieux *carrot cake*, les deux femmes consacrent leur discussion à l'évocation de la famille, au sens large. Derniers événements, mariage en vue, naissances attendues, orientation des jeunes, projets divers… Une mise à jour des données, en somme.

Elles quittent le salon de thé et prennent la direction de la maison des parents de Rose. En chemin, elles parlent de la danse, de la joie de l'enseigner.

— Je n'aurais jamais cru que je pourrais être aussi épanouie, dans ma vie, et dans tous les domaines, glisse Rose en guise de conclusion, au moment de franchir le portillon du jardin.

— Je suis tellement heureuse de te savoir heureuse, répond sa marraine en la prenant affectueusement par les épaules.

*

— Tu es ravissante, ma chérie, susurre Antoine à l'oreille de Rose, lorsqu'il la découvre dans une robe de réveillon noire, simple mais très élégante et qui souligne sa silhouette fuselée.

Rose sourit et l'embrasse.

— Tu n'es pas mal non plus, avoue-t-elle, avec un regard tendre.

— Et moi ? Je suis ravissante, moi ? demande Lou qui passait par là, l'oreille assez tendue pour avoir entendu son père, et qui se met à tournoyer pour faire voleter sa robe à paillettes, en guise d'argument imparable.

— Tu es magnifique, ma puce. Viens là que je te fasse un bisou.

Elle s'exécute et met ses bras autour du cou de son père, qu'elle entrouvre finalement plus grand afin que Rose se joigne à eux. « Câlin à trois ! »

La scène n'a pas échappé aux parents de Rose, qui pensent, comme tous ceux qu'ils connaissent : « Quelle jolie petite famille… »

Les seuls qui ne partagent pas cet avis sont ceux qui ne peuvent accepter cette image d'un bonheur qui aurait dû être celui de leur fille. Et cela peut se comprendre. Les parents de Raphaëlle, dont c'était l'unique enfant, n'ont jamais réussi à se remettre de son décès dans les circonstances que l'on connaît, pas plus qu'ils n'ont réussi à admettre que Rose l'ait *remplacée* très vite dans la vie puis dans le cœur d'Antoine et de Lou. S'ils acceptent éventuellement de recevoir Rose chez eux, ou de venir au chalet chaque année, c'est uniquement pour la petite. Ils ne sauraient reconnaître les qualités de Rose, ils la tolèrent, et c'est tout. Parce qu'il le faut bien. Le malheur ne les rend pas objectifs… Antoine a renoncé depuis longtemps à leur prouver qu'ils ont tort. Un jour, il leur avait dit : « Raph aurait aimé Rose, si elle l'avait connue. » Mais n'avait récolté qu'un haussement d'épaules méprisant. Ils n'accepteraient jamais la réalité qui était la leur depuis huit ans. Huit ans de malheur, huit ans de non-acceptation, huit ans à vivre à deux, sans enfant, sans espoir, sans vie, sans joie autre que celle de voir de temps en temps leur petite-fille. Huit ans, avec la certitude que toutes les années à venir se vivront à l'identique. Pierre et Marie appartiennent à la catégorie des gens qui ne parviendront jamais à faire leur deuil. La chambre de leur fille est restée telle quelle… pièce sanctuaire gravée dans le marbre, où Marie vient encore parler tous les jours à Raphaëlle.

*

La Saint-Sylvestre a été semblable à celle des autres années, festive, pantagruélique, joyeuse. Fanny, la petite sœur de Rose, a annoncé sa grossesse en fanfare, ce qui a ajouté à l'ambiance générale. Marie-Cécile et Rose ont tenu bon sur la piste de danse jusque très tard, comme à leur habitude, et se sont couchées les dernières. Quand Rose s'est mise au lit près d'Antoine, il a murmuré, ensommeillé : « J'aime quand tu danses. »

Et cela leur rappelle toujours comment la danse, un soir d'hiver au Grand-Bornand, les avait rapprochés, sur la piste d'une discothèque – lieu non romantique par excellence. Lorsque Rose danse, elle accède à une autre dimension. Comme possédée, ailleurs. Il l'avait alors découverte sensuelle, sûre d'elle dans son regard, presque provocante, et il n'avait pas su si elle jouait. Elle avait tellement fait tourner la tête d'Antoine qu'il l'avait embrassée sans réfléchir. Et c'est ce baiser-là qui avait enclenché leur histoire d'amour.

14

Retrouver Manon

Manon et Rose, c'est une histoire qui date. Elles se sont connues en 6e, sur les bancs du collège, à Saint-Germain-en-Laye. Elles sont depuis toujours aussi dissemblables que le jour et la nuit, mais sont restées amies. Malgré des caractères différents, des orientations différentes, des modes de vie différents, des choix différents. L'amitié n'obéit à aucune logique, à aucun tracé. Il y a entre elles un élastique qui les rapproche ou les éloigne, selon les moments qu'elles ont traversés. Depuis que Rose vit au Grand-Bornand, il tend à se détendre. Souvent, elle y pense. Constate que les kilomètres entre elles les amènent, évidemment, à se voir moins fréquemment. Normal, puisque Manon est restée en région parisienne. Mais elles se croisent aussi moins souvent par téléphone ou messagerie, ou vidéo. Pour Rose, il n'est pas seulement question de kilomètres entre elles. Il y a d'autres explications possibles. Il lui apparaît assez nettement que

« chacune est dans sa vie », à construire son couple, à grandir. Logique, à leur âge. Mais Rose aurait tendance à attribuer leur « éloignement psychologique » à autre chose... une sorte de décalage auquel Antoine ne serait pas étranger. Car, à bien y réfléchir, c'est en effet petit à petit, détail par détail, qu'un changement s'est produit entre les deux filles. Bien avant que Rose quitte l'Île-de-France, Manon s'était montrée légèrement plus distante. Depuis que Rose était avec Antoine. Certes, Rose s'était elle-même recroquevillée sur son nouveau couple et la famille qu'ils formaient, avec Lou... ce qui avait entraîné moins de temps ensemble, et peut-être un brin de jalousie de la part de Manon. Mais, surtout, il y avait peut-être tout simplement les quatorze ans d'écart avec Antoine, et le caractère bien trempé de Manon avec lequel celui-ci ne semblait pas en symbiose. Voilà : entre Antoine et Manon, cela ne tenait d'aucune évidence. Ils se côtoyaient par obligation, parce qu'ils avaient Rose en commun, dans une relation polie mais dénuée de complicité, ne se parlant que par nécessité, ne creusant aucun sujet, ne laissant échapper ni affection ni enthousiasme, sans réel partage, dans laquelle on ne rit pas vraiment ensemble ni des mêmes choses. Ce n'est pas qu'ils ne s'entendent pas... On pourrait plutôt dire qu'ils s'indiffèrent.

C'est pourquoi la venue de Manon et de Vincent, lors de ces vacances d'hiver, en ce début de février, fait autant plaisir à Rose qu'elle l'appréhende. Comme l'été dernier, comme chaque fois. Elle se demande toujours comment cela va se passer. Pour autant, elle n'en dit rien à Antoine. Ne veut pas le culpabiliser (est-ce qu'on choisit d'avoir des atomes crochus avec quelqu'un ?). Il ignore officiellement – mais devine peut-être – qu'elle est déçue, au fond, de l'évolution de cette vieille amitié. Lui la respecte, fait des efforts, se montre aimable, parle… y compris avec Vincent, avec lequel il n'a pas beaucoup plus d'affinités. Il le trouve un peu spécial (il l'est, par son côté pince-sans-rire, cynique, blasé et prétentieux à la fois), ne partage pas ses centres d'intérêt. Heureusement, à défaut d'avoir tous ensemble de grandes discussions intéressantes, ils ont le même goût pour les jeux de société, qui agrémentent et sauvent leurs soirées. Jeux de cartes, jeux de plateau, jeux de stratégie, jeux de mots… toute la collection d'Antoine et de Rose peut y passer.

*

Le troisième soir, ils se retrouvent tous les six autour d'une fondue savoyarde réalisée dans la plus pure tradition par Hermance. Les morceaux de pain plongent avec gourmandise dans le fromage au vin blanc qui file autour des piques en métal. Il ne faut surtout pas faire tomber son croûton dans le poêlon, sinon gare au gage ! Lou se montre intraitable, en arbitre.

— Elle est délicieuse, votre fondue, Hermance ! félicite Manon avec enthousiasme.

Vincent approuve de la tête. Il se régale tellement qu'il enchaîne les morceaux de pain à une vitesse prodigieuse qui ne lui permet pas de parler. À croire qu'il n'a pas mangé depuis quinze jours. Rose ne l'a jamais vu si vorace, ce qui déclenche l'hilarité de la tablée.

— Le ski, ça creuse ! s'exclame Hermance, étonnée par les capacités pantagruéliques de Vincent. Vous avez passé une bonne journée ?

— Oh oui ! La neige était parfaite, là-haut, assure Manon.

— C'est vrai, confirme Antoine. Avec ce qu'il est tombé la nuit dernière, les pistes sont très agréables.

— Pfff, lâche Lou. Je suis trop dégoûtée de ne pas avoir pu en profiter.

Si les Parisiens ont la chance d'être déjà en vacances, celle qui joue à la préado est toujours à l'école et va devoir patienter encore quelques jours. Rose sourit avec empathie. Elle non plus n'en profite pas : elle travaille toute la journée aussi.

— Au fait ! lance Manon. On a vu qu'il y avait une soirée DJ sur glace après-demain soir. Ce serait super d'y aller tous ensemble !

— Oui, enfin, *tous ensemble*... pour vous, les jeunes, la reprend Hermance. Ce sera sans moi.

Elle préfère en rire.

— Je garderai Lou, ajoute-t-elle.

— Mais je veux y aller, moi ! râle Lou.

— Tu as école le lendemain, donc c'est non, ma chérie, dit Antoine fermement.

— C'est pas juste, répond sa fille en croisant les bras, en signe de mécontentement. C'est toujours la même chose. J'avais envie de danser et de patiner ! Ça fait longtemps...

— Tu as patiné avant-hier, lui rappelle Rose en riant.

— C'est ce que je dis : ça fait longtemps, répète Lou avec un maximum de mauvaise foi, tout à fait assumé.

— On dirait Manon quand je l'ai connue, remarque Rose à voix haute.

Celle-ci fait semblant de s'offusquer, avant d'éclater de rire.

— C'est vrai que j'étais médaille d'or de « râlage »… admet-elle.

— Tu étais ? Tu as gardé de bons restes !

Et tous de rire autour de la table, à la pique de Vincent. Il ne perd jamais une occasion de la titiller.

La soirée se poursuit joyeusement. Après la fondue et des clémentines, ils ont sorti des jeux de société. L'ambiance est au beau fixe.

Finalement, la semaine avec Manon et Vincent se sera bien passée. La soirée « DJ sur glace », au cours de laquelle la patinoire se transforme en boîte de nuit, sera même qualifiée de « meilleur moment » à l'unanimité. Seul bémol pour Antoine : il a enfin rencontré le fameux Romain, le partenaire de danse sur glace de Rose. Elle en a parlé bien des fois depuis qu'elle s'entraîne avec le club, et avec lui tout particulièrement. Il les a vus discuter ensemble. Les a trouvés un peu trop proches. Il n'en a rien laissé paraître, n'en a rien dit. Pas son genre d'être jaloux.

15

Être jaloux, quand même

Ce matin, Lou n'est que joie et énergie. Plus encore que d'habitude. Et pour cause… Elle ne reprendra pas, demain, le chemin de l'école, car ce sont enfin les vacances. Elle va pouvoir skier tous les jours avec le centre aéré, retrouver ses copains sans les cours, les cahiers, les devoirs à faire. Ce n'est pas qu'elle n'aime pas l'école, mais elle préfère le grand air, jouer, s'amuser… C'est tellement plus sympa !

Cette première semaine, cependant, elle n'ira pas au centre et elle en est ravie : sa copine Zoé est au chalet, avec ses parents et sa petite sœur Garance, venus en famille depuis Boulogne. Cédric et Mélanie étaient les voisins d'Antoine. Ils sont rapidement devenus bien plus que cela : de véritables amis. De ceux, plutôt rares, qui ne l'ont pas lâché dans la peine, qui sont restés à ses côtés, qui étaient là en cas de besoin, et même pour, de temps en temps, le bousculer un peu. Ils ont été les premiers à avoir perçu entre Antoine et Rose un petit quelque chose, bien avant que les intéressés n'en soient eux-mêmes conscients, tant ils avaient échafaudé entre eux un interdit de taille. Cédric et Mélanie avaient tout de suite adopté Rose, une fois leur couple officialisé. Les années côte à côte avaient solidifié plus encore cette belle amitié. Mélanie et Cédric en avaient eu gros sur le cœur de voir partir leurs voisins-amis avec qui ils partageaient tant. Alors ils avaient pris l'habitude de combler le vide qu'ils ressentaient depuis leur départ en se rendant dans les Alpes à chaque période de vacances ou presque. Pour la plus grande joie de leurs filles qui s'entendaient à merveille avec Lou.

C'est d'ailleurs la folie dans la chambre de Lou. Zoé et Garance sont aussi énergiques qu'elle dès le réveil. Ça saute sur les lits, ça lance les oreillers, ça crie, ça rigole. Ça réveille de bonne heure toute la maisonnée. Que l'on soit dimanche tient du détail. La grasse matinée ? Connaissent pas. Les trois chipies dévalent l'escalier au chant de « On veut dé-jeuner ! ». Elles sont accueillies par une Hermance qui, en dépit de sa bonne humeur habituelle, leur enjoint de se calmer un peu. Sinon, pas de déjeuner…

— Tu nous as fait des crêêêêêpes ! hurle Lou, avec son enthousiasme habituel.

— Ma Lou, qu'est-ce que je viens de dire ? Je vous ai demandé de vous calmer… Vous allez réveiller tout le monde…

— Trop tard, confirme Antoine, descendu à pas de loup, les cheveux hirsutes et les yeux bouffis de fatigue.

Lou éclate de rire à la vue de son père, imitée par les deux autres. Il est trop rigolo, Antoine. Non, vraiment, rien ne les calmera… sauf peut-être le fait de manger. Le reste de la maisonnée les rejoint, on s'attable autour d'un petit déjeuner de fête. En ce premier matin, on évoque le programme de la semaine. Le ski sera à l'honneur, évidemment. Et la luge. Et la confection d'un bonhomme de neige géant. Mais Antoine a aussi prévu de les emmener faire une balade en raquettes. Et vendredi soir, ce sera le gala de patinage ! Rose et Lou se produiront sur la glace devant eux. Cette perspective ne manque pas d'ajouter de l'enthousiasme à cette dernière qui n'était pourtant pas en déficit… Elle en renverse son bol de chocolat, ce qui provoque rires des petites et remontrances paternelles.

— Lou, quand même… Tu pourrais faire attention. Je crois que tu vas aller te calmer dans ta chambre pendant quelques minutes. Mais, avant, tu te lèves, tu vas chercher l'éponge, et tu nettoies. Correctement, c'est d'accord ?

Lou s'exécute sans broncher, sous les yeux attentifs de son père.

— Allez donc vous préparer pour le ski, ordonne Hermance aux trois filles, une fois que Lou a terminé de passer l'éponge.

Ses oreilles sont déjà fatiguées par les décibels matinaux. Elle n'a qu'une hâte : retrouver une maison silencieuse, se pelotonner dans son fauteuil avec le chat Maxou sur ses genoux.

*

Parents et enfants ont oscillé toute la semaine entre joies de la neige et des papilles, entre chutes et franches rigolades. Les « Parisiens » partent déjà demain. C'est un peu triste, mais cette dernière soirée s'annonce festive. On reporte à demain l'émotion des au revoir.

Ce soir, on profite d'être tous ensemble, et on admire le club de patinage qui présente son gala. Devant les yeux ébahis de ses deux copines et ceux, admiratifs, de son père, Lou se livre avec les autres enfants à une très belle prestation. Sur la musique de *Pirates des Caraïbes*, les petits patineurs donnent tout ce qu'ils ont. Lou semble jouer sa vie et s'applique visiblement : lèvres rentrées, elle a l'attitude de l'élève concentrée et soucieuse de donner le meilleur d'elle-même. Quoi qu'il en soit, Lou montre de belles capacités, pour une première année. Antoine reconnaît l'aisance de Rose sur la glace. Comme si elle lui avait transmis ses aptitudes autant que ses attitudes. Ce n'est pas la première fois qu'il le constate. Elles n'ont pourtant aucun gène en commun. Parfois, il a tendance à l'oublier. Entre l'inné et l'acquis, il aurait tendance à penser que le second l'emporte… Vie quotidienne, partage des passions, mimétisme font que Lou ressemble étonnamment à Rose. Aurait-elle été une Lou différente si elle avait grandi avec Raphaëlle ? Mais l'heure n'est pas aux questionnements philosophiques. Le passage des enfants sur la glace se termine sous les applaudissements, et son cœur de père se gorge de fierté.

Après les enfants et les ados, c'est au tour des adultes de se livrer à une chorégraphie sur glace. Rose danse d'abord avec trois autres femmes, sous le regard souriant d'Antoine, qui ne se lasse jamais de la voir glisser avec grâce et technicité, avec autant de naturel que si c'était facile. Sur un extrait de l'acte II du *Lac des cygnes*, les quatre patineuses enchaînent les mouvements avec brio. Antoine n'a d'yeux que pour Rose qu'il trouve évidemment *plus* que les autres. Plus belle, plus douée, plus souriante. Il est curieux de voir la suite. Il sait que le show se termine par son duo avec Romain.

Quand ils arrivent sur la glace, main dans la main, Antoine se tend malgré lui. Le couple de danseurs s'immobilise au centre de la patinoire.

— Ils sont magnifiques ! s'exclame Mélanie, dont l'admiration ne s'arrête pas à leurs tenues scintillantes.

Cédric approuve, Antoine aussi, un ton en dessous. Il a du mal à déglutir. La musique démarre. Il s'agit de « Time of My life ». « Comme c'est cliché », pense-t-il. Rose et son cavalier s'élancent. Alors que le public prend plaisir à les admirer tandis qu'ils évoluent sur la glace, les quatre minutes du morceau s'avèrent douloureuses et suffocantes pour Antoine qui peine à respirer. La gorge nouée, une suée glacée dans le dos, il constate avec effroi la complicité évidente qu'il y a entre Rose et Romain, faite de gestes et de regards. Il n'aime pas les mains de cet homme sur la taille de *sa femme.* Il n'aime pas qu'il la fasse tournoyer, qu'il la porte en la tenant par les cuisses. Il n'aime pas qu'ils jouent. Non, il n'aime pas du tout. Il a les mâchoires serrées.

— Ça va, Antoine ? s'enquiert Mélanie, peut-être surprise de le voir aussi tendu.

— Oui, oui, articule-t-il en tentant de se reprendre.

Mais il ment.

*

Antoine a gardé le silence durant tout le trajet du retour. Il a félicité Rose du bout des lèvres. Il avait même perdu son enthousiasme pour la prestation de Lou. N'a su que lui dire « bravo, ma chérie », mais sans vraie conviction, sans toute la fierté qu'il avait éprouvée.

Rose a fait semblant de se satisfaire de ce retour. Elle s'est dit qu'elle avait peut-être raté un chapitre, qu'Antoine était contrarié par quelque chose qui lui échappait. Comment aurait-elle pu deviner qu'il était jaloux ? Il ne l'avait jamais été.

— Tu es sûr que ça va ? lui a-t-elle demandé, avec sollicitude.

— Évidemment que ça va, a-t-il répondu, un peu trop sèchement. Pourquoi ça n'irait pas ?

Une fois les enfants couchés et enfin silencieux, les quatre adultes sont redescendus terminer cette dernière soirée près du feu, avec un vin chaud ou une tisane aux épices. Antoine essaie de faire bonne figure, même si devant ses yeux tournoient encore Rose et ce Romain, et que cet épisode lui reste en travers. Et comme si cela ne suffisait pas, Mélanie revient sur le sujet, répétant pour la cinquième fois de la soirée : « C'était super ! » Quand elle ajoute : « Quel bel homme, ce Romain », il manque de s'étouffer et de recracher du vin chaud sur son pull blanc. Rose hausse les épaules. Elle n'en a que faire. Voilà qui pourrait rassurer Antoine, mais il a du mal à desserrer les dents.

— Il patine bien, c'est l'essentiel, ajoute-t-elle en riant.

— Oui, enfin… Rien d'exceptionnel non plus. Qu'est-ce qu'il a de plus que l'autre, celui qui a dansé juste avant, avec la rousse ? Pas grand-chose. Sauf une belle gueule. Quoiqu'un peu « minet », je trouve. Mais je ne vois pas le rapport avec le patinage. Même si, visiblement, ça donne une valeur ajoutée pour Mélanie… entre autres.

Son air bougon plutôt inhabituel rencontre trois paires d'yeux étonnées.

— Me dis pas que tu es jaloux, Antoine ? demande Cédric, taquin.

Tous le regardent et tentent de le sonder.

— N'importe quoi, répond-il avec trop de véhémence.

Rose se tourne vers lui et lui caresse la joue avec beaucoup de douceur.

— Ce n'est que du patinage, mon chéri. Dans la danse aussi, les corps sont en contact, et alors ? Ça ne t'a jamais posé de problème jusque-là. Qu'est-ce qui t'arrive ?

Antoine a un peu honte. Il sait bien qu'elle a raison, que sa jalousie n'est pas justifiée. Qu'elle est même ridicule. N'empêche... Il n'a pas aimé être spectateur de leur connivence.

16

Espérer

Lou profite de sa seconde semaine de vacances au centre avec ses copains d'école et des touristes. Antoine alterne entre ses activités de moniteur ESF et de guide pour des randonnées en raquettes. Rose danse et fait danser. Il n'y a pas d'entraînement de patinage pendant les vacances. Au grand soulagement d'Antoine, qui n'est pas pressé qu'elle retrouve Romain. Il ne craint pourtant rien. A toute confiance en Rose. C'est une espèce de malaise idiot, une peur irrationnelle qui le dépasse un peu, sur lesquels il va devoir travailler. Lui-même ne comprend pas pourquoi il est jaloux, comme ça, tout à coup. Pourquoi là, pourquoi maintenant ? Alors qu'il ne l'a jamais été, ni avec Raph, ni avec Rose, ni avec aucune autre. C'était jusqu'alors un sentiment totalement étranger, ce qui d'ailleurs le rassurait. Il sait combien la jalousie, lorsqu'elle est maladive, peut se transformer en prison. Sans en arriver là, il compte bien se reprendre, s'empêcher de s'enfoncer dans des pensées sombres et suspicieuses. Hors de question qu'il surveille Rose, son emploi du temps, son téléphone, son attitude. Elle a seulement patiné avec lui. Ce n'était qu'une chorégraphie. A priori, ils ne se voient jamais en dehors des cours et des répétitions. Il n'y a vraiment pas de quoi être jaloux. Surtout que Rose est tellement au-dessus de cela. Il sait son amour. C'est le meilleur des remparts. Elle se fiche totalement de ce Romain. Il se répète cette phrase comme un mantra.

Quelques jours plus tard, Rose se décide à évoquer le sujet au cours de la soirée. La surprise qu'elle a ressentie reste encore étonnamment présente à son esprit. Elle a besoin qu'il l'éclaire. Ils lisent dans le canapé. Elle lève les yeux de son livre, le regarde et lui demande, mi-sérieuse, mi-amusée :

— Mon chéri… Je voulais savoir… Tu as *vraiment* été jaloux ?

Il suspend sa lecture et pose les yeux sur elle, songeur. Elle doit parler du gala et de ce Romain.

— On va dire que j'ai ressenti quelque chose d'inhabituel qui doit ressembler aux symptômes de la jalousie, admet-il. Une sorte de douleur de te voir danser avec cet homme…

Il se rappelle les sensations physiques et surtout cette désagréable impression de voir évoluer sous ses yeux un vrai couple, qui danse, qui se regarde, qui se frôle, se touche, se séduit… comme seul au monde.

— Mais tu t'es imaginé… des choses ? Sincèrement ? Tu as douté de moi ?

— Non, non. J'ai toute confiance en toi. Tu le sais

bien. Je ne m'explique pas vraiment ce qu'il s'est passé. C'était idiot, mais c'était tellement *vrai*… C'était plus fort que moi, sur le moment.

— D'accord… Je n'aimerais pas que tu doutes de moi.

Que pourrait-elle chercher ailleurs qu'elle n'ait déjà, de toute façon ? Elle n'ajoute pas qu'elle trouve tous les autres hommes transparents. Il la prend dans ses bras et l'embrasse. Évidemment qu'il a confiance en elle. Il sait comme leur couple est fort et uni.

*

S'il y a bien quelqu'un qui le sait aussi, c'est Hermance.

Un soir d'avril, alors que Rose est absente et qu'Antoine l'aide à préparer le dîner, Hermance s'attaque à un sujet qu'elle n'a pas souvent eu l'occasion d'aborder et qui pourtant lui tient à cœur :

— Dis, mon Antoine, je voulais savoir… Est-ce que tu comptes demander la main de Rose, un jour ?

Surpris, il suspend son geste. Garde un poireau dans une main, le couteau dans l'autre. Regarde sa grand-mère. Juge l'expression désuète. Il ne se voit pas aller à Fécamp trouver celui qu'il considère déjà comme son beau-père pour obtenir son accord. Imaginer la scène le fait sourire : lui, un genou à terre, la main sur le cœur, le regard suppliant… devant Yann, que tant de solennité amuserait beaucoup. Hermance, elle, a gardé les traditions et les images de son temps. Mais le mariage, de nos jours, ne regarde que les mariés. Pas les grands-mères… aussi pleines d'espoir soient-elles.

— Je ne sais pas, mamie… On est bien comme ça, et je ne vois pas ce qu'un mariage pourrait nous apporter de plus.

Les épaules d'Hermance s'affaissent sous le poids de la déception.

— Mais tu l'aimes, ta Rose, n'est-ce pas ? demande-t-elle, comme si la réponse qu'elle connaît déjà était une raison toute trouvée et non négociable. Et elle t'aime aussi…

— Ce n'est pas la question, mamie. Et puis, j'ai déjà été marié.

Il contemple son annulaire vide. Il avait mis longtemps à enlever son alliance. Trois ans et demi. Jusqu'au soir où Rose était revenue en disant : « Je n'ai pas envie de vous quitter » et qu'elle l'avait embrassé. Ce geste qu'il n'avait jamais eu la force de faire, pas même pendant sa relation d'un an avec Jeanne, lui était apparu évident et naturel. Il avait retiré son alliance et l'avait déposée dans le coffret à bijoux de Raph, au grenier. Rose avait pris, par certains côtés, la place de Raphaëlle. Pour autant, avait-il envie de porter une bague gravée à leurs deux noms, avec une date, au même emplacement ? Antoine ne savait pas trop… Il vivait un bonheur sans nuages, et paradoxalement beaucoup plus fort, avec Rose. Fallait-il changer quelque chose à cette vie parfaite ?

— En tout cas, mon Antoine, si tu en as envie, ne tarde pas trop…

Antoine comprend le sous-entendu. Il n'aime pas

quand Hermance évoque sa fin, même à demi-mot. Elle est en pleine santé, la mort ne la prendra pas de sitôt. C'est ce qu'il se dit souvent. Pour se rassurer. Et parce qu'il y croit réellement. Sa grand-mère, c'est un roc. Pendant des décennies, elle n'est quasiment jamais allée chez le médecin. Ce n'est pas elle qui creuse le gouffre de la Sécurité sociale, se vante-t-elle d'ailleurs. Elle a, oui, une santé de fer. Au point que tous, et lui le premier, l'imaginent déjà centenaire.

— J'aimerais tellement être là… Je vous aime tellement, mes chéris, je voudrais tellement voir cela de mes yeux, continue Hermance, la voix tremblante.

Tous ces « tellement » sont à l'image de l'envie, de l'espoir, de l'amour de sa grand-mère. Touché, Antoine se lève et s'approche d'elle, la serre dans ses bras… comme si cela pouvait éviter à ses larmes de couler.

— Et je suis sûre que Lou en serait très heureuse aussi, ajoute Hermance, comme si cet argument pouvait achever de convaincre Antoine.

Ni la clairvoyance d'Hermance ni son émotion ne feront flancher Antoine ce soir.

Pour autant, il en parlera avec Rose ce même soir, lors du coucher. Ce n'est pas la première fois qu'ils évoquent un possible mariage. Néanmoins, ni l'un ni l'autre n'en a vraiment envie. Et cette fois pas plus que la précédente. Ils n'en ont pas besoin. Ils sont très heureux ainsi. Se marier dans l'unique but de faire plaisir à Hermance leur paraît un peu *léger*… Il a beau la chérir, on ne se lance pas dans les préparatifs et ce que cela implique pour les beaux yeux d'une vieille dame, aussi adorée soit-elle. Rose n'a jamais rêvé de mariage, de belle robe blanche, de grande fête. Elle ne souhaitait que rencontrer l'homme de sa vie, *le bon*… et il est là, dans ses bras. Que pourrait-elle souhaiter de plus ? Elle a déjà tout.

Parfois, malgré elle, malgré eux, car Antoine partage cette crainte, elle a peur. Ils sont tellement haut dans le bonheur qu'ils risquent d'atteindre le summum de la félicité. Peut-être y sont-ils, sans le savoir…

Parfois, une angoisse sourde l'étreint.

17

Se souvenir de la guerre

Les clochettes du muguet tendent à faner sur leurs tiges. La neige a disparu des sommets alentour, la fin de l'année scolaire approche déjà.

Hermance pose, immobile, face à son journal étalé sur la table. Ses mains tremblent un peu, et une tristesse inhabituelle se lit sur son visage. Maxou, sur ses genoux, quémande des caresses en se frottant à son ventre, mais il l'indiffère totalement. Elle semble errer dans des pensées lointaines et graves.

— Ça va, Hermance ? demande Rose, qui passait par là.

— Oh… répond celle-ci d'un air évasif, incapable de dire oui.

Rose s'arrête dans sa course. Elle était à s'affairer dans le ménage de la maison, mais l'attitude d'Hermance l'incite à se poser près d'elle. Elle s'assoit sur la chaise la plus proche. Observe la page du journal qui a causé de l'émotion à Hermance. Sans lire, la présentation en fines colonnes et sans photos lui laisse peu de doute sur la rubrique… Nécrologie.

Hermance est abonnée au journal qu'elle reçoit chaque matin de bonne heure dans sa boîte aux lettres. C'est l'un de ses passe-temps. Elle aime se tenir informée des nouvelles du monde et de sa région, bonnes ou mauvaises. Elle se réjouit des mariages et des baptêmes, mais parcourt aussi la rubrique nécrologique tous les jours. Parfois, elle en parle. « Tiens, Untel est décédé… » La plupart du temps, information ne rime pas avec émotion. Mais là, elle se tait, les yeux dans le vague.

— Tu as perdu quelqu'un, Hermance ? lui demande Rose, d'une voix douce.

— Oui… C'est Marguerite. Une amie d'enfance. Elle a fini ses jours dans une maison de retraite, à Thônes, je ne l'avais pas revue depuis un petit moment.

Hermance marque une pause.

— Elle est née au Grand-Bornand, comme moi. Nous allions à l'école ensemble.

De nouveau, Hermance se tait. Rose, patiente, attend la suite, pressentant qu'une histoire particulière se cache dans ce silence.

— Se souvenir d'elle et de notre enfance, c'est se souvenir de la guerre. Nous avons passé les années qui auraient dû être celles de l'insouciance bénie, sur fond de guerre mondiale… Je peux te dire que ça entache les souvenirs et ne laisse que peu de place à l'insouciance…

Rose connaît l'âge d'Hermance, elle sait qu'elle est

née en 1934, qu'elle avait donc cinq ans au début de la guerre. Mais, depuis toutes ces années auprès d'elle, malgré quelques questions posées, elle ne l'a jamais entendue évoquer cette époque qu'elle garde comme un secret, lourd et peut-être honteux… Le triste héritage de toute une population, dont elle se serait bien passée. Hermance est de la génération qui se tait, qui préfère oublier, qui pense que le silence peut permettre d'oublier, au moins de faire comme si cela n'avait jamais existé. Rose attend, donc. Hermance parlera-t-elle, cette fois ?

— Marguerite et moi, nous étions voisines et camarades. Nos pères l'étaient aussi, jusqu'à la guerre. Je ne vais pas te faire un cours d'histoire, ma Rose, mais je peux te raconter ce que j'ai vécu, moi, dans ma tête de petite fille.

Rose approuve gravement de la tête, prête à recevoir le témoignage de l'aïeule, regrettant déjà qu'Antoine ne soit pas présent pour le recueillir avec elle. Antoine a toujours dit à Rose qu'il n'avait jamais rien su, que sa grand-mère avait toujours refusé de lever le voile sur ce sujet. Quel dommage… Pour une fois qu'elle semble désireuse de se laisser aller à des confidences, il n'est pas là.

— Je crois qu'on ne peut pas imaginer ce que c'était, la guerre. Tu as beau en avoir entendu parler en cours d'histoire, avoir vu des images et des films, de l'intérieur, ça n'a rien à voir… Pourtant, ici, nous étions loin des combats. La Haute-Savoie était dans la zone « libre ». On pourrait penser que nous étions privilégiés. Mais ce serait oublier la guerre civile qui a fait rage. Des Français se sont battus, entretués. Les maquisards d'un côté, les collabos de l'autre. La région a été le théâtre d'événements terribles, avec trahisons, emprisonnements, exécutions sommaires… Cela s'est terminé, à la libération d'Annecy, par la fusillade de soixante-seize miliciens, ici, au Grand-Bornand. Une période très sombre pour tous…

Rose pose sa main sur celle d'Hermance, dont la peau est si fine qu'elle semble transparente. Elle tente un sourire pour inviter la vieille dame à poursuivre.

— Mon père a choisi le camp des résistants. Il est monté au plateau des Glières en février 43, avec bien d'autres, notamment les jeunes qui voulaient échapper au STO. Ils attendaient des nouvelles de Londres, des armes. Ils étaient cernés par les miliciens. Ça a duré des mois, ça a été horrible. Je vivais dans la peur permanente qu'il lui arrive quelque chose. Tu imagines, pour une enfant ? Et on ne me disait rien. Ma mère essayait bien de me rassurer, mais… Je vivais dans l'angoisse. J'étais persuadée qu'on ne me disait pas tout. Parfois, il m'est arrivé de penser qu'il était peut-être mort et qu'on voulait m'épargner. Je craignais de ne jamais le revoir.

— Mais il a fini par rentrer…

— Oui… lâche Hermance dans un souffle, encore saisie par l'émotion, toutes ces années après.

— Et Marguerite ? demande Rose.

— Son père était dans l'autre camp. Je n'ai jamais su quelles étaient ses convictions. Aussi étonnant que cela puisse paraître, beaucoup d'hommes, on l'ignore souvent, ont choisi leur camp presque au hasard. Ou pour des raisons étranges. Certains ont adhéré à Vichy parce qu'ils croyaient au maréchal, le « vainqueur de Verdun ». Hélas, quelles atrocités ont été commises durant la collaboration… La Haute-Savoie a été le premier département libéré par les seules forces de la résistance. C'était la joie, mais aussi la violence et le chaos… De nouvelles horreurs ont été commises au nom de la liberté. Des lynchages, des exécutions sommaires des miliciens au prétexte de leurs exactions ou de leurs supposées exactions… Une période trouble, dramatique. Bien sûr, j'étais trop jeune pour comprendre tout ça. Marguerite aussi. Moi, j'avais retrouvé mon père, et c'était tout ce qui comptait. Je me suis souvent demandé, après, s'il avait dû tuer… qui… pour quel motif… sa survie ou pour descendre un ennemi. C'était œil pour œil, dent pour dent, de toute façon. C'était tuer ou périr. Le choix n'était ni vaste ni cornélien. J'ai essayé, à plusieurs reprises, d'en savoir plus. Mais le sujet était tabou. Donc clos. Il fallait vivre avec ça… Mais, de mon enfance, c'est tout ce qu'il reste, ou presque : ce climat de guerre civile, et la peur.

— Et Marguerite ?

— Elle a retrouvé son père aussi. Avant moi. Il était blessé, il avait perdu l'usage de son bras droit. Mon père ne lui a plus jamais adressé la parole, après. Je n'avais plus le droit d'aller chez elle. Tu imagines les relations de voisinage… Et ils ont fini par partir. Cette histoire est loin d'être un cas isolé. Voilà ce que ça donne, la guerre… Que les hommes sont bêtes… conclut Hermance tout en refermant son journal.

Rose presse la main d'Hermance qu'elle n'a pas lâchée, avec un sourire bienveillant. Profondément émue par ces révélations, la confiance qui est la sienne pour qu'elle se livre si soudainement à cet instant. Au fond d'elle, Rose ne peut s'empêcher de se demander quels autres secrets cette femme qu'elle aime par-dessus tout a enfouis si profondément en elle…

18

Penser à eux

Simone est arrivée dès la fin juin. Pour une fois qu'elle pouvait être présente à la fête d'école de sa petite-fille ! Elle était heureuse de saisir l'occasion, pour le plus grand bonheur de Lou, qui trouvait là une raison de plus de s'appliquer sur la scène.

Simone était ravie de découvrir sa petite-fille dans le rôle du loup. Qu'est-ce qu'elle était drôle, en carnassier naïf et dépassé par la ruse de ses proies potentielles, qui ne parvenait pas à en engloutir une seule ! Quel succès ! Le spectacle a été applaudi avec enthousiasme par un public conquis d'avance, pour la plus grande joie des enfants dont la fierté faisait briller les pupilles.

*

L'été, les animations ne manquent pas au Grand-Bornand. Le 14 juillet n'échappe pas à la règle : c'est la « fête de la montagne ». Après la fête nationale, la veille, au Chinaillon, un bal et un premier feu d'artifice, toute la famille profite du jour férié pour découvrir ou redécouvrir des disciplines sportives, des démonstrations d'escalade et de sauvetage en montagne… avant de partager, le soir en plein air, un grand repas savoyard (polenta et diots en guise de plat), auquel succéderont l'illumination commentée de la chaîne des Aravis, puis un second feu d'artifice. Lou est aux anges ! Son enthousiasme débordant fatigue les autres membres de la famille… sauf Hermance, qui est restée se reposer à la maison. Il est prévu qu'on aille la chercher avant le dîner.

Quand ils arrivent à Lormay pour la récupérer, Hermance a quitté le chalet. Elle a laissé un petit mot sur la table en chêne de la salle à manger : « Retrouvez-moi à mon banc. » Antoine jette un œil à Rose. On est le 14 juillet… Ce n'est pas uniquement le jour de la fête nationale pour Hermance, ni pour d'autres gens d'ici.

Ils la trouvent en effet assise sur son banc. De là où ils sont, elle leur tourne le dos, pour mieux faire face à la chaîne des Aravis et surtout pour mieux regarder le Borne s'écouler doucement à ses pieds. Hormis Lou, tous savent pourquoi elle est là, pourquoi elle a tenu à venir s'asseoir ici, seule, avec sa canne, aujourd'hui plus motivée qu'aucun des autres jours de l'année. Chaque 14 juillet, elle vient se recueillir ici et prier. C'est son lieu de pèlerinage, celui qu'elle a choisi, personnellement, pour se rappeler la catastrophe de 1987.

— Ça va, mamie ?

— Ça va, mon petit.

— Tu es là depuis longtemps ?

— Je ne sais pas… Je perds la notion du temps, quand je suis ici.

Antoine et Rose échangent un regard. Ils se comprennent. Lou est restée avec Simone à la voiture, garée devant le chalet.

— Tu te fais du mal, mamie, à te rappeler ces souvenirs. C'est vieux, tout ça.

— Il faut bien qu'on pense encore à eux… murmure Hermance.

Eux… Les victimes de la coulée de boue survenue en fin de journée, ce 14 juillet 1987, après une journée chaude devenue terrain fertile pour des orages diluviens. Aux pieds d'Hermance coule le Borne, inoffensif ruisseau devenu ce jour-là fleuve démentiel qui a dévalé la vallée, englouti presque tout le camping, ravagé des routes, coupé un pont en deux, tué plus de vingt personnes et traumatisé tant d'autres qui ont échappé de justesse à la mort ou qui, comme Hermance, ont assisté, impuissants, à la révolte insensée d'un cours d'eau paisible.

Oui, Hermance se souvient de ce jour terrible. Elle était allée au bourg pour livrer des reblochons à l'un de leurs clients restaurateurs. L'orage avait éclaté alors qu'elle s'y trouvait. Elle avait attendu là, sous l'auvent, que la pluie se fasse moins drue. Elle avait regardé, avec crainte, les sommets en face, espérant que les randonneurs du jour avaient été suffisamment prudents pour rebrousser chemin. Les orages en montagne font peur et ne pardonnent pas…

Elle n'aurait jamais pu imaginer que l'orage aurait ses principales conséquences ici, dans son village. Comme d'autres, elle était restée là, à l'abri, contemplant de loin le Borne qui gonflait. Puis tout était allé très vite : il était sorti de son lit et n'était plus qu'un torrent de boue avalant tout sur son passage. Elle avait vu de ses propres yeux le camping être envahi, les voitures et les caravanes emportées… Beaucoup de vacanciers s'y étaient réfugiés, croyant échapper au pire. Mais le pire les emportait. Certains, elle l'a découvert plus tard à la télé, sont parvenus à se hisser au-dessus du camping, sur un promontoire où un hélicoptère viendrait les chercher, un à un. D'autres ont trouvé leur salut en s'accrochant à un arbre pendant des heures de fatigue et de peur. Combien ont été emmenés ? Très vite, les secours sont arrivés. Ils ont sauvé des vies, trouvé des corps, retrouvé des disparus… De disparus, il en restera deux. On ne les a jamais retrouvés.

Hermance se rappelle la sidération, après. L'état des voitures, de pauvres carcasses retrouvées plusieurs kilomètres plus bas, dans la vallée. La route départementale défigurée et les arbres arrachés comme après le passage d'une tempête. Son mari, à la scierie, mettra plusieurs semaines à les récolter et à les couper.

C'était une tragédie. Le deuil serait long. Hermance était venue rendre hommage aux victimes, à l'église… Elle avait aperçu le Premier ministre qui avait fait le déplacement.

Parfois, elle en rêve encore. Elle s'imagine la boue qui emporte, la boue qui s'immisce, l'impression d'être dans une machine à laver en mode essorage, les cris, la peur, l'asphyxie.

Alors, ici, sur son petit banc, les mains jointes, elle pense à eux. Un peu comme s'ils étaient des membres disparus de sa famille.

19

Randonner tous les trois

Antoine n'aime rien tant qu'emmener Rose et Lou sur les sentiers alpins et jouer le guide privé, rien que pour elles. Parfois, il leur fait découvrir une autre vallée, un autre massif (les possibilités sont infinies). Et c'est le cas, aujourd'hui : il profite d'une journée de repos pour se rendre du côté de Chamonix, comme cela arrive de temps en temps. Se rapprocher du mont Blanc a toujours un côté magique.

Il a étudié une randonnée relativement ardue et qu'ils n'ont jamais faite ensemble. Lou, malgré ses petites jambes et son jeune âge, a de sacrées capacités physiques et adore la montagne. Elle a toujours plaisir à le suivre en randonnée, avec Rose, ou rien que tous les deux. Ce qu'elle préfère, c'est quand ils partent deux ou trois jours, avec une nuit sous la tente ou, encore mieux, en refuge. Elle adore l'ambiance des soirées entre randonneurs. Elle adore découvrir la faune et la flore, tout ce que lui enseigne Antoine. Et, surtout, elle adore ces moments privilégiés avec son père.

Ils se sont garés au hameau des Bossons, en contrebas du glacier du même nom. Plus sûr moyen de faire plaisir à Lou tout en lui épargnant des efforts inutiles avant la rando, Antoine a prévu qu'ils prennent le télésiège. Cela fera toujours trois cents mètres de dénivelé en moins à l'aller comme au retour ! Lou est ravie de prendre place entre Antoine et Rose. La vétusté apparente de la structure décontenance Rose, qui s'agrippe à la barre avec fermeté, ce qui fait rire la plus jeune. Elle trouve cela très amusant, ces secousses et ces bruits inhabituels. Contrairement à Rose, elle voudrait que le trajet dure encore et encore, mais, déjà, ils arrivent au Chalet du glacier.

— Dire qu'avant il descendait jusqu'ici, soupire Antoine.

— Qui ?

— Le glacier, ma chérie. La première fois que je l'ai vu, il y a plus de trente ans, il arrivait presque à hauteur du chalet. On pouvait l'admirer depuis la terrasse, en mangeant une glace. Maintenant, il a reculé, il est plus haut… Il se mérite ! s'exclame-t-il en guise de pirouette, pour ne pas gâcher la journée par son pessimisme.

— Il a reculé ? Comment il a fait ?

— On t'a déjà parlé du réchauffement climatique, ma Lou… En voilà un effet très visible et particulièrement consternant : ce glacier, à l'image de tous les glaciers alpins, comme la Mer de Glace, fond à vue d'œil et réduit chaque année plus vite. Un jour, dans pas si longtemps, au train où vont les choses, ils disparaîtront tous.

— C'est triste…

— Oui, c'est très triste. Affligeant, même.

Lou constate que Rose a pris un air navré. C'est suffisamment rare pour qu'elle le remarque. Rose pourrait être un genre de baromètre. Et quand elle ne sourit pas, cela veut dire que c'est vraiment grave.

Le trio entame son ascension vers le belvédère, d'où ils pourront voir le glacier, cette fois. Lou, en tête, marche d'un bon pas. Elle veut le découvrir la première ! Antoine et Rose la suivent, main dans la main, observant avec satisfaction le bon rythme des petites jambes portées par des chaussures de randonnée. Cette belle cadence les conduit assez vite au belvédère. Loin de s'extasier, Lou est déçue ; elle râle, même. C'est tout ? Elle pensait que le glacier serait juste sous ses yeux, à ses pieds, et le voilà encore plus haut ! Heureusement que l'on distingue quand même sa masse blanc-gris à reflets bleutés, craquelée par de profondes crevasses.

— Il est encore loin… soupire Lou.

— Avant, c'était ici le meilleur point de vue sur le glacier. Mais, oui, tu vois, il a encore reculé, explique Antoine.

— C'est nul… grogne Lou.

— Papa nous a prévu une randonnée qui longe le glacier, ne t'inquiète pas, nous le verrons mieux un peu plus haut, l'encourage Rose.

— Ils ont aménagé un autre belvédère, plus loin. Nous allons y monter.

Lou prend quand même quelques photos avec son appareil, y compris un cliché des deux amoureux sur fond de glacier lointain. Puis ils reprennent leur marche.

Le sentier monte en lacets jusqu'au Chalet des pyramides. La vue sur le glacier tout au long de leur ascension est saisissante. Lou n'en perd pas une miette et, dans son enthousiasme, prend des clichés pas toujours bien cadrés, aussi beaux qu'inutiles. Peu importe…

Parvenus au chalet, leur point d'arrivée, ils s'attablent sur la terrasse pour siroter une boisson fraîche. Le ciel s'est couvert, mais l'impression de beau temps perdure du fait de la chaleur. Ils savourent l'instant dans un silence qu'ils partagent tous les trois. Ils se sentent privilégiés, tout en étant dans la gravité. Un peu comme les derniers témoins d'une civilisation amenée à disparaître. Le réchauffement climatique grignote et dévore les glaciers, l'eau monte, les écosystèmes sont en péril… Et les hommes semblent attendre les bras croisés, comme des spectateurs désabusés qui assisteraient à un naufrage sans écoper. Qu'attendons-nous pour réagir ?

— Le maître a dit de réfléchir à un sujet d'exposé libre, pour la rentrée. Le mien, il est tout trouvé, affirme Lou d'un ton décidé. Je vais parler du réchauffement climatique et des solutions. Parce qu'il y en a, hein, papa, des solutions ?

— Bien sûr, Lou. Si chacun s'y mettait, à son échelle, ce serait plus simple et plus efficace.

— Et pour la grande échelle, ce serait aussi pas mal que les grands de ce monde prennent enfin leurs responsabilités et de grandes décisions… sans mettre le financier en haut des priorités. Quand les tempêtes seront quotidiennes, que des millions de gens mourront à cause de la pollution, que la banquise n'existera plus, que l'eau douce sera devenue de l'or, que certains pays seront engloutis sous les eaux, qu'il n'y aura plus d'insectes, plus d'écosystèmes viables, que les chaînes alimentaires seront brisées, qu'une majorité d'espèces ne sera plus visible qu'au zoo… qu'en sera-t-il de notre Terre ? Les hommes sont en train de tout détruire à une vitesse vertigineuse. En un siècle, quand on y pense, il faut voir comme tout a changé. Et on appelle ça « le progrès »…

— Tu es carrément flippante, Rose, remarque Lou, décontenancée par le pessimisme inhabituel de sa belle-mère.

— Parfois, il est bon de voir la réalité en face : le monde est flippant.

Elle s'abstient d'en rajouter, de parler des conflits à l'échelle du globe, des dirigeants ambitieux et fous, du terrorisme, du risque d'une troisième guerre mondiale… Rose a beau voir le bon côté des choses, elle est loin d'être naïve et est tout à fait capable d'enlever de temps en temps le filtre rose qu'elle a volontairement posé sur ses yeux il y a si longtemps.

20
Tomber

Simone est repartie. Lou passe deux semaines à Reims, chez mamie Tricot et papy Pêche. Deux semaines pendant lesquelles leur maison reprend vie. L'énergie de Lou, ses bavardages, sa voix un peu rauque, ses éclats de rire sèment dans toutes les pièces un peu de joie et de gaieté. Il n'y a que Lou qui soit capable de ce petit miracle.

Lou a remplacé Raphaëlle sans bien sûr la remplacer. Elle lui a succédé. Et la voir courir dans le jardin, arpenter le couloir, battre les œufs en neige pour réaliser des meringues… cela rappelle à Pierre et Marie l'enfance de Raph, dans une nostalgie à la fois douce et douloureuse. Le présent rejoint le passé. Parfois, la silhouette de Lou revêt l'allure du fantôme de leur fille.

Si Lou n'a pas une conscience exacte de ce qui se joue quand elle est là, pour eux, dans leur esprit, elle ressent tout de même un malaise diffus qui plane toujours au-dessus de la maison. Et même si elle joue à la perfection le rôle de gentille petite fille joyeuse, elle s'applique à nuancer son comportement, à ne pas en faire trop, comme pour ne pas leur donner trop d'émotions. Lou s'adapte à la tristesse des regards.

*

Antoine mène un groupe sur le mont Lachat de Châtillon, au-dessus du Grand-Bornand. Ils sont partis assez tôt ce matin, comme souvent au mois d'août, afin d'éviter la menace des orages de fin de journée. Ce soir, ils n'y échapperont pas. Mais ils seront rentrés.

Quoique. En ce début d'après-midi, le ciel gronde déjà, au loin. Et il s'assombrit brusquement. L'orage se rapproche et s'étend. L'écart entre un éclair et le coup de tonnerre associé se réduit, laissant à penser que la météo s'est montrée optimiste sur l'horaire.

— Il ne faut pas traîner, tranche Antoine d'un ton ferme.

À la vue du ciel de plus en plus menaçant, le groupe, pas rassuré, s'en remet volontiers à son guide et abandonne le chemin prévu pour amorcer une descente plus rapide vers le village avant que les trombes d'eau et la foudre ne les frappent.

La pluie s'introduit dans la randonnée, rendant glissants le sentier de terre comme les cailloux. Le pied devient moins sûr, la démarche plus hésitante. À part pour Antoine qui navigue rapidement et avec aisance de la tête à la queue du groupe et vice versa, pour s'assurer que tous suivent ou encourager les plus inquiets ou les plus fatigués.

Mais, tout à coup, dans un raidillon, le pied d'Antoine glisse et, sans qu'il ait le temps de s'en rendre compte ni de réagir, sa jambe cède. Sa chute s'achève quelques mètres plus bas. Il pousse un cri de douleur. Les membres du groupe qui se trouvaient derrière lui arrivent en hâte à sa hauteur ; ceux qui marchaient en contrebas, alertés par son cri, remontent aussi vite qu'ils le peuvent. Antoine a pour l'instant trop mal pour avoir honte, mais ce sentiment ne tardera pas à s'imposer en lui. Lui le guide, le garant… Il se retrouve blessé, victime. À cause de lui, le groupe est à l'arrêt. Peut-être même en danger, avec cet orage qui monte.

Sa jambe est cassée. Fracture ouverte. Ce n'est pas beau à voir, les plus sensibles du groupe ont dû s'écarter. Il ne pourra pas finir la randonnée, c'est trop dangereux. Il faut appeler les secours. En attendant leur arrivée, à l'aide d'une serviette éponge, on lui applique un bandage compressif.

*

Antoine est coincé au chalet depuis deux jours, immobilisé dans une armature de métal sur toute la longueur de la jambe. Hermance, aux petits soins, lui tient compagnie. C'est le monde à l'envers. Il est censé être en pleine santé et sportif… un dur ! Il se sent idiot et nul. « Tu parles d'un guide… » Pour lui, c'est un échec cuisant. De ceux qui pourraient lui faire remettre en question son choix, ses aptitudes. Blessé si vite, si lourdement, pour si peu… Sur un sentier, certes caillouteux, mais classique, sans difficulté majeure. Oui, il a honte.

Rose a tenté de le raisonner. « Une blessure bête » ; « Ça peut arriver à tout le monde » ; « Tu es un bon guide » ; « Tu en as trop fait, il faut dire… Tu ne te reposes jamais : cela fait deux mois que tu randonnes plusieurs heures, tous les jours… C'est une alerte de ton corps. Il t'a dit *stop*… Il faut que tu te ménages et que tu l'écoutes… » Rose n'a sans doute pas tort. Même si cela est difficile à admettre. Il a sans doute présumé de ses forces… Par orgueil ? Non. Il adore son métier, et il adore consacrer ses jours de « repos » à randonner avec Lou et Rose… Parce que c'est un passionné. Parce qu'il a la montagne dans le sang. Et qu'il en a été privé trop longtemps… Il ne peut s'empêcher d'en faire trop, comme pour compenser, rattraper le temps perdu.

Et voilà le résultat : double fracture, deux mois d'arrêt. La fin de la saison fichue.

21

Contrarier ses grands-parents

Lorsque Lou a appris l'accident et l'immobilisation de son père, elle a voulu rentrer tout de suite, sans attendre la fin officielle de son séjour chez mamie Tricot et papy Pêche. Retrouver au plus vite son père, rester auprès de lui.

Sitôt l'appel d'Antoine terminé, elle l'a annoncé à ses grands-parents : « Je veux rentrer. » Ils n'ont pas franchement bien accueilli ni compris son souhait, un peu trop ferme, d'ailleurs. Ils sont de la génération qui considère que ce n'est pas aux enfants de décider, qu'ils n'ont qu'à suivre les volontés des parents. Ils ne cautionnent pas franchement qu'elle puisse s'affranchir de ce genre de principes, qu'elle remette en question ce qui a été décidé par les adultes, et que son père lui obéisse plutôt que le contraire… C'est du moins ainsi qu'ils le perçoivent. Ils trouvent Antoine trop laxiste. Trop « mou » dans son autorité. Ils considèrent certainement que Lou aurait été mieux éduquée avec

Raphaëlle. Ils sont persuadés que, inconsciemment, leur gendre l'a peut-être trop gâtée à cause de leur malheur initial. Et puis Rose aussi était trop laxiste, du moins trop douce. Raphaëlle aurait été plus droite, plus exigeante, moins à se laisser marcher sur les pieds. Elle n'aurait certainement pas cédé à tous les caprices de sa fille.

Pierre et Marie ont donc naturellement tenté d'imposer leur point de vue (ou plutôt leur volonté) auprès de Lou, qui s'est mise à pleurer, et d'Antoine, qui se laissait déjà attendrir par sa fille et par le fait touchant qu'elle désirait se trouver auprès de lui. « Elle nous fait une comédie, et toi, tu vas dans son sens ! » L'accusation a laissé Antoine de marbre.

Après bien des tergiversations, des négociations et des larmes, il fut considéré que Lou avait gagné : Rose viendrait la chercher dans deux jours. Deux jours négociés âprement par les grands-parents afin de se sentir moins lésés. Et par principe, tout simplement. Car il en faut. Non mais !

*

Sur la route de Reims, Rose n'en mène pas large. C'est la première fois qu'elle s'y rend seule. Elle pense au contexte, aux tractations qui ont permis cette extraction prématurée de Lou. Voilà qui ne va pas lui faciliter la tâche, quand elle se trouvera face aux parents de Raphaëlle. Ils ne l'ont jamais portée dans leur cœur, ni même seulement admise. Pour autant, elle n'est coupable de rien. Elle n'a existé qu'après Raphaëlle… À vrai dire, elle n'aurait jamais connu Antoine, si la pauvre n'était pas morte. Et rien de ce qu'elle aurait pu faire ne l'aurait ramenée à la vie. Alors, elle accepte leur jugement erroné. S'ils éprouvent du réconfort en se trouvant une autre source d'aigreur ou de chagrin, qu'y peut-elle ?

La sonnerie de son téléphone retentit. Elle sursaute. Pourvu qu'il n'y ait pas un problème au chalet. C'est Manon. Tiens… En général, c'est plus souvent elle qui appelle. La surprise l'amène à décrocher, même si elle est au volant.

— Allô, Manon ?

— Coucou, Rose. Ça va ?

— Euh, eh bien… pas mal. Mais ça pourrait aller mieux…

— Ah super, la coupe Manon, bille en tête. Moi je t'appelle pour t'annoncer une grande nouvelle !

— Raconte, l'enjoint Rose, déçue du peu de cas fait à son sujet.

— Vincent et moi, nous allons nous marier ! hurle Manon, proche de l'hystérie.

Rose ménage une pause, durant laquelle, en quelques microsecondes, elle imagine ce mariage. Elle n'a jamais bien compris ce qu'ils faisaient ensemble, tous les deux… Et ils vont se marier. Ah.

— Je suis ravie pour toi, c'est génial, dit Rose avec autant de conviction que possible.

— Tu notes dans ton agenda, hein ? Le week-end de l'Ascension. Vous viendrez, c'est promis ?

— Je vais en parler à Antoine, mais a priori ça devrait aller. Tu nous préviens suffisamment tôt.

— Et vous, ça va ? demande de nouveau Manon, comme redescendue sur Terre.

Rose hésite. À quoi bon répondre, si Manon n'écoute pas vraiment.

— Ça va moyen. Antoine s'est cassé la jambe ; il est en arrêt. C'est compliqué… Là, je vais chercher Lou à Reims, donc tu imagines bien comme je suis sereine…

— Il a la jambe cassée ? Qu'est-ce qui lui est arrivé ?

— Une mauvaise chute. Rien de grave, mais plutôt handicapant…

— C'est pas de bol. Bon, au moins, il sera remis d'ici le mois de mai !

Le genre de réflexion typique de Manon, pense Rose. Est-ce que ça vaut la peine de lui expliquer combien il est difficile pour Antoine de rester enfermé, de rater la fin de la saison et donc, de rater des entrées d'argent, de craindre des séquelles ? Manon est trop égoïste. Et en plus, elle n'apprécie pas Antoine plus que ça. Sauf que ce qui touche Antoine touche Rose. Pourtant, ça, elle ne semble ni le comprendre ni s'en soucier.

Rose s'arrange pour couper court à la conversation, expliquant qu'elle est au volant. Jamais le sentiment que toutes deux s'éloignent n'a été si fort.

*

Déjà le trajet du retour. Rose respire enfin. Lou est assise derrière le siège du passager. Les voilà réunies. C'est doux.

Le passage chez les ex-beaux-parents d'Antoine a été éclair. Dix minutes tout au plus pour se dire bonjour (du bout des lèvres), attendre que Lou trouve et enfile ses chaussures, rassembler les affaires et se dire au revoir sans chaleur. Malgré la distance qu'a parcourue Rose et le nombre d'heures de route dans sa journée, ils ne lui ont pas proposé un café. Pas même pas un verre d'eau. Ils avaient hâte qu'elle reparte avant qu'elle soit arrivée. Elle n'a franchi le seuil que pour attraper la valise de Lou. En un mot, leur relation se résume à : rien. Même le mot *politesse* est trop fort.

Malgré tout, dans la voiture, l'ambiance est plutôt joyeuse. Après un appel à Antoine pour le rassurer et lui donner des nouvelles, Lou a demandé à Rose le CD *Enfantillages* d'Aldebert et chante à tue-tête toutes les chansons dont elle connaît les paroles par cœur. Rose aussi. Elles chantent toutes les deux jusqu'à s'égosiller. Elles ne discutent pas beaucoup, du moins pas jusqu'à l'approche du Grand-Bornand, quand Lou confie enfin ce qu'elle a sur le cœur : son inquiétude pour son père, sa crainte qu'il lui arrive quelque chose…

— En fait, c'est dangereux, d'être guide, conclut-elle en une demi-interrogation.

— Il est tombé, c'est tout. Ce n'est pas grave, Lou. Et ça arrive à tout le monde. Il s'en remettra vite, ne t'inquiète pas.

— Moui… Enfin, quand même. C'est dangereux, la montagne.

Lou n'en démord pas. Rose va devoir redoubler de paroles rassurantes.

— Tu as raison. Mais papa n'est pas celui qui prend le plus de risques. Imagine, s'il faisait de l'alpinisme, de la marche sur les glaciers…

— Encore heureux ! s'exclame Lou, les yeux ronds.

— Ton papa aime la montagne. C'est sa passion. Nous devons la respecter. Certes, le risque zéro n'existe pas, mais je suis certaine qu'Antoine sera encore plus prudent à l'avenir.

— Tu crois vraiment ? demande Lou avec espoir.

— Mais oui, ma Lou. Il ne faut pas avoir peur, ma chérie. Dans la vie, de toute façon, ça ne sert à rien d'avoir peur.

22

Former un duo

Ils se sont retrouvés à quatre. Comme Antoine n'était pas très en forme, ils ont dissuadé les copains et la famille qui avaient prévu de venir durant la dernière quinzaine d'août. Le quatuor avait plutôt l'envie de faire bloc autour d'Antoine, de se réfugier ensemble dans leur cocon fait de tendresse et de tartes aux myrtilles.

Finies, les balades, les randos. Ils sont restés dans le chalet et sur la terrasse, à parler, jouer et rire ensemble. D'heureux moments qui ont permis à Antoine de mieux digérer son repos forcé. Hermance a appris le point de croix à Lou, laquelle a trouvé cela facile, mais vite ennuyeux. « C'est trop long », a-t-elle résumé au bout d'une heure.

Petit à petit, on s'acheminait vers la rentrée. Mais, avant, il y avait « Au bonheur des mômes », un festival international en l'honneur des enfants qui a lieu tous les ans, la dernière semaine d'août, et que

Lou ne manque jamais. Durant quelques jours, Le Grand-Bornand devient l'Avignon des enfants, avec des spectacles jeune public de haut niveau et une animation sans pareille dans les rues du village.

Cette fois, c'est Rose, et uniquement Rose, qui accompagne Lou dans ses découvertes. Son père ne se voit pas déambuler avec ses béquilles à cause de la foule et de la fatigue. Peut-être n'a-t-il pas non plus envie de croiser certains collègues ou habitants, qui pourraient sourire de sa situation qu'il trouve lui-même ridicule. Lou ne lui en veut pas. Et puis elle voit là l'occasion de passer un peu de temps en tête à tête avec Rose !

Rose est géniale. Rose trouve toujours les mots. Elle sait la rassurer quand ça ne va pas. Comme il y a trois ans. Lou a traversé une période difficile. Même si elle est heureuse et bien dans ses baskets, elle n'en est pas moins une orpheline qui, à l'approche de ses six ans et connaissant l'histoire de sa naissance, s'est mise à considérer que si sa maman était morte, c'était sa faute à elle. « Si je n'étais pas née, elle ne serait pas morte ! » Phrase qui, à défaut d'être illogique, méritait qu'on s'y attarde et qu'on démêle le problème. Cela n'a pas été sans mal. Lou faisait beaucoup de cauchemars. Elle rêvait de sa mère et se réveillait en larmes. Il a fallu beaucoup de patience et les mots de Rose pour dépasser ce moment. Antoine n'aurait pas réussi seul à déculpabiliser sa fille. Lui-même, dans les affres de son récent veuvage, avait été tenté de penser que Lou, en un sens, était responsable… parce qu'alors il avait besoin d'un coupable à cette tragédie injuste.

Cet épisode difficile pour Lou avait remué Antoine, lui avait remis dans le cœur certaines sensations désagréables. Oui, parfois, on voudrait trouver un coupable. Mais qui invoquer ? Le hasard, la malchance, la vie ? Dieu ?

Le bonheur et l'émerveillement qui se lisent sur le visage de Lou réchauffent le cœur de Rose. Quand elle la regarde, elle la revoit souvent bébé. Elle se la rappelle toute petite fille, avec ses poupées ou son gros ours polaire. Et souvent, aussi, de plus en plus souvent, elle l'imagine dans quelques années. Quelle ado sera-t-elle ? Grande question… En attendant, Rose savoure. Son visage enfantin, ses bonnes joues, sa peau de bébé, ses longs cheveux, son caractère facile, son sourire franc et sans calcul, sa voix qui déraille parfois, ses facéties… Peut-être qu'il sera difficile de renoncer à tout cela quand, dans quelques petites années, elle sera devenue une ado. Rose sent déjà poindre la nostalgie qui ne manquera pas de l'étreindre, le moment venu. L'enfance désertera-t-elle le chalet ? Sans doute. À moins que, d'ici là, Antoine et elle décident de faire de Lou une grande sœur et qu'une relève soit ainsi assurée. Pour l'instant, le sujet n'est pas d'actualité…

Ni Rose ni Antoine n'ont envie d'un autre enfant. Cela semble bizarre à certains membres de leur entourage, Simone en tête. Mais ils assument et, après tout, cela ne regarde qu'eux. Ils se plaisent dans ce trio qu'Hermance complète parfaitement. Lou les comble totalement. Peut-être aussi, Antoine, de manière très inconsciente, a-t-il peur que le sort ne s'acharne encore. Il sait bien que le risque est proche de zéro, mais la naissance de Lou reste le pire souvenir de sa vie, malgré tout le bonheur qu'il vit avec elle depuis. Il n'arrive pas à s'imaginer emmener Rose à la maternité, revivre ça… les contractions, le monitoring, la blouse bleue, le bonheur promis… Pour qu'il s'achève d'un coup de hache ?

Quant à Lou, elle ne pose jamais la question d'un petit frère ou d'une petite sœur. À croire qu'elle n'en souhaite pas et qu'elle veut garder rien que pour elle Rose et son père. Elle a tout d'une fille équilibrée et comblée.

Rose n'éprouve pas l'envie spéciale d'être mère, et son ventre pas le besoin de couver… Son rôle, Lou, si merveilleuse, la comblent déjà. Peu lui importe ce que pensent ses parents ou les autres, c'est ainsi. Et puis elle aura bien le temps de changer d'avis, si jamais…

23

Supporter difficilement

CM1. Nouvelle année, nouvelle rentrée. Mais pas nouvelle classe. C'est Rose qui conduit Lou à l'école. Antoine, sur le siège passager, a failli ne pas venir. Il ne voulait pas s'exhiber avec ses béquilles, avec son étiquette de « guide pas en état » collée sur le front. Lou a insisté. Hors de question qu'il ne l'accompagne pas. Rose a surenchéri. Il a cédé. « Mais je ne sortirai pas de la voiture », a-t-il grommelé.

Maintenant, il regarde la route qu'il connaît par cœur pour l'avoir montée et descendue des centaines de fois. Il observe le paysage, un peu blasé. Il lui est devenu tellement familier. Il n'arrive pas toujours, et même de moins en moins souvent, à percevoir la chance qu'il a d'être entouré ainsi. Il n'arrive pas à porter sur les êtres et les choses, la faune et la flore, le même regard que celui de Rose. Toujours étonné, souvent émerveillé. Qui note les différences et semble remercier Dame Nature chaque nouveau jour. Elle a bien tenté de lui inculquer ce regard. Il a réussi à le faire sien, un temps. Il dit parfois qu'il s'est trop habitué à la beauté. Beauté trop quotidienne… il ne la voit plus. Surtout en ce moment : il n'a vraiment pas le moral. Vit décidément très mal son repos forcé. Se sent inutile. Un peu vide. Sans intérêt. Et handicapé.

Il ne peut rien faire. Tout est compliqué. Se laver, se déplacer, accomplir les gestes de tous les jours est devenu laborieux, voire impossible. Il essaie malgré tout de ne pas faire éclater au grand jour sa morosité intérieure. Il essaie, oui, il prend sur lui, mais elle n'échappe à personne, surtout pas aux trois intéressées qui constatent chaque jour qu'il rumine. Lou tente de l'amuser, Hermance lui parle, Rose l'enveloppe de tout son amour. Mais les résultats sont décevants : il reste taciturne. Privé de *sa* montagne, du mouvement, du sentiment d'utilité, Antoine se sent triste et amer.

Rose fait le maximum. Dans la maison, pour Lou, pour lui. Elle est aux petits soins, se démène, se plie en quatre, se donne sans compter. C'est une période intense et fatigante pour elle. Heureusement, Antoine s'occupe des devoirs. Et enchaîne les jeux de société avec sa fille. Il multiplie les efforts, au maximum de ses possibilités. À vrai dire, le problème n'est pas tant ce que fait ou ne fait pas Antoine, non, ce qui attire l'attention de Rose, à ce moment-là, c'est son attitude négative, son visage fermé, l'absence de lumière dans ses yeux. Elle ne le pensait pas si fragile, si prompt à fléchir. Il ne s'agit que d'une jambe cassée, ce n'est quand même pas la fin du monde. Mais Rose ne dit rien. Hormis quelques petites pointes de taquinerie pour lui faire comprendre que ce serait bien qu'il voie les choses du bon côté, elle ne dit rien. À quoi bon ? Il a réellement du mal à relativiser. Il n'y a qu'à le voir, là, grogner, ruminer sur le fauteuil passager…

*

Un soir, alors que Lou est couchée et qu'Antoine est monté pour lire au lit, Rose éprouve soudain le besoin de s'épancher auprès d'Hermance. Elle est fatiguée de cette situation. Elle aimerait qu'il se ressaisisse. Antoine la surprend, mais pas dans le bon sens. C'est la première fois qu'elle le voit baisser les bras, se poser en victime. Cela lui rappelle au tout début, quand il était son patron et qu'il n'était qu'une ombre. Mais, à l'époque, il y avait de quoi. Rose ose avouer sa déception. Elle le croyait plus battant, elle a l'impression qu'il régresse. Comme s'il avait oublié tout ce qu'elle lui avait appris au cours de ces dernières années. Comme s'il ne voyait plus que le verre à moitié vide. Le moral de Rose, associé à la fatigue, flanche un peu.

— Je vais lui tirer les oreilles, demain, affirme Hermance d'un ton autoritaire. Il est hors de question que tu baisses les bras, toi, ma Rosie. C'est sa faute. Si c'est pas égoïste de sa part… Quand je vois tout ce que tu fais ! Il va falloir qu'il se reprenne, je suis tout à fait d'accord avec toi.

— Ça va aller, Hermance. Ne vous inquiétez pas. Il sera bientôt sur pied et pourra entamer la rééducation.

— En attendant, il nous pourrit la vie !

— C'est peut-être un peu exagéré, non ?

— À peine. Quand il est comme ça, il me rappelle son grand-père, constate Hermance après un court silence.

— Votre mari ?

— Oui…

— Vous n'en parlez jamais, glisse Rose.

La perche est tendue. Hermance va-t-elle la saisir ? Il est vrai que l'aïeule évoque rarement son passé. On dirait qu'elle l'a recouvert d'un drap, comme ceux dont on couvre les meubles dans une maison désertée. Ses souvenirs semblent dormir, à l'abri de la poussière. Quand elle parle de sa vie, elle s'en tient en général à ses enfants et à ses petits-enfants. C'est comme si son mari n'avait pas existé. Ils ont pourtant été mariés pendant quarante-cinq ans. Cela ne cesse pas d'étonner Rose.

— Ce n'est pas faux, commence Hermance. Pierre n'était pas facile. Enfin… Il l'était quand je l'ai rencontré.

— Racontez-moi, l'enjoint Rose, la voix teintée d'espoir.

— Pierre avait quatre ans de moins que moi. Oui, c'est un peu bizarre, pour l'époque. Il travaillait dans la scierie de mon père. Il était apprenti. Moi, je travaillais déjà à la ferme, je vendais les fromages au marché… J'allais souvent à la scierie. Pierre était gentil, nous sommes devenus amis. Je l'aimais bien. Et mon père aussi. Très vite, je pense qu'il l'a considéré comme son futur gendre qui serait, un jour, le repreneur de la scierie familiale. Nous nous sommes rapprochés avec le total assentiment de mon père et nous nous sommes mariés. L'été 57. Jacques est né l'année suivante. Mais c'était 58… Pierre avait vingt ans, il devait partir pour l'Algérie. Je suis restée avec Jacques et mes parents dans le chalet. Il n'est rentré que deux ans plus tard. Sur deux jambes et apparemment en forme. Enfin, intérieurement, ce n'était plus le même. La guerre l'a terriblement endurci. Ce n'était plus le gentil garçon que j'avais connu. J'ai serré les dents… J'ai joué la carte de la patience. Au début, je croyais que ça n'était qu'une question de temps. Mais il n'est plus jamais redevenu le gentil garçon.

Rose pose une main sur celle d'Hermance et la regarde avec douceur et empathie.

— Il ne m'a jamais tout raconté en détail, mais il a vu et vécu des choses très dures. Il aurait sans doute fallu qu'il voie un psychologue en rentrant, mais c'était une autre époque… Il a ravalé son traumatisme, il s'est muré dans un silence fortifié. Il n'en parlait pas. Sujet tabou. La guerre, ma Rosie, c'est un sujet tabou. Pourtant, il faut en parler. Pour éveiller les consciences, pour que ça ne se reproduise pas. Pour qu'il n'y ait pas d'autres Pierre, ces gamins innocents qu'on a envoyés se battre et qui sont revenus loups quand ils étaient agneaux…

Rose baisse la tête, puis la relève. Elle veut savoir la suite. Hermance paraît encline à se livrer, ce soir.

— Nous avons vécu ainsi… Je me suis concentrée sur notre famille. Mariette est née rapidement après son retour. Mais nous n'avons pas eu d'autres enfants. Jacques est parti à dix-huit ans pour Grenoble, où il a rencontré Simone, comme tu sais. Mariette est restée un peu plus longtemps. Au début, elle m'aidait à la ferme. Je crois qu'elle ne voulait pas me laisser seule avec Pierre. Mais elle en a eu assez… de la situation, de la vie avec son père, peut-être. Et puis elle voulait vivre en ville. Elle a trouvé une place dans une fromagerie d'Annecy, et voilà, le chalet s'est retrouvé vide. Mariette m'appelait tous les jours. Elle culpabilisait. Je l'ai rassurée… Il fallait bien qu'elle vive sa vie. Pierre travaillait à la scierie, moi à la ferme. Nous vivions côte à côte plus que vraiment ensemble. Heureusement, nos petits-enfants sont nés, les uns après les autres. La vie est revenue dans le chalet, à chaque période de vacances et parfois le week-end. C'était formidable. Avec mon Antoine, surtout…

Hermance sourit en se rappelant le petit Antoine, le passionné de montagne et de ski, qui l'accompagnait sur les pistes et qui admirait les champions de Super G à la télé en disant : « Un jour, ce sera moi ! »

— Voilà… Jusqu'au jour où on a diagnostiqué à Pierre un cancer du pancréas. Il l'a foudroyé en quelques semaines. Puis je me suis retrouvée toute seule ici, pour de bon. Enfin, non, puisque vous êtes là, mes chéris.

Rose sourit et presse la main d'Hermance plus fort.

— Heureusement qu'il y a eu vos enfants et vos petits-enfants, alors, si vous n'étiez pas heureuse avec votre mari, conclut Rose.

— Les enfants, c'est toute la vie, oui. C'est le plus beau. Les enfants, et l'amour…

Les yeux d'Hermance se voilent, son regard

se porte plus loin, vers la fenêtre, vers ce qu'il y a au-delà. Elle semble avoir oublié Rose, qui s'interroge sur le sens de la dernière phrase de la vieille dame. Renferme-t-elle un message subliminal, un non-dit qui cache un secret ?

Rose ne saura rien de plus ce soir.

24

S'interroger

Antoine va mieux. Et pour cause… On lui a enlevé son attelle, et même s'il doit encore marcher avec ses béquilles, il se sent évidemment délesté d'un poids autant physique que psychologique. Il a donc retrouvé un semblant d'allant et de bonne humeur. Il aperçoit le bout du tunnel. À la sortie, au loin, c'est l'hiver, la saison de ski pour laquelle il sera remis sur pied. Il est d'attaque ! Motivé pour que sa rééducation se passe le plus vite et le mieux possible. Il donnera tout. La montagne lui manque, il lui tarde de la retrouver.

*

Depuis sa conversation à cœur ouvert avec Hermance, Rose est obsédée par l'idée que la grand-mère d'Antoine lui cache quelque chose. Cela fait deux semaines qu'elle tourne sa phrase et ses possibles vérités. Et si Hermance avait aimé quelqu'un d'autre que Pierre ? Elle voudrait tant savoir… Rose échafaude toutes sortes de scénarios dans son esprit, plus ou moins fantaisistes. Mais peut-être l'aïeule avait-elle simplement voulu dire que, malgré tout, malgré son malheur, elle avait aimé son mari ?

Rose a essayé, depuis… Elle a tenté une approche, lancé des hameçons. S'est aventurée avec Hermance dans une conversation sur le thème des relations parents-enfants, rebondissant sur la joie qu'elle avait éprouvée à être mère, puis grand-mère. Mais, même là, Rose n'a pas récolté beaucoup d'informations. Le seul point qu'elle avait trouvé intéressant, c'est quand l'aïeule a parlé de Jacques. D'après elle, il tient du caractère de Pierre à son retour d'Algérie, rigide et froid. Il avait pourtant souffert de vivre auprès de ce père difficile. Mais il avait hérité de son tempérament comme de son attitude, pour devenir lui-même un père dur ou au moins absent. Et taiseux. Un homme qui s'est enfermé dans la bulle des affaires alors que son père à lui avait choisi la bulle des souvenirs de guerre. Chacun son échappatoire… C'était la première fois qu'Hermance se livrait au sujet de son fils et parlait de lui en tant que père. Elle en a profité pour confier ses regrets :

— Tu sais, ma Rosie, ça me peine beaucoup, ce qu'est devenue la relation d'Antoine avec Jacques… Je ne lui jette pas la pierre, au contraire : c'est bien Jacques qui est responsable de ce gâchis. Je le lui ai déjà dit, et je sais qu'il l'a entendu. Mais bon… a soupiré Hermance. Tu sais comme il est fier et orgueilleux ! Si seulement il avait laissé Antoine choisir sa voie. Il n'était pas fait pour travailler dans un bureau à manier des chiffres, derrière un ordinateur, avec un téléphone branché à son oreille. Antoine rêvait de montagne. Jacques l'en a éloigné.

— Je sais, Hermance, je connais l'histoire.

— Oui. Je radote ! Souvent je me demande quelle vie il aurait eue s'il était resté ici.

Le temps se suspend un peu, pendant que les deux femmes tentent d'imaginer d'autres choix, un autre passé.

— Lou n'existerait pas, fait remarquer Rose.

— C'est vrai ! s'exclame Hermance. Cela aurait été trop dommage. Quelle joie, cette enfant… Quel bonheur de vous avoir ici, avec moi…

Nouvelle pause. Hermance et Rose pensent sans doute à la même chose.

— La vie est vraiment étrange, lâche Hermance dans un nouveau soupir. Sans la disparition de Raphaëlle…

— Oui.

Elles se comprennent.

— C'est le destin. C'est peut-être que ça devait se passer comme cela… pour nous, du moins, ajoute Hermance avec gravité.

Rose ne peut abonder. Mais, souvent, elle y pense… Il aura fallu ce malheur pour qu'ils se rencontrent tous les trois.

*

Les jours s'enchaînent autant qu'ils se réduisent. Alors que l'idée d'un secret d'Hermance continue d'obséder Rose, Antoine réalise avec assiduité séances chez le kiné et exercices pour consolider sa jambe.

La curiosité l'emportant, un soir qu'ils sont dans leur lit, Rose ose enfin poser des questions à Antoine au sujet de son grand-père. Elle n'a pas besoin de lui demander comment il était. Elle le sait déjà. Un jour, il lui avait résumé le personnage : « Pas drôle. » Il ne fallait pas rigoler avec lui. Encore moins crier ou faire des bêtises. Il fallait filer droit. Et ne pas parler à table sans autorisation. Comme avec son père. Rose avait rétorqué que Jacques était un grand-père honorable pour Lou, qu'il appréciait visiblement ses pitreries, que c'était d'ailleurs elle qui provoquait ses sourires. Antoine avait admis que son père ne possédait pas tous les défauts de son grand-père à lui.

— Tu penses qu'Hermance a été heureuse avec son mari ? demande Rose franchement.

— Je ne pense pas, non. Il était vraiment dur. Elle ne devait pas rigoler tous les jours non plus.

— Tu crois qu'elle l'aimait ?

— Je sais juste qu'elle l'a aimé, mais que la guerre est passée par là et a changé beaucoup de choses. Mais c'est quoi, cet interrogatoire, tout à coup ?

Rose sourit et poursuit sur sa lancée :

— Tu crois qu'elle a pu aimer quelqu'un d'autre que lui ?

— Tu continues ! Pourquoi toutes ces questions, Rose ? Et pourquoi maintenant ?

Rose lui raconte sa conversation avec Hermance. Antoine paraît dubitatif. Sa grand-mère, avoir aimé un autre homme ? Avoir eu un amant ? Il en rirait presque. Visiblement, il oublie qu'elle n'a pas toujours été un peu replète, eu le visage constellé de taches de vieillesse et strié de rides… Qu'elle a été jeune, qu'elle a eu vingt ans, qu'elle a été belle. Qu'elle a été une femme. Qu'elle a plu, un jour. Rose le lui rappelle, il devient pensif.

— Je n'ai aucun souvenir qui pourrait me faire penser ça. Mais tu n'as qu'à le lui demander. S'il y a quelqu'un à qui elle pourrait le dire, c'est toi.

Rose sourit, éteint la lumière et se blottit contre Antoine pour s'endormir au plus près de lui.

25

Oser demander

Rose a prévu de cuisiner Hermance. L'envie de savoir si son intuition est fondée est devenue intenable. Sa curiosité a besoin d'être satisfaite. Cela fait plusieurs jours, cependant, qu'elle attend le bon moment. Il faut trouver le moment où il n'y aura ni Lou ni Antoine dans les parages, où elles auront du temps devant elles et surtout des circonstances propices aux confidences. Pour cela, Rose doit sentir qu'Hermance est dans de bonnes dispositions, encline à parler. Enfin, Rose devra trouver l'entrée en matière… subtile ou directe ? Elle l'ignore encore, tournant et retournant dans sa tête ce qui pourrait être le début de cette fameuse conversation.

Un après-midi, alors que Lou est à l'école et Antoine à l'extérieur, Rose se lance. Elle demande à Hermance si elle a un vieil album photo, où elle pourrait la voir, petite, et plus grande. (L'album photo, en voilà une belle entrée en matière.)

— Vieux comme moi, donc, tu veux dire ? demande la grand-mère d'Antoine en se levant.

Hermance revient et place l'album devant Rose, avant de s'installer auprès d'elle pour lui commenter les clichés.

L'histoire commence en noir et blanc. On y voit la petite Hermance en costume de baptême, puis à quatre ans, joufflue, entourée de ses grands frères et grandes sœurs, puis en communiante, puis en costume savoyard, avec la coiffe traditionnelle. On la voit grandir et devenir une femme. Une femme qui travaille à la ferme et sur les marchés, à confectionner ou vendre les reblochons. Une femme qui skie. Une femme qui rit. Une femme qui pose à côté d'un jeune homme et de son père, dans une scierie (« C'est Pierre »). Une femme qui se marie… La grande photo de mariage… Une femme qui vit.

Rose ne sait comment interrompre Hermance, comment oser lui poser la question qui lui brûle les lèvres depuis trois bonnes semaines. Et puis, sans prévenir, celle-ci arrive et la surprend elle-même :

— Dites, Hermance… Est-ce que Pierre a été le seul amour de votre vie ?

Hermance quitte l'album des yeux pour les poser sur ceux de Rose. Un instant, elle semble hésiter sur la réponse à donner. Ses pupilles brillent. Est-ce pour l'audace de Rose ou un indice ?

— Non, finit-elle par répondre simplement.

Un long silence s'affale sur elles. Hermance est projetée dans ses souvenirs. Rose attend, sans savoir si la conversation ira plus loin.

— Il s'appelait Serge.

Le point fermé de la phrase pourrait être le point final de leur échange. Hermance donne l'impression de ne pas vouloir en dire plus. À moins qu'elle ne prenne son temps, consciente qu'elle ne pourra plus reculer.

— Il était charpentier. Il était beau.

Deux éléments. Une nouvelle fois, la vieille dame ménage une pause, semble chercher ses mots ou errer dans ses souvenirs.

— La première fois que je l'ai vu, c'était lors d'un bal musette, à La Clusaz. C'était en 59. Pierre était en Algérie.

À présent, les informations fusent, et Rose craint d'en laisser échapper certaines. Elle veut tout savoir et tout comprendre. Elle veut découvrir qui est la vraie Hermance, la femme qu'elle était, celle qu'elle devine déjà amoureuse transie.

— J'étais avec une amie et son mari. Josette et Marcel. J'ai senti des regards sur moi et mes yeux ont croisé les siens. J'ai revu ça, une fois, dans un film… C'était affreusement troublant. J'ai encore des frissons quand j'y repense. À un moment de la soirée, il est venu vers moi et m'a demandé si je voulais bien danser. C'était une valse. J'ai accepté. Je me sentais protégée par la présence de Josette et de Marcel, et par les gens du coin. Ce n'était pas mal… Et puis c'était tout. Ça s'est arrêté là. Je lui ai dit que j'étais mariée. Il m'a dit : « Je sais. » Il avait dû voir mon alliance. Il était très gentleman. Il l'a toujours été…

— Parce que vous l'avez revu ?

— Oui… Plusieurs fois. Pendant plus de quarante ans. Il ne s'est rien passé, si tu veux tout savoir. Enfin, « rien »… Nous nous sommes revus, le plus souvent par hasard (il était du coin, et il est devenu client de la scierie). Il n'y a rien eu d'autre que des regards. Les mots doux, nous les gardions pour l'écrit. Nous nous sommes échangé des lettres pendant presque quarante ans aussi. De vraies lettres d'amour, pour une histoire qui est restée platonique. Mais ça a été une vraie histoire d'amour. La plus belle de ma vie.

Hermance dit cela sans culpabilité.

— Tu sais, c'est Serge qui m'a aidée à tenir… paradoxalement. C'est grâce à lui que j'ai réussi à supporter la vie au côté de Pierre. Quand il est revenu d'Algérie, quand il me parlait mal, quand il me voulait à sa disposition, je pensais à Serge, à notre amour, et à tout le bonheur que je ressentais dans mon cœur et que je savais dans le sien. Sans lui, je me serais asséchée sur pied. J'aurais été vraiment malheureuse et j'aurais fini aigrie…

— Mais Serge, il ne s'est pas marié ?

— Non. Il est resté seul toute sa vie.

Rose n'ose pas poser la question qui lui vient, mais Hermance la devine :

— Il n'est plus de ce monde. Il est parti en 2005…

Parti… Hermance a le goût des anciens pour les expressions moins abruptes que la vérité. Rose a mille questions à poser.

— Mais pourquoi vous n'avez pas divorcé ? Pour vivre votre histoire d'amour…

— Ici ? Impossible. Cela ne se faisait pas, à notre

époque. C'était une honte. Je n'aurais jamais pu imposer cela à Pierre, ou même aux enfants. J'ai vécu mon amour en cachette. L'honneur était sauf.

— Mais lui, pourquoi ne s'est-il pas marié ?

— Il m'attendait. Malgré tout, il m'a attendue.

Rose tente d'imaginer la vie de Serge… Triste vie d'attente. Une vie sacrifiée ?

— Mais Pierre est décédé avant lui. Pourquoi ne l'avez-vous pas retrouvé à ce moment-là ? demande-t-elle tout à coup.

— Grande question… Peut-être parce que c'était trop tard. Parce que je ne me voyais pas mentir à mes enfants, faire comme si je venais de le rencontrer. Ils n'y auraient pas cru. Notre amour était trop immense. Parfois, je m'en veux. Souvent, je regrette. J'aurais pu l'accompagner vraiment durant la fin de sa vie. J'aurais dû, sans doute… En tout cas, je l'ai accompagné dans sa dernière demeure. Et tu sais quoi ? Je sais que je vais le retrouver bientôt.

Hermance pose la main sur son cœur avec un sourire serein. Dans ses yeux brille la nostalgie où se mêlent bonheur et mélancolie.

26

Trembler

Durant quelques jours, Rose a la douce impression de partager avec Hermance un joli secret, qu'elle garde au chaud. Elle n'en a rien dit à Antoine. C'était leur secret. Un nouveau point de connivence.

Quand Hermance devient pensive, Rose imagine qu'elle pense à l'amour de sa vie. Parfois, elles se regardent et se comprennent. Il semble à Rose que ces confidences les ont encore rapprochées. Hermance a placé en elle sa confiance et peut-être est-ce pour cette raison que Rose a choisi de ne pas dévoiler cette vérité qui n'appartient qu'à elles deux.

La vie au chalet se prépare à la torpeur de l'hiver. La cheminée a été rallumée depuis longtemps.

Ce matin, la nuit d'Hermance se prolonge étonnamment. Elle a manqué le départ à l'école de Lou. La grasse matinée n'est pourtant pas dans ses habitudes. Rose boit son deuxième thé de la journée, attablée avec Antoine qui parcourt le journal du jour en diagonale.

— C'est bizarre qu'Hermance ne soit toujours pas levée, tu ne crois pas ? demande Rose.

On ne peut pas dire qu'elle soit inquiète. Hermance est alerte et n'a pas de souci de santé majeur – pas plus que les petits maux liés à son âge. Et, contrairement à bon nombre de personnes âgées, elle ne tombe jamais du lit.

Antoine hoche la tête. Il est 9 h 30 et des poussières. Après tout, cela peut arriver… surtout le dimanche.

— Mais jamais un jour d'école, rappelle Rose, tout de même étonnée que l'aïeule ait laissé partir Lou sans son bisou.

Elle avale deux gorgées de thé de plus, songeuse, pose sa tasse. Une forme de peur irrationnelle la force à se lever.

— Je vais la voir. Ça m'inquiète, quand même…

Elle prend le chemin de l'escalier qui mène au rez-de-chaussée. Entend vaguement un mot rassurant d'Antoine.

Au moment d'ouvrir la porte, Rose prend une grande inspiration. Son inquiétude lui semble illégitime, mais la dépasse. Elle ne sait pas à quoi s'attendre, alors s'attend à tout. Hermance dort-elle ? Est-elle tombée ? Pourvu qu'elle ne la trouve pas inanimée… Elle envisage tout, en quelques microsecondes.

Elle ouvre la porte le plus silencieusement possible.

Rose aurait pu forcer sa porte au pied-de-biche ou au bélier, elle n'aurait pas réveillé Hermance. Celle qui semble dormir ne respire plus. Son corps est froid. Elle a envie de crier. Nooon ! Mon Dieu… Antoine… Rose est prise de tremblements impossibles à maîtriser.

Malgré sa stupeur et son émotion, elle trouve la force de réfléchir vite. Elle préfère remonter pour prévenir Antoine aussi calmement que possible. Mais elle a envie de hurler. Pas Hermance. Pas déjà… Elle était en pleine santé ! Pourquoi ? Pourquoi maintenant ? Rose est secouée par les sanglots qui la submergent. Elle pense à Antoine, elle pense à Lou, aux enfants d'Hermance, à tous ceux qui l'aimaient.

Rose reste un moment dans la chambre. Le temps de reprendre ses esprits (si tant est que ce soit possible), mais pas trop, pour ne pas qu'Antoine descende les retrouver.

Rose quitte la chambre, la mort dans l'âme. Monte les marches à pas lents. Tout son corps est lourd de chagrin. Elle repense au dîner d'hier. À la gaieté d'Hermance, à ses regards tendres, à ses mots parfois bruts et à sa tarte aux pommes… la fameuse… sa dernière tarte aux pommes. C'était leur dernier dîner à quatre. Et tous l'ignoraient.

*

Antoine est immobile dans le fauteuil. Son visage est fermé, ses yeux sont secs. Il est en état de sidération.

Rose lui a appris le décès d'Hermance il y a quelques secondes. Quand elle est montée, seule et silencieuse, qu'il a vu ses yeux bouffis et rouges, elle n'a pas eu besoin de trouver les mots. Il les a trouvés pour elle. Elle lui a rappelé un instant le médecin qui était venu lui annoncer la mort de Raphaëlle. Il se souvient du couloir blanc, du regard navré de l'homme en face de lui et du gouffre. Celui dans lequel il a été aspiré à cette seconde, précisément.

La mort d'Hermance, il le sait, ne revêt pas la même injustice. Hermance était âgée. Pas comme Raphaëlle. Il y a, quoi qu'on en pense, une forme de logique à cette mort tardive… Mais il a du mal à croire que c'est arrivé. Rien ne l'avait laissé présager. Hermance allait si bien ! Elle aurait dû vivre encore, rester avec eux un peu plus.

— Je sais, mon amour… Mais tu te rends compte ? Elle a eu la mort dont tout le monde rêve. Elle a quitté ce monde dans son sommeil, peut-être sans s'en rendre compte, et sans avoir souffert.

Elle a raison. C'est vrai. La santé d'Hermance aurait pu se dégrader, elle aurait pu tomber malade, devenir sénile, devoir être hospitalisée… Elle a fini ses jours ici, au chalet du bonheur, entourée des siens. De ceux qui l'aimaient le plus au monde.

Tout cela est vrai. Mais Antoine ajoute, dans un murmure qui annonce les sanglots qui l'étranglent :

— N'empêche : on n'a pas eu le temps de lui dire au revoir.

27

Accompagner

Les jours qui suivent sont denses au point de ne pas laisser place à toute la tristesse qui ne manquera pas de s'abattre ensuite, quand Hermance reposera dans le caveau familial.

Il y a eu le moment où le médecin est passé, où il a conclu à un arrêt cardiaque. « Ou peut-être une rupture d'anévrisme. » Hermance n'a pas souffert. C'est tout ce qui importe.

Il y a eu le temps de l'annonce. Les coups de fil à passer, les mots à trouver. Pour que tous sachent. L'étonnement est le sentiment le plus commun, devant cette mort venue par surprise, à pas feutrés. Il y a eu l'arrivée des proches. De Jacques et de Simone. De Mariette et de Régis. Le chalet s'en est retrouvé à nouveau animé… un peu. Avec des gestes plus lents et des mots murmurés.

Il y a eu les démarches administratives, la préparation de la cérémonie.

Pour Antoine, même si c'est différent, cela lui rappelle les suites du décès de Raphaëlle. Sauf que, cette fois, il est partie prenante dans les actions et dans les décisions. Autant que Jacques et que Mariette. Pour Raphaëlle, il en avait été incapable… Il avait tout délégué, tacitement, à ses beaux-parents. Il n'avait su que pleurer. Pleurer, et écrire un discours.

Le point commun entre ces deux pertes, c'est le côté immédiat, imprévisible. Il n'a pas pu leur dire au revoir. Leur dire les mots importants, leur dire un dernier *je t'aime*, leur dire tout le bien qu'ils avaient vécu ensemble et comme il avait été heureux avec elles. Elles lui avaient été volées. Toutes les deux. Et il trouve cela très injuste.

Il faudrait pouvoir se dire au revoir…

*

Lou pleure beaucoup. Elle n'a pas bien compris, lorsque Rose et Antoine lui ont annoncé la mort d'Hermance. Du moins, elle l'a compris, mais cela lui paraissait irréel. Elle était partie à l'école, comme tous les matins (ou pas vraiment, puisque pour une fois Hermance n'était pas là pour lui souhaiter une bonne journée). Et quand elle est revenue de l'école, sa Gramima n'était plus. Plus dans le chalet, plus dans la vie. Mais quelque part entre la Terre et le ciel. Alors que tout dans le chalet la rappelait. La cuisine, son antre… Le chat Maxou qui la cherchait partout vainement… Et tous ses objets, ses babioles qui prenaient la poussière sur le buffet. Sa collection de marmottes…

Lou avait envie de pleurer tout le temps.

Et elle en voulait à son père, peut-être aussi à Rose. Ils ne l'avaient pas préparée à perdre sa Gramima. Ils avaient fait comme si elle mourrait dans longtemps. Quand elle-même serait grande. Même si Hermance avait quatre-vingts ans passés, elle paraissait immortelle. Elle aurait pu être centenaire. Elle avait tellement la pêche ! Un peu comme la Super Mamie d'Aldebert. Elle n'aurait pas dû mourir si tôt. Et Antoine aurait dû lui dire, tout simplement : « Ta Gramima ne sera pas toujours là, tu sais. Il faut que tu profites de tous les moments qu'il t'est donné de vivre avec elle… » Mais il n'avait pas dit ça.

C'est vrai qu'Antoine avait toujours fait comme si la mort d'Hermance était impossible. Trop peu probable. Il détestait y penser lui-même. Alors, en parler… Par superstition, peut-être ? Par peur d'inviter la mort un peu trop tôt ? Alors qu'il était le premier à savoir que la Faucheuse pouvait frapper n'importe quand. Même quand on veut l'ignorer. Avec Raph, ils avaient vécu en immortels. Ils n'avaient jamais eu le courage, l'envie ou même l'idée d'en parler. Ils se croyaient immunisés. Alors, pourquoi n'avoir pas retenu la leçon ? Pourquoi avoir voulu ignorer ce fait : la mort impose sa propre loi ?

*

Le soir de la mort d'Hermance, aucun des trois n'avait eu faim. Évidemment. Mais comme, par miracle, il restait de leur dernier dîner avec elle un quart de sa tarte aux pommes, ils se l'étaient partagé. Ils l'avaient dégustée miette par miette, silencieusement, religieusement, avec une énorme pensée pour la cuisinière… Celle qui passait des heures aux fourneaux et les régalait, celle qui avait la coquetterie de changer de tablier tous les jours, celle dont il ne restait plus qu'un quart de tarte aux pommes. Sa dernière œuvre gustative.

*

Demain, ce sera l'enterrement. Le chalet s'endort sans y croire vraiment. Rose est dans les bras d'Antoine, mais chacun est surtout dans ses songes.

Depuis le décès d'Hermance, Rose ne peut s'empêcher de penser à son secret… Elle aurait pu l'emporter avec elle, dans un lieu où il se serait perdu, mais elle le lui a confié assez tôt. Parfois, elle se culpabilise, sur fond de superstition : et si elle n'avait pas cherché à en savoir plus à ce moment-là, Hermance serait-elle encore en vie ? N'est-ce pas la délivrance d'avoir pu révéler son secret qui a provoqué, chez la vieille dame, une sorte de lâcher-prise ? Comme si elle pouvait s'autoriser à partir, maintenant qu'au moins une personne savait.

Et dans le noir de la chambre, dans le silence qui nimbe le secret qu'elle cache à tous, Rose imagine Hermance, heureuse, rejoindre Serge.

De quoi sourire un peu et espérer. En attendant demain.

28

Lui dire adieu

Ils sont tous là. La famille, les amis, les connaissances, les anonymes. Ceux qui l'ont côtoyée, ceux qui ont travaillé avec elle, ceux qui ont connu son mari, ceux qui lui achetaient son fromage… et tous les autres. Tous.

Le prêtre rend hommage à l'une de ses ouailles les plus assidues. Hermance ne manquait jamais la messe du dimanche. Elle priait tous les jours, chez elle, avec son chapelet.

Dans l'église, les discours se succèdent, au pupitre. Mariette et Jacques rendent hommage à leur mère. Antoine a tenu à être le porte-parole des petits-enfants. Il égrène ses mots avec des trémolos dans sa voix qui chevrote. Mais il tient bon. Il veut que tous sachent ce que chacun sait déjà : Hermance était unique. Au fond de lui, et c'est sans doute ce qui le fait pleurer, il s'en veut pour toutes les années perdues… Les années où il a préféré rester à Paris. Parce qu'il avait trop de travail, parce qu'il n'avait pas le temps de descendre dans les Alpes. Parce qu'il n'en avait peut-être même pas envie, qu'il s'était rallié à Raphaëlle pour son goût de la mer et des îles… Parce qu'il avait négligé Hermance, comme un petit-fils ingrat qui aurait oublié tous les merveilleux souvenirs ensemble, et la personne même, sa grand-mère autrefois chérie, alors laissée à sa solitude dans un grand chalet.

La veille, Antoine a eu l'occasion de faire part de ses remords à Rose. C'est elle qui lui avait enjoint de retrouver Hermance, il y a plus de sept ans. C'est grâce à Rose qu'il avait pu renouer avec sa grand-mère, et c'est grâce à Hermance, à son absence de rancœur, à sa joie, qu'il était revenu souvent ensuite, et qu'ils s'étaient finalement installés chez elle. Rose a cherché à le déculpabiliser : il ne s'était pas ressaisi trop tard, ils avaient vécu de belles années, les dernières, celles qui comptent peut-être le plus. Antoine avait repris toute la place qu'il avait, petit, dans le cœur d'Hermance. Elle était partie avec cela. C'était l'essentiel.

*

Après l'église, le cortège se rend au cimetière à petits pas silencieux. Lou marche entre Rose et son père et leur prend la main comme pour mieux tenir debout. Ses yeux ont séché mais restent rouges, et elle renifle régulièrement. Ses sanglots reprennent de plus belle au moment de la descente du cercueil dans le caveau. Antoine et Rose avaient tenté de la convaincre de ne pas venir jusque-là, mais Lou a tenu à être présente, pour ce dernier adieu. Elle jette, comme les autres, une rose blanche sur le cercueil et adresse à Hermance son dernier baiser volant. Celui de chaque matin, à son départ pour l'école.

Après l'inhumation, tous se retrouvent pour un verre de l'amitié, dans une petite salle communale. L'occasion de parler d'Hermance, de croiser et de confronter son expérience de vie avec elle, avec les autres. On boit un verre de vin d'Apremont en savourant rioutes et bugnes. On sourit, malgré tout, avec les yeux brillants.

« Elle a rejoint son Pierre », peut-on entendre çà et là. Rose, en discussion avec Mariette, sait mieux que personne que, si Hermance dort pour l'éternité au côté de son mari, c'est un autre homme qu'elle a choisi de retrouver. En grande romantique, cette pensée la soulage un peu. Le véritable amour dépasse tout. Même la bienséance et la morale.

Elle observe de loin Antoine, qui discute avec son père, sa mère et son frère. Elle le sent gauche, mal à l'aise, depuis leur arrivée. Il aurait sans doute aimé trouver des mots pour son père, poser une main sur son épaule, peut-être, à défaut de le prendre dans ses bras. Mais il est gauche, oui… Comme l'était Jacques à l'enterrement de Raphaëlle, de ce qu'il lui en a dit. Rose regarde son beau-père et se demande ce qu'il ressent, au fond. Il arbore un visage grave. Mais en quoi diffère-t-il de sa mine habituelle ? Les expressions de Jacques pourraient se compter sur les doigts d'une main. Simone, à côté, parle avec des gestes amples, avec une sorte d'énergie pour deux.

Lou est assise sur l'estrade de la salle et balance ses jambes dans le vide. Ses cousins ont entrepris de jouer au loup, dehors. Elle préfère rester seule. Ne comprend pas qu'ils puissent s'amuser. « Elle était vieille, c'est normal », lui a dit l'un d'eux. Leur indifférence et leur insouciance lui déplaisent autant qu'elles la dégoûtent. Sans doute que, pour eux, Hermance était une vieille dame pas intéressante. Les arrière-grands-mères, est-ce que ça compte vraiment ? Évidemment, pense celle pour qui Hermance a été bien plus. Lou n'arrive pas à imaginer la vie dans le chalet sans elle. Elle a encore envie de pleurer. Elle ne savait pas qu'elle avait autant de larmes à l'intérieur.

Les plus proches se sont ensuite réunis au chalet pour un repas. Le premier sans Hermance. On pense au prochain Noël, qui arrivera vite. On décide de le faire ici quand même. Pour cette année.

On arrive à sourire autour de la table. S'ils sont teintés de tristesse, les sourires n'en sont pas moins vrais lorsqu'on se rappelle les joyeux souvenirs avec Hermance. Sa propension à vouloir chasser les commis volontaires de sa cuisine, son habitude de faire toujours trop à manger et de servir chacun trop généreusement, son rire de souris, ses vieilles chansons qu'elle aimait fredonner, son mauvais caractère et sa mauvaise foi, parfois…

29

Éprouver l'absence

Tous sont repartis. Et avec eux, un peu d'agitation, du bruit, de la vie. Un calme surprenant est venu s'abattre sur le chalet. Le silence est parfois simplement ponctué par les crépitements du feu dans la cheminée ou les miaulements de Maxou qui cherche encore, en vain, sa maîtresse. Aucun des trois n'a vraiment envie de parler, à vrai dire. Chacun se retranche dans sa peine, dans sa nouvelle perception. Le joyeux quatuor n'est plus. Le trio se sent bancal. Il va falloir trouver un nouvel équilibre.

Hermance leur a fatalement légué son monopole de cuisinière en chef. Les menus comme la préparation des repas leur incombent désormais. Ce n'est pas le pire… Le pire se trouve dans la cuisine elle-même. Chaque fois que l'un des trois y entre, il s'attend à trouver là Hermance qui s'affaire… les mains pleines de farine pour confectionner du pain, le bruit du fouet contre le verre du saladier pour l'appareil d'une quiche, armée d'un grand couteau pour découper une côte de bœuf, debout devant la gazinière pour surveiller la cuisson… Le tout au son d'un jazz, de Piaf, de Brel ou de Trenet. Cette pièce, c'était celle d'Hermance, son repaire, son monde. Et tout, ici, la rappelle. Surtout ses livres de recettes hors d'âge dont les pages se détachent et les ustensiles qu'elle interdisait aux autres d'utiliser. « Ne touche pas à ça », réprimandait-elle souvent, avec le petit air autoritaire qu'elle savait prendre de temps en temps, mais qui donnait plutôt envie de rire.

Il faut changer les habitudes, les rituels. Reprendre le cours des choses et le quotidien, sans nier la tristesse. Sans s'enfoncer non plus dans une forme de déprime. Hermance aurait détesté cela ! Elle aimait trop la vie. Et rien de ce qu'ils perdront en temps à souffrir ne la fera revenir.

*

Trois jours après l'enterrement, le téléphone de Rose retentit.

— C'est Arnaud, dit Rose à Antoine avec étonnement.

Il regarde son portable. Son frère ne l'a pas appelé. Il a préféré appeler Rose ? Bizarre… ou pas. À cette heure du dîner, il était à peu près sûr de les trouver ensemble.

— Je venais aux nouvelles, commence Arnaud, au bout du fil.

Rose n'a pas mis le haut-parleur. Si Arnaud l'a

appelée, elle, c'est peut-être pour qu'il ne lui parle qu'à elle. Rose lui résume ces trois jours : le vide du chalet, le chagrin de Lou, la stupeur qui demeure.

— C'est normal. C'est sans doute plus difficile pour vous trois, qui viviez avec elle.

Rose confirme. Elle se demande si Arnaud n'appelle que pour prendre des nouvelles ou s'il a autre chose en tête.

— Et toi, ça va ? demande-t-elle en guise de perche.

— On fait aller. Je suis encore chez Mariette et Régis. Je repars demain. Mais je me disais…

— Oui ?

— Comme je ne suis pas très loin, et que je peux bosser de partout, je ne suis pas obligé de rentrer tout de suite… J'ai pensé que je pourrais peut-être venir passer quelques jours chez vous, histoire de mettre un peu d'animation… ? Enfin, le mot n'est peut-être pas très bien choisi. Disons que ça me ferait plaisir d'être auprès de vous. Mais il faudrait que ce plaisir soit partagé…

Rose sourit intérieurement. Arnaud craint la réaction et le refus d'Antoine au point de préférer s'adresser à elle.

— J'en parle avec Antoine et je te rappelle, dit-elle avant de raccrocher.

Rose résume en quelques mots la proposition d'Arnaud.

— Qu'en penses-tu ?

— J'en pense qu'il a préféré passer par toi, plutôt que de demander directement à son propre frère.

— Il s'inquiétait peut-être d'avoir l'aval de la maîtresse de maison qui va devoir gérer un couvert de plus, avance Rose.

— Tu ne crois pas à ce que tu dis. La vérité, c'est qu'il a peur de m'appeler, moi.

— Antoine… le reprend Rose, jetant un regard explicite dans la direction de Lou.

— Moi j'aimerais bien qu'il vienne, tonton, affirme celle-ci d'un ton convaincu. Il est gentil, et ce serait bien d'être quatre…

Les regards se posent sur la chaise vide, occupée il n'y a encore pas si longtemps par Hermance.

— C'est d'accord, s'incline Antoine.

Après tout, Rose et Lou semblent se réjouir de cette perspective. Et Arnaud ne le dérange pas, peut-être même qu'il est plutôt content. Cela fait un an que son frère est revenu. Il a eu le temps d'aller mieux, ils ont eu le temps de passer de la méfiance et de l'indifférence à plus d'échanges… Peut-être le temps du rapprochement est-il venu ?

*

C'est ainsi qu'Arnaud vient passer quelques jours de novembre, au chalet.

Depuis qu'il est revenu de Montréal, il a remonté petit à petit la pente. Le harcèlement dont il a été victime et la dépression qui s'est ensuivie sont à présent derrière lui. Il a changé d'orientation professionnelle et choisi de travailler à son compte. Aussi, où qu'il soit, armé de son ordinateur et de son téléphone portables, il vaque à son activité de graphiste indépendant. Le voilà enfin épanoui professionnellement. Il ne lui reste plus qu'à rencontrer l'âme sœur…

En attendant, il apporte un peu de vie dans le chalet. Prête main-forte à Rose dans la cuisine, joue avec Lou, discute avec Antoine. Ces quelques jours resserrent des liens oubliés.

Et quand la neige tombe sur le chalet pour la première fois de l'hiver qui arrive, ils s'offrent ensemble une parenthèse de rires, avec bataille de boules de neige et descentes en luge.

Hermance aurait sans doute aimé vivre ce moment.

30

Vivre sans elle

La neige de décembre a pris possession des toits, des sommets, de la vallée. La chaîne des Aravis s'est parée de poudre et de soleil. On dirait un manteau d'hermine. Elle retrouve sa majesté de l'hiver. Le rempart qu'elle représente semble plus que jamais imprenable. Les paysages sont de carte postale. De fond d'écran, préfère dire Lou.

Depuis qu'Arnaud est parti, ils ont appris à vivre à trois. Ils ont pris leurs marques. Le vide est toujours là, mais on l'a apprivoisé. Il se tient à l'écart, respectueusement. Pour la cuisine, ils mettent tous la main à la pâte. Elle est redevenue un lieu vivant. Peut-être que les plats sont un peu moins bons, que la tarte aux pommes est un peu moins parfaite, mais l'essentiel est de faire perdurer les traditions et d'entretenir autant leurs organismes que le souvenir d'Hermance.

Antoine a terminé sa rééducation et a retrouvé le chemin des pistes, avec une satisfaction totale : il a parfaitement récupéré. Les cours vont bientôt recommencer. En attendant, il s'entraîne tranquillement. Reprise en douceur et ski de fond en famille. Ce n'est pas ce que Lou préfère, mais elle aime quand même glisser sur les chemins et tenter quelques pas de patinage, derrière Rose et son père qui skient avec aisance sur la neige damée.

À l'école, après quelques semaines difficiles, où Lou avait du mal à se concentrer en classe parce qu'elle n'était que chagrin et souvenirs, cela va mieux. Ses résultats sont de nouveau très bons. Et puis elle adore le roman qu'ils lisent en ce moment : *Journal d'un chat assassin*. Elle l'a fini avant ses camarades, et plus vite que prévu. Le maître avait demandé aux élèves de ne lire qu'un chapitre par soir… elle ne l'a pas écouté. Elle était bien trop prise par l'histoire et trouvait bien trop frustrant de devoir s'arrêter. Elle sait qu'il existe des suites. Elle a mis tous les autres livres de la série en haut de sa liste de Noël. « C'est trop marrant », a-t-elle dit en guise d'argument. Tout est souvent « trop », avec Lou.

Le patinage, par exemple, c'est trop bien. Ou trop génial. Cela fait plus d'un an que Lou fréquente le club des Aravis avec Rose, et elle a réalisé beaucoup de progrès. Elles sont dans les préparatifs du gala. Lou n'a qu'un désir : épater son père. Elle aurait tant aimé, par ailleurs, qu'Hermance la voie… Souvent, elle se dit qu'elle la regarde de là-haut, qu'elle la voit réaliser ses figures, modestes et perfectibles, mais appliquées. Hermance serait fière d'elle, c'est sûr. Hermance *sera* fière d'elle, parce que Lou est certaine qu'elle la regarde. Comme elle regarde d'en bas les étoiles qui en comptent une nouvelle, brillante, avec un tablier aux fromages de Savoie.

*

C'est déjà Noël. Comme prévu, le chalet accueille toute la famille. Le programme est identique à celui des autres années, à l'exception de deux différences notables : la place vide d'Hermance à table et le concours d'improbables pulls de Noël. Le vœu d'Hermance a été exaucé, même par Jacques. Tous ont joué le jeu, et c'est à qui aurait le plus loufoque ou le plus « moche », pour honorer le concours lancé par Lou il y a un an. La découverte des pulls au moment de se dire bonjour et de dévoiler ce qui se cachait sous les manteaux a été une entrée en matière réjouissante. Il y en avait pour tous les goûts, dans la plus pure tradition du pull de Noël. Rennes, bonshommes de neige et Pères Noël se disputent en couleurs.

Après avoir bien ri, après avoir pris l'apéritif dans le salon, ils se retrouvent tous autour de la table. L'absence d'Hermance résonne d'un coup très fort. On n'a pas mis de chaise, mais personne n'a osé s'asseoir à sa place et les regards convergent au même endroit. Tout à coup, un vent de tristesse les enveloppe. Et leurs tenues qui rivalisent de ridicule offrent un contraste saisissant.

— Gramima n'aurait pas aimé vous voir comme ça, reproche Lou en passant.

— Lou a raison, concède Rose. Notre tristesse est

inutile et c'est Noël. Faisons-lui plutôt honneur en étant dignes de nos pulls, qu'elle aurait adorés, et en passant une bonne soirée tous ensemble. Elle doit être heureuse, là-haut…

On approuve à l'unanimité et on s'exécute. Antoine et Arnaud vont chercher les toasts au foie gras et au saumon fumé tandis que Jacques et Régis s'occupent du vin. On lève les verres à la santé de chacun et avec un mot pour Hermance, puis on attaque l'entrée avec entrain.

Comme cela fait plus d'un an qu'Arnaud est revenu, on lui demande un bilan, on le taquine un peu, sur le mode « Quand est-ce que tu vas te trouver une copine ? ». Il est gêné. Ne compte pas faire un étalage de ses déboires amoureux. Depuis sa séparation d'avec Lisa, à Montréal, depuis son retour ici, il a eu des historiettes. Rien d'intéressant à raconter. Simone l'écoute avec une petite grimace. Elle aurait tant aimé que son second fils lui donne aussi des petits-enfants. Elle n'a que Lou. Elle en espérait d'autres ! Arnaud a déjà quarante-trois ans. Il n'a jamais été marié, il n'a pas eu d'enfant… Maintenant que la déprime est derrière lui et qu'il a retrouvé humour et sourire, elle aimerait bien qu'il rencontre enfin la bonne… Elle serait une grand-mère comblée.

— Et toi, Jacques ? À quand la retraite ? demande Régis, ex-contrôleur des impôts et heureux retraité.

— En voilà une bonne question ! s'exclame Simone. Quand est-ce qu'on va enfin pouvoir profiter de la vie ?

… *Et de ton argent*, termine Antoine dans sa tête.

Au chapitre des qualités de son père, il a depuis longtemps ajouté « radin ». Ce n'est pourtant pas faute d'avoir accumulé un beau pécule, avec ses affaires immobilières. Malgré son âge, Jacques continue d'exercer. « Par passion », aime-t-il dire.

— Je ne suis pas pressé, répond-il d'un ton vif.

— C'est ce que tu dis toujours… râle sa femme. Mais enfin, tu veux passer de travail à trépas ?!

Mariette compatit. Elle n'a jamais compris son frère. Mais quand s'arrêtera-t-il ? Quand il ne pourra plus se lever ? Mariette plaint Simone. Elle, avec Régis, elle profite de la vie. Ils font des voyages, ils passent la fin de l'hiver sur la côte portugaise, ils vont et viennent à loisir, tout au long de l'année, chez leurs enfants, chez les amis…

— On n'a jamais aussi peu posé le pied chez nous ! On ne s'ennuie jamais. Quel bonheur…

— Chacun sa définition du bonheur. Moi, je m'épanouis à me sentir utile et j'aime trop ce que je fais.

Il complète avec force détails, déclinant avec emphase les aspects fabuleux de son fabuleux métier : toutes ces demeures magnifiques, ces vignobles, ces châteaux. *Utile…* On est quand même loin de l'humanitaire, et de l'humain tout court, pense Antoine. Son père brasse de l'argent, et c'est tout.

— Je m'ennuierais, à la retraite, conclut Jacques.

Simone se met à bouder ostensiblement. Elle en a assez de vivre seule, de s'occuper seule, de venir ici seule. Elle s'est sacrifiée toute sa vie à la carrière de monsieur et il ne compte pas faire un effort avant de devenir un vieux croulant ?

— Je suis curieux de ta définition du bonheur, papa… intervient tout à coup Antoine.

Jacques semble surpris. Plonge ses yeux dans ceux de son fils aîné, devant les regards qui glissent de l'un à l'autre. Simone observe son mari, d'un air amusé. Elle attend impatiemment la réponse. Il prend un léger temps de réflexion, pour lâcher un laconique :

— Pour moi, le bonheur, c'est réussir sa vie.

— Réussir sa vie ou réussir tout court ?

— Quand je regarde derrière moi, je me dis que j'ai réussi. Je me suis marié, j'ai des enfants, je vis dans une maison agréable, mon travail me passionne et me permet de vivre confortablement… Que vouloir de plus ?

— Et tu te soucies du bonheur des autres ?

— Antoine ! le reprend sa mère.

— Non, parce que si tu es heureux aux dépens du bonheur de ta famille…

— Antoine, ça suffit ! C'est Noël ! rappelle Simone avec autorité.

Rose pose une main sur l'avant-bras d'Antoine et lui fait les gros yeux, en signe d'accord avec sa belle-mère. Jacques reste de marbre.

— Ah oui, pardon, c'est Noël. Donc, à Noël, on ne parle pas des sujets qui fâchent.

— Non, en effet, appuie Simone, qui déteste cette façon de donner en spectacle la disharmonie de leur famille.

— C'est dommage. Pour une fois que c'était intéressant…

— Antoine… intervient Rose.

— Je prenais simplement la défense de maman. Elle mérite une retraite à deux, comme tout le monde. Elle a assez donné. Tu n'es pas d'accord, Arnaud ?

Arnaud n'a jamais su tenir tête à son père. Que va-t-il répondre ?

— C'est vrai, oui. Papa, tu pourrais quand même songer à prendre ta retraite…

Les yeux des deux frères se croisent et se sourient. C'est la première fois qu'ils font bloc, depuis fort longtemps. Double satisfaction pour Simone : un message clair est passé par deux tiers, et ses fils semblent renouer avec une certaine complicité.

— Alors, tout le monde se ligue contre moi ? Je savais que c'était Noël, mais j'ignorais que c'était ma fête ! s'exclame Jacques.

31

Recevoir une lettre de très loin

Lou a quitté la petite école du Chinaillon pour le collège des Aravis, à Thônes, situé dans la vallée, au pied des montagnes. Elle a retrouvé ses copains du CM2, mais elle s'est liée d'amitié avec d'autres.

Elle a bien grandi. N'est déjà plus tout à fait une enfant. L'adolescente qu'elle va devenir se dévoile déjà. Elle se soucie de son apparence, ne veut plus porter n'importe quoi. Si son caractère est bien le sien, physiquement elle préfère se couler dans le moule. Elle veut des vêtements de marque et se différencier le moins possible des autres. Sa façon de parler, aussi, a quelque peu évolué. Elle emploie des mots qu'elle ignorait avant, qu'Antoine et Rose ne comprennent pas d'emblée. Le premier jour, quand elle a déclaré « avoir le seum », ils se sont regardés avec des yeux ronds. Il allait leur falloir un dictionnaire des ados…

À la maison, Lou reste facile et agréable. Elle mesure son langage, s'applique à parler à ses parents autrement qu'à ses copains. L'insolence ne s'immisce pas encore dans ses paroles. Elle n'a pas perdu le répondant qu'elle a toujours eu, la repartie facile, mais cela reste respectueux. Elle n'est pas encore passée à l'étape des parents qui sont nuls et ne comprennent rien, celle où les enfants apprennent à s'en différencier et à les désidéaliser pour s'en affranchir et apprivoiser leur future personnalité d'adulte. Elle n'est qu'en 6ᵉ… Alors même si les choses changent, même si elle quitte l'enfance, Lou n'est encore que dans une vague période de transition. Plutôt douce et sans heurts.

Elle continue de partager avec Rose son goût de la danse et du patinage, et avec son père les randonnées en montagne, toujours plus longues, plus difficiles, plus magnifiques. Sans compter, l'hiver, le ski qu'elle pratique à haute dose. Elle a fait siennes les passions de ces deux-là. Il y a un pôle d'excellence sportive dans son collège, et elle compte bien l'intégrer. C'est une hyperactive, une sportive acharnée, doublée d'une ardente militante pour la défense de la montagne, sensible à sa préservation.

Côté musique, Lou est passée d'Aldebert au rap. Grand écart manifeste et surréaliste pour Antoine et Rose. Ils ont du mal à comprendre (comment on peut aimer) cette musique. « C'est ça qu'écoutent les jeunes » est le seul argument qui vaille, pour Lou. Il faut suivre la mode, le goût des autres… C'est de son âge. Un jour, elle aura ses propres goûts, qu'elle assumera avec force. Pour l'instant, elle est décidément dans le moule.

Durant ces deux dernières années, la vie a suivi son

cours. Le trio est parvenu à un équilibre heureux au sein du chalet.

Ils ont procédé à un réaménagement. Antoine a profité du printemps suivant le « Noël des pulls » pour faire des travaux. Au rez-de-chaussée, la chambre d'Hermance a été transformée en un studio doté d'une kitchenette. Confortable et joliment décoré par les soins de Rose. Ils ont prévu de le louer à la semaine, en saison. De quoi représenter une rentrée d'argent non négligeable, mais aussi apporter un peu de mouvement dans le chalet. Rose et Antoine seront de parfaits ambassadeurs pour la région. Lui pourra en outre offrir ses services de guide. Pour l'instant, le studio est surtout très apprécié par les amis et la famille qui continuent de venir régulièrement passer quelques jours de repos et d'activités bienvenus. Il sera loué dans trois semaines, pour l'ouverture de la saison d'hiver. C'est complet jusqu'à Pâques.

Le chalet du bonheur a retrouvé son nom. On l'a même accroché officiellement sur la façade, en fer forgé. Parfois, on l'appelle encore « le chalet d'Hermance », même s'il est devenu le leur. La grand-mère d'Antoine avait tout prévu dans son testament. Le notaire leur avait appris qu'elle avait effectué toutes les démarches pour qu'ils restent dans le chalet, au titre d'usufruitiers, avec l'accord de ses propres enfants. Tout était donc clair et n'a pas posé de problème dans la famille. Une chance, lorsqu'on voit comment certains parviennent à se déchirer autour d'un héritage.

Et puis il y a eu ce dernier cadeau qu'elle leur a offert… Inattendu et touchant. Ils l'ont découvert par hasard, au moment où ils ont rangé la chambre d'Hermance, avant les travaux. Cela faisait cinq mois qu'elle était décédée, mais ils n'avaient eu ni l'envie ni la curiosité un peu voyeuse de se plonger dans ses affaires, de trier les trésors que renfermait son vieux bureau. Ils avaient donc attendu. Jusqu'à ce jour où ils se sont attelés à la tâche émouvante de vider ses meubles. Ils ont trié, mais ont eu du mal à jeter. Ils ont donc beaucoup gardé... Les blouses d'Hermance, ses tabliers, son pull préféré ont pris place dans l'armoire du grenier. Ils ont terminé par le bureau. Au milieu d'une liasse de papiers d'ordre administratif, ils ont trouvé une jolie enveloppe adressée à « Antoine et Rose ». Ils se sont regardés, intrigués et émus, impatients, un peu fébriles de savoir ce qu'elle contenait. Rose a décacheté l'enveloppe, les doigts tremblants, en a retiré deux feuilles manuscrites. Les derniers mots d'Hermance pour eux ? Quand avait-elle écrit cette lettre ? Antoine, pris de nervosité, est allé s'asseoir sur le fauteuil en velours et lui a demandé de lire à voix haute. Rose est restée debout. Puis elle a lu.

Mon Antoine, ma Rose,
Mes chers petits,

Je n'ai pas eu envie d'écrire la date de cette lettre. Si vous la tenez entre les mains, c'est que j'aurai quitté ce monde. J'ignore quand le Seigneur m'appellera à lui. Peut-être dans quelques semaines, peut-être dans quelques mois ou années ? Peu importe. Ce que j'ai à vous dire vaut pour toujours...

J'ignore si nous aurons l'occasion de nous parler juste avant la grande échéance, c'est pourquoi je préfère être sûre que vous ayez mes derniers mots.

Antoine renifle. Rose vient s'accroupir près de lui et dépose un baiser sur sa joue déjà mouillée.

Je ne serai pas trop longue. Écrire me fatigue. Mais voilà... Je voulais vous dire :

Cela fait trois bonnes années que vous vivez ici, sous mon toit. Je vous l'ai souvent dit, mais j'aime à radoter : ce furent (ce sont encore) parmi les plus belles et les meilleures de mon existence.

Quel bonheur de finir mes jours auprès de vous, dans l'amour et dans la joie, et de voir grandir notre adorable Lou, si espiègle et si tendre, si drôle et si intelligente.

Je vous aime très, très fort. Tous les trois. Vous formez une magnifique famille. J'ignore si elle s'agrandira, j'ignore si j'aurai eu la chance de vous voir mariés, mais peu importe, au fond.

L'essentiel, c'est votre amour. Puissiez-vous vous aimer toute votre vie. Mon petit doigt me dit que c'est bien parti... Prenez grand soin l'un de l'autre, comme vous le faites si bien déjà. Toujours.

J'ai toute confiance en vous pour tout ce qui concerne Lou et son éducation. Continuez sur ce joli chemin pour qu'elle grandisse bien et s'épanouisse dans ce qu'elle aime. Elle a tellement de potentiels que je n'ai aucune idée de ce qu'elle fera plus tard ! Mais je la vois rester dans ma montagne, et cela me réchauffe le cœur.

Je suis heureuse de vous imaginer passer votre vie ici,

dans ce qui fut mon chalet. J'espère que vous y connaîtrez encore beaucoup de joies.

Antoine, je n'ai pas de conseil à te donner, mais j'ose t'exprimer mon souhait : j'aimerais tant qu'un jour tu fasses la paix avec ton père…

J'espère vous voir d'où je me trouverai. En tout cas, tu sais, toi, ma Rose, comme je suis heureuse là-haut, d'avoir retrouvé mon Serge.

Nous nous retrouverons, nous aussi, vous et moi… mais le plus tard possible. Ne commettez pas d'imprudence, mais ne soyez pas trop sages non plus. Il faut un peu de folie et de déraison, dans la vie.

Que le Seigneur vous protège.

Je vous aime et je vous embrasse de tout mon cœur.

Hermance

— C'est qui, ce Serge ? a demandé Antoine, se tournant vers Rose le sourcil froncé.

Elle a lu toute la lettre d'une traite. Il ne l'a pas coupée, mais elle n'a pas été surprise de cette question. Bien plus importante que le souhait d'Hermance au sujet de Jacques…

Ce qui a surpris Rose au plus haut point, c'est que cette lettre avait été écrite après la conversation lors de laquelle Hermance lui avait confié son secret… Quelques jours avant sa mort, donc ! Comme si elle savait… et comme si elle voulait qu'Antoine sache de manière posthume qui était la vraie Hermance…

Alors Rose lui a tout raconté.

32

Se retrouver

« La bande » désigne depuis toujours le groupe parisien dont Rose, Manon et Charlotte étaient les noyaux. Manon, en tant qu'amie d'enfance de Rose. Charlotte, en tant que camarade de fac de lettres de Rose, avec Vincent, devenu ensuite petit ami de Manon (et depuis, son mari). Maxime, qui était un temps sorti avec Manon, avait suivi un cursus en fac de musique ; à l'époque, il appartenait à un groupe, les *White Socks*, dont le chanteur n'était autre que le petit ami de Rose.

Aujourd'hui, deux ans après Manon et Vincent, c'est au tour de Charlotte et de Maxime de se marier. Antoine, Rose et Lou ont fait le déplacement depuis les Alpes. Elle ne pouvait pas envisager de ne pas venir. Charlotte avait beaucoup compté pour elle, durant ses années de fac et celles qui ont suivi. Elles ont la même sensibilité, le même goût pour les arts en général. Elles se sont souvent confiées l'une à l'autre.

Elles se comprenaient. Bien plus qu'avec Manon, qui brille trop par son côté égocentrique. Charlotte est aussi discrète que l'autre est extravertie. Malgré cela, malgré le fait que Manon avait fait des avances à Vincent que Charlotte aimait en secret depuis deux ans, malgré des hauts et des bas, elles étaient devenues amies et l'étaient toujours. Toutes les deux, et avec Rose. Mais, avec la distance, c'est vrai qu'elles se voient moins souvent.

— Qu'est-ce qu'elle est belle ! s'exclame Rose, en admirant à voix haute la mariée au moment où celle-ci parvient au perron de l'église, après la messe.

— Elle aurait dû faire des UV, assène Manon. Ça aurait été plus joli, avec sa peau blanche…

Rose regarde Manon avec étonnement. À se vouloir directe envers et contre tout, elle en devient cassante et perd son côté sympathique. Elle ne se rend compte de rien. Elle caresse son ventre un peu rebondi. Cinq mois de grossesse, déjà, et Rose vient seulement de l'apprendre. Elle n'en revient toujours pas. Manon, enceinte ! Surtout, Manon, qui ne l'a même pas appelée pour lui annoncer la nouvelle ! Rose craint de percevoir un message : elle est devenue secondaire dans la tête et dans la vie de son amie d'enfance, elle fait partie de la troisième couronne, celle à laquelle on ne pense pas. Un instant, elle espère que Manon lui demandera d'être la marraine. Il fut un temps où la question ne se serait pas posée. Si Manon avait été enceinte six ans plus tôt, par exemple. Mais, durant le week-end, Rose apprendra de la bouche de Vincent qu'elle a choisi Charlotte pour ce rôle. Un autre message. Encore plus clair : depuis qu'elle vit dans les Alpes, Rose a été reléguée à l'extérieur de la bande. Depuis qu'elle vit avec Antoine, de toute façon, tout a changé. Manon est trop puérile pour s'accorder à la maturité d'Antoine. Une question s'insinue dans l'esprit de Rose : si elle ne compte plus pour Manon, pourquoi se voient-elles encore ? Par intérêt ? Pour disposer d'un pied-à-terre sympa et gratuit dans les Alpes, et bénéficier de vacances pas chères ? Rose chasse cette idée. Quand même, non… Pour preuve de la sincérité de Manon, Rose repense à la réaction peinée de celle-ci, lorsqu'elle l'avait appelée pour lui annoncer le décès d'Hermance. Elle avait dit regretter de ne pouvoir être là pour les obsèques ; elle avait fait livrer un bouquet de fleurs.

*

Les mariés ont loué un manoir, pour les festivités. La fête bat son plein. On fait des photos dans le coin « Photobooth », on se déguise, on s'amuse, on prend des poses rigolotes avec les accessoires.

Le cocktail est très réussi, le traiteur un artiste. Les bouchées rivalisent avec les verrines… On n'aura plus faim pour le dîner. C'est sûr.

Les enfants courent partout. Lou s'est fait des copines. Elle vit sa vie… Son père garde un œil sur elle, de loin, mais la perd de vue parfois.

L'orchestre joue des morceaux de jazz. Cela ajoute à l'atmosphère très classe qui se dégage de l'ensemble.

Les parents des mariés ont mis le paquet, et la main au porte-monnaie. Ce n'est pas avec leurs salaires de prof de lettres et d'intervenant en musique dans les écoles que Charlotte et Maxime auraient pu s'offrir un tel mariage.

Pour autant, il est bien à leur image. Ils ont lié leur goût pour les mots et la musique dans le thème qu'ils ont choisi : poésie et chansons. C'était pour eux une façon de rendre hommage au début de leur histoire, quand Maxime s'échinait à composer des chansons pour son groupe et que Charlotte lui donnait son avis et l'incitait à écrire un roman... Sur les tables de la salle de réception ont été placées les chansons qu'ils ont écrites ensemble et dont il a composé la musique. Elle poussera la chansonnette plus tard, dans la soirée. Côté roman, Maxime est arrivé au bout de son manuscrit qu'il a envoyé à des maisons d'édition. Il a reçu des réponses négatives, mais il espère encore. Il en suffit d'une... Charlotte croit fort en lui.

Ils forment un joli couple, tous les deux. Et une jolie famille, avec Lila, petite demoiselle de quatre ans qui réclame à corps et à cris les bras de sa maman. Rose sourit. Sa filleule a encore grandi depuis Noël dernier, quand ils étaient descendus les voir au chalet. Le dîner est délicieux, à l'image du cocktail.

L'ambiance, à table, est joyeuse. La bande semble bienheureuse de se retrouver. On fait le point sur les vies de chacun, le boulot, le quotidien, les futures vacances... On rit, on danse... Manon fait le show sur la piste. Elle est déchaînée. Arbore son ventre, de façon presque impudique. Au point que Vincent la réprimande. Elle semble lui faire honte. Rose observe leur attitude. Deux ans qu'ils sont mariés. Ça tient… Mais quelque chose dit à Rose que ce n'est pas sans peine.

33

Parler de tout

Durant le trajet du retour, Antoine et Rose évoquent la grossesse de Manon.

— Tu es déçue qu'elle ait choisi Charlotte comme marraine ou je me trompe ? demande-t-il d'une voix douce.

— Un peu, concède Rose. C'est surtout une preuve de plus que ce n'est plus comme avant, que notre lien est moins évident. Nous avons toujours été différentes, elle et moi…

— Je confirme ! s'exclame Antoine, avec un petit rire.

— … Mais ça n'empêchait pas l'amitié. Or, là, c'est comme si quelque chose s'était cassé. Tu sais ce qu'elle m'a dit, quand je lui ai fait comprendre que j'étais au courant qu'elle avait choisi Charlotte ? Elle m'a dit : « Je préfère que sa marraine n'habite pas trop loin. » Comme si c'était un critère… Je suis bien la marraine de Lila !

— Est-ce vraiment si important, ma chérie ?

— Non. Je suis déçue d'une façon plus large. Franchement, je me demande ce qu'il en sera de nous, quand elle sera maman, et dans quelques années…

— Et ce qu'il en sera de leur couple ?

Rose quitte la route des yeux pour regarder Antoine.

— Toi aussi, tu as remarqué ? Ça n'a pas l'air d'aller fort, entre eux.

— Je n'ai jamais compris comment un mec comme lui pouvait être avec une fille comme elle…

— Tu ne l'as jamais appréciée, de toute façon.

— Disons que je n'ai jamais compris non plus comment toi, avec toutes tes qualités humaines, tu avais pu la supporter toutes ces années.

— Elle n'a pas que des mauvais côtés. C'est mon amie depuis toujours, ou presque. Je n'ai jamais eu de raison de rompre notre amitié, c'est tout. Quant à ce qu'ils font ensemble, tous les deux, c'est assez étrange. Pour moi, c'était une amourette de post-adolescents qui n'était pas vouée à durer… mais qui a duré. Va savoir pourquoi… L'amour ne s'explique pas toujours.

— En général, il ne s'explique pas.

— C'est vrai.

— Pourquoi je n'ai pas de marraine, moi ? demande Lou tout à coup.

— Toi ? Parce que tu n'en méritais pas…

— Mais… fait Lou en boudant, sachant bien que son père plaisante.

Antoine éclate de rire, puis reprend son sérieux.

— Tu n'as pas été baptisée, tout simplement.

— Pourquoi ?

Antoine prend le temps de choisir ses mots avant de répondre :

— Disons que j'étais trop fâché avec Dieu, après ta naissance, pour avoir envie de t'enchaîner à lui. Et après, je me suis dit que je préférais te laisser choisir. Il n'y a pas d'âge pour être baptisé. La foi, c'est très personnel. On l'a ou on l'a pas. Cela peut venir assez tard, ou ne jamais venir. On peut aussi la perdre en cours de route… La vie n'est pas linéaire, ma Lou. On peut croire en autre chose qu'en Dieu, ou qu'en le Dieu des chrétiens. Tu pourrais aussi avoir envie de devenir protestante plutôt que catholique, ou bouddhiste, ou ce que tu veux… Je n'ai pas à t'influencer dans tes choix et à t'imposer ta religion. C'est en tout cas ainsi que je le conçois, maintenant. Je préfère que tu choisisses librement, en ton âme et conscience. Voilà tout.

— D'acc.

— Chérie, arrête avec ce « d'acc », s'il te plaît…

— OK !

Antoine soupire.

— Au fait, vous comptez avoir des enfants, un jour ? Enfin, à part moi, puisque je suis déjà là !

La question de Lou les stupéfie. C'est la première fois qu'elle la pose. Est-ce qu'elle s'est retenue et n'a pas osé, depuis toutes ces années ? Ou bien l'idée lui est-elle venue seulement maintenant ? Antoine regarde Rose, qui lui sourit, curieuse d'entendre sa réponse et de voir comment il va se dépatouiller de cette question délicate.

— Ce n'est pas dans nos projets immédiats, commence-t-il. Disons qu'on est bien comme ça.

— Je vous suffis, quoi. Normal ! Je suis tellement géniale ! s'exclame Lou en éclatant de rire.

Antoine et Rose, pourtant habitués à son humour, n'en croient pas leurs oreilles. Le pire, c'est qu'elle n'a pas tort. Il y a de ça…

— Mais, papa, faudrait pas tarder quand même, parce que tu n'es plus tout jeune !

— Quarante-huit ans, fait-il, d'un ton qui veut la contredire.

— C'est bien ce que je dis : tu commences à être vieux. Sérieux, P'pa.

Rose pouffe de rire.

— Ma fille me dit que je suis vieux, et toi, tu rigoles ? lui reproche-t-il, faussement indigné.

Rose lui envoie un baiser aérien pour se faire pardonner.

— Et si je me fais baptiser, je pourrai choisir Rose comme marraine ? continue Lou, revenant sur son premier sujet.

Rose porte la main sur son cœur en souriant. Elle sait que c'est pour Lou une manière de lui montrer son attachement.

— Bien sûr, ma Lou… si tu veux.

— Parce que « belle-mère », c'est nul, comme mot. Même Gramima le disait.

34

Rendre officiel ?

Ils ont roulé une bonne partie du dimanche et sont arrivés tard au chalet. Lou s'est endormie avant la fin du trajet, ils l'ont mise au lit immédiatement. Demain, elle a cours… Elle s'est couchée tard hier soir. Le réveil, demain, promet d'être beau !

Rose applique sa crème de nuit sur son visage, dans la salle de bains attenante à leur chambre. Antoine est déjà couché, un livre ouvert entre les mains, mais les yeux dans le vague.

— Tu as l'air bien songeur, mon amour…

— Je repense aux questions de Lou, tout à l'heure, avoue-t-il. Elle a l'art de me surprendre. Ou c'est le moment choisi, je ne sais pas. Je ne m'y attendais pas. Finalement, elle ne nous avait jamais demandé un petit frère ou une petite sœur…

— Elle ne nous l'a pas demandé, le corrige Rose en éteignant la lumière de la salle de bains.

— Certes. Disons qu'elle a abordé le sujet et pris

la température. Je n'ai pas l'impression qu'elle a elle-même un avis. Effectivement, elle n'a aucunement émis le souhait de devenir l'aînée de la famille.

— Elle est grande, aussi, maintenant… Ils ne pourraient pas jouer ensemble, dit Rose en souriant.

Antoine acquiesce. Ouvre la couette pour qu'elle prenne place contre lui.

— Et toi ? Tu n'en as toujours pas envie ? Parce que, tu as entendu, je deviens sacrément vieux…

Ils rient. Leurs quatorze ans d'écart sont de l'ordre du détail, maintenant. Ils sont sans doute à l'âge où cela paraît le moins. Même si Antoine a grisonné, Rose le trouve encore plus beau, avec ses cheveux poivre et sel.

— Non… répond Rose, avec sérieux. Je suis plus en questionnement sur ce que je suis pour Lou.

— Nous savons tous ce que tu es pour elle ! s'exclame Antoine, étonné.

— J'ai eu le sentiment qu'elle me cherchait un statut officiel… autre que « belle-mère ». Tu sais bien que cela ne signifie rien, qu'au plan juridique je ne suis personne, pour elle.

— Ils parlaient de modifier la loi, de donner plus de droits aux beaux-parents…

— La loi n'est pas passée. En attendant, s'il t'arrive quelque chose, je ne suis rien. Et tu te doutes bien que les parents de Raphaëlle seraient ravis de me la prendre…

La lumière tamisée de la lampe de chevet révèle la tristesse de Rose. Antoine serre les dents.

— Être la marraine de Lou, si elle voulait être baptisée, ne t'apporterait rien de plus.

— Je sais bien, soupire Rose.

— Tu n'ignores pas que la seule solution, ce serait l'adoption…

— Il faudrait que Lou le veuille.

— Je suis certain que c'est le cas. Elle t'a toujours aimée comme si tu étais sa mère, et tu le sais. Et toi ?

— Mais bien sûr que je serais ravie et profondément heureuse que Lou devienne ma fille adoptive… puisque de toute façon sa maman n'est plus de ce monde.

Rose baisse la tête, pour ne pas montrer les larmes qui se pressent à ses yeux.

— Mais tu sais bien la condition pour que ce soit possible, continue-t-elle.

— Oui : que nous nous mariions.

— Et on a déjà décidé que nous n'irions pas jusque-là, rappelle Rose.

— Pour quelle raison, déjà ? demande-t-il, comme pour être sûr.

— Parce que tu as peur que ça nous porte la poisse… résume Rose en tentant l'humour pour court-circuiter sa soudaine tristesse.

— Rose, je t'aime, nous nous aimons… Nous n'avons pas besoin d'un bout de papier. Nous sommes heureux comme ça. Je n'ai pas envie de me marier pour de mauvaises raisons.

— De mauvaises raisons ?

L'amertume suinte dans le ton de sa voix. Officialiser devant le monde leur amour et pouvoir ensuite adopter Lou, de mauvaises raisons ?

— Tu m'as compris, Rose…

La conversation s'en tient là. Inutile d'aller plus loin. Rose a envie de pleurer. C'est rare, mais ce soir elle s'endormira de son côté du lit, loin, hors des bras d'Antoine. Il l'a déçue. Pire : il l'a blessée.

35

Aller là-haut

Chaque fois, c'est comme un pèlerinage… Depuis le col de la Colombière, le trio monte vers le lac de Peyre à travers les alpages dont les blocs de roche sont un merveilleux terrain de jeux pour les bouquetins. Ils aiment parvenir en haut, quand le panorama s'offre à eux, quand la vue est à couper le souffle. Il y a un endroit, par ici, très particulier pour Rose et Antoine. Ils étaient venus là lors de leur toute première randonnée. Il avait cru lui faire découvrir la montagne, elle lui avait ouvert les yeux. Elle l'avait initié à une expérience sensible, à l'écoute des massifs. Il se contentait de la vue (et encore… en mode blasé « je connais déjà »). Elle lui a révélé tout le reste. Et comme c'était bon de respirer ici. Simplement respirer. Simplement regarder, écouter, toucher, sentir… goûter, même. Se connecter à ses cinq sens pour une parfaite expérimentation du vide, du relâchement par la contemplation. Il avait trouvé ça étonnant, presque bizarre.

Il était revenu seul, ensuite. Il avait pensé à elle. Trop présente dans son absence. Elle lui avait manqué. Il lui semblait qu'elle était partout, en lui et avec lui, avec ses drôles d'idées et son émerveillement permanent.

Ils étaient revenus à deux, plus tard, en hiver, en raquettes. Ils n'étaient pas encore ensemble, mais tout avait changé pour lui ces jours-là. C'est ici précisément qu'il lui avait dit : « Je déclare que cet endroit est à nous. » Là où ils avaient leurs pieds, et même le panorama sur la chaîne du Mont-Blanc. Antoine avait vu grand…

Ils s'en souviennent comme si c'était hier. Et depuis ce jour, très régulièrement, ils reviennent ici. C'est leur pèlerinage. Le lieu que chacun choisirait s'il avait à se recueillir. Lou connaît l'histoire… Souvent, c'est elle qui réclame d'y venir. Comme aujourd'hui. Ce soir, elle aura les résultats du brevet. Non qu'elle soit stressée, mais elle avait envie de prendre l'air, et son père étant « en repos »… c'était l'occasion d'aller marcher tous les trois.

Ils poursuivent leur randonnée tranquillement vers le lac. C'est une belle journée d'été. Pas trop chaude, avec un ciel constellé de nuages qui jouent avec leur ombre sur la montagne et se déplacent en dansant. On entend siffler une marmotte. La sentinelle a vu le rapace qui tournoie au-dessus de leurs têtes.

Le trio marque une pause boisson-photos-contemplation. Les sourires s'affichent naturellement sur leurs visages sereins. Le calme des lieux les imprègne, leur fait du bien.

Ils repartent. Ils ne se parlent pas beaucoup. C'est souvent comme cela : l'expérience est intérieure et individuelle, malgré tout. Chacun dispose de ses pensées qui vagabondent au fil de leurs pas. Peut-être même méditent-ils parfois. Lou pense au brevet, à ses années de collège déjà écoulées, à sa rentrée au lycée, aux portes d'Annecy… Cela lui paraît étrange de s'imaginer quitter le chalet. Le quitter pour la semaine, du moins. Elle sera interne. Ce sera plus pratique, même si elle aurait préféré rester ici. Rose pense à la même chose. La grande Lou (elle mesure à présent un mètre soixante-seize) va prendre son envol, et ils vont se retrouver à deux. Peut-être alors, quand le chalet sera vide et trop grand, trop silencieux, regrettera-t-elle leur choix de ne pas avoir eu un enfant ? Même le rap va lui manquer… Antoine pense à sa saison qui a déjà commencé. Aux locataires du studio qui vont se succéder. À sa grande fille qui va partir, au bout de ces vacances. Déjà… Elle était encore écolière il y a trois semaines… L'impression qu'il en a. Même si le collège a révélé l'adolescente, même si elle a l'humeur fluctuante de ceux de son âge, même si elle répond parfois, Lou n'a pas profondément changé. Elle est toujours sa petite fille, veut-il croire. Même si elle a déjà eu un petit copain.

Ils redescendent vers le parking du col de la Colombière, encore bien encombré à cette heure. C'est le point de départ de multiples randonnées.

Lou chante en marchant d'un bon pas. Elle va bientôt avoir ses résultats… Rose s'est arrêtée au niveau du groupe de bouquetins, toujours si peu sauvages.

Elle s'en approche, tend sa main, comme s'ils allaient se laisser caresser. Quand même pas. Lou revient sur ses pas et la rejoint. Sort son téléphone pour se photographier avec les quadrupèdes. « Selfie bouquetins ! », elle appelle ça. Puis elle pose avec Rose, sur le même mode. Elles rient, font des grimaces.

Antoine sourit. Qu'est-ce qu'il les aime, ces deux petits bouts de femmes… C'est fou ce que Lou ressemble à Rose. Même chevelure blonde, même corpulence, même caractère, même joie de vivre. Souvent, il se dit qu'elle est devenue comme cela grâce à Rose, à vivre à ses côtés. Comme lui. Parfois, il se demande quelle aurait été leur vie, à tous les deux, si Rose n'y était pas entrée… Mais avec des si…

Alors qu'il descend d'un bon pas, Antoine ressent tout à coup une faiblesse dans sa jambe, qui l'amène à ralentir. Une petite faiblesse de rien du tout. Sans doute une façon pour son corps de lui dire « Hé oh, doucement ». Il a dû démarrer la saison un peu trop fort. Il faudrait qu'il se ménage… s'il y arrive.

36

Accueillir l'été

Ils ont fêté le brevet de Lou, au restaurant, pour l'occasion. Elle l'a obtenu haut la main, est aux anges, fait la fierté de son père et de Rose. Pense à sa maman et à Hermance, qu'elle aurait aimé prendre dans ses bras. Elle est sûre qu'elles sont au courant, parce qu'elle sent leur présence, mais elle a quand même soufflé la nouvelle aux étoiles.

Cet été va être chargé pour Lou. Dans quelques jours, elle partira en colo découvrir un autre massif : les Pyrénées. Elle a demandé qu'on l'inscrive à une randonnée itinérante entre jeunes de quinze-dix-huit ans. Dix jours pour effectuer une partie de la traversée dans le sens occident-orient. Des cols à franchir, des vallées à arpenter, des sommets à gravir. Des kilomètres, des dénivelées, de la sueur, le goût de l'effort et la certitude d'être récompensé par des paysages à couper le souffle. Lou est tout excitée à l'idée de partir seule, pour la première fois de sa vie. Elle va se faire des copains. Elle reviendra grandie.

Ensuite, elle ira quelques jours à Reims, chez mamie Tricot et papy Pêche. Immuable rituel auquel elle se plie chaque année. De plus en plus par devoir, de moins en moins par envie. Elle accomplit chaque été sa mission de petite-fille unique qui met un peu de vie dans une maison triste. Parfois, elle est lasse. Parfois, elle se retient de leur dire : « Mais vivez, bon sang ! » Les parents de Raph ont endossé le rôle de parents orphelins (bizarre qu'il n'existe pas de mot, en réalité) et restent malheureux. Par une sorte de devoir parental ? Parce qu'ils ne se sont jamais donné le droit d'être heureux après *ça* ? Par conformité à une bienséance sociétale qui voudrait que l'épreuve qu'ils ont vécue les condamne au malheur à vie, comme s'ils n'avaient pas déjà assez souffert ? Personne ne sait vraiment où se situe le curseur entre malheur personnel infini et peur du qu'en-dira-t-on. Alors, ils sont malheureux. Ils ne rient jamais. Tout juste sourient-ils aux bons mots de Lou, qui continue de ne pas surjouer. Mamie tricote des écharpes et des pulls qu'elle donne ensuite à des associations caritatives, et papy pêche… des poissons qu'il relâche dans la rivière. Pêcher, c'est surtout sortir de cette maison et trouver un peu de paix dehors, dans la verdure, au son de l'eau qui coule et des oiseaux qui chantent. La nature n'a que faire des affres des hommes.

*

Le mois de juillet commence sous les meilleurs auspices, pour Rose et Antoine. Leur gîte affiche complet. Les locataires se succèdent et repartent chaque fois enchantés de leur séjour. Leurs amis viennent passer quelques jours. La bande de Parisiens, Mélanie et Cédric, notamment. Les soirées n'en finissent pas, entre barbecues et sorties dans les environs. Il n'est pas toujours facile de se lever le matin pour aller travailler.

D'ailleurs, sans doute parce qu'il tire un peu trop sur la corde, Antoine commence à accuser la fatigue. Il ressent par moments des faiblesses dans les jambes. Et même des fourmillements, parfois. Quand il en parle à Rose, elle le rassure tout en le mettant en garde : il se donne beaucoup… trop, peut-être. Un petit souvenir de sa fracture passée ? Entre les randonnées à la journée, les excursions et les nuits courtes, il faudrait peut-être penser à se ménager. Antoine suppose qu'elle a raison, mais ne se résout pas à suivre ce sage conseil. Il ne s'alarme pas : un peu de repos, et ces petites sensations légèrement désagréables disparaîtront comme elles sont venues. Il entame une cure de magnésium marin, pour aider un peu son corps, et se donner bonne conscience au passage. Lever le pied ? Pas question. La montagne, l'été, c'est trop bon. Rose reconnaît là son Antoine, le sportif qui en veut, le passionné dynamique qui n'en a jamais assez. Qu'il lui semble lointain, voire étranger, l'Antoine qu'elle a connu, en costume, enchaîné à son attaché-case… sérieux, raisonnable, et qui ne savait même plus ce que ce *sport* voulait dire. Déjà bientôt quinze ans qu'ils se connaissent. Il semble avoir rajeuni d'autant. Même Cédric le dit, avec un léger brin de jalousie. Lui a passé douloureusement le stade de la cinquantaine. Il a un peu trop d'embonpoint, du cholestérol… « Gare au diabète ! lui a dit son médecin. Il faudrait être moins sédentaire, aussi. » Alors Antoine lui a prévu une semaine de remise en forme : marche, piscine, alimentation saine (il aura droit à une fondue savoyarde au titre d'excès de la semaine), et pas d'alcool. Cédric a hurlé au scandale. Il semblait prêt à repartir directement. « Si on ne peut pas profiter pendant les vacances, alors… » Mélanie l'a sermonné gentiment : Antoine a raison, dans le fond. Il va peut-être falloir revoir certaines habitudes. Il est à un âge où on doit prendre soin de sa santé. Ils sont à cet âge, tous… sauf Rose.

La conversation a glissé vers les accidents vasculaires, les infarctus, les ruptures d'anévrisme… à coup d'anecdotes terribles, sur le mode « Je connais quelqu'un à qui c'est arrivé ». Discussion pas des plus gaies, certes, mais qui a le don de rappeler que tout peut s'arrêter très vite et que ce n'est peut-être pas un luxe inutile d'arrêter de fumer, de diminuer l'alcool, de manger sainement et de bouger.

37

Tomber, se relever

Lou est revenue. Avec son énergie, sa joie de vivre et ses humeurs d'ado. Le cœur du chalet semble battre plus vite. Plus fort.

Son trek dans les Pyrénées s'est merveilleusement bien passé. Elle a trouvé l'endroit beaucoup plus vert et moins rocheux que les Alpes. Ils ont essuyé quelques sacrées averses et deux orages… Elle se souvient aussi de la grêle qui s'est abattue sur eux et qui lui a cinglé les cuisses, d'une force ! Pour le reste, « c'était vraiment trop bien ». Elle s'est fait des copains, dont un certain Hugo avec qui elle passe sa vie au téléphone. « Ton petit copain ? », a tenté Antoine. Il n'a récolté qu'un méprisant « Pfff ». Forcément, tout de suite, parce qu'elle s'entend hyper bien avec un garçon, faut qu'elle soit amoureuse de lui ! Il n'y comprend rien… C'est juste un copain ! Passionné de montagne et de rando, comme elle. Il a bientôt dix-sept ans. Il veut devenir guide ! Et il grimpe comme un dieu. L'expression fait sourire les deux adultes. Pas amoureuse, vraiment ?

*

Lou n'a pas assez randonné dans les Pyrénées. De retour de Reims, ses jambes la démangent. Elle supplie son père de l'emmener marcher dès le lendemain. Un « mon petit papa chéri » se révèle efficace. Tant pis pour le jour de repos, il n'est plus à cela près… Tant pis aussi pour les faiblesses dans ses jambes, qu'il ressent de plus en plus fréquemment. Antoine est tellement ravi de retrouver sa fille et de partager un nouveau moment avec elle, en montagne. Rose sourit. Ces deux-là ont vraiment le même sang dans les veines. Elle les laissera seuls, cette fois, comme cela arrive assez souvent. Elle a à cœur qu'ils vivent leur passion ensemble, et de temps en temps rien que tous les deux.

Ils sont partis tôt ce matin, laissant Rose aux délices d'une grasse matinée. Ils n'ont pas pris la voiture, préférant randonner aux alentours du chalet. Ils ont d'abord marché sur l'asphalte jusqu'au hameau des Troncs et ont poursuivi jusqu'au parking, tout au bout, où s'arrête la route, au fond de la vallée. Puis ils ont entrepris de monter par le sentier de gauche qui les mènerait au bois de la Duche qui culmine à 1720 mètres d'altitude. Le chemin était pentu. Lou avait prévenu Antoine (comme s'il ne connaissait pas le coin par cœur), après étude de la carte IGN : le sentier coupe les courbes de niveau, ça veut dire que ça allait grimper dur.

Ils ont pique-niqué en haut, face à la chaîne des Aravis. Lou a raconté à son père ses découvertes des Pyrénées et le séjour à Reims. Ses grands-parents ont tenté de la divertir, ils l'ont emmenée à la patinoire, au cinéma, mais elle s'est surtout ennuyée. «Je n'aime pas y aller, papa. Enfin… j'aime de moins en moins», lui a-t-elle expliqué d'un air peiné. Il lui a souri avec compassion. Il imagine bien, mais c'est important de garder un lien avec eux. C'est un devoir. «Je sais», a admis Lou.

Ils sont sur le chemin du retour. Il est 15 heures passées. Le soleil est en train de perdre la partie face aux nuages qui s'amoncellent, de plus en plus menaçants. Il ne leur reste plus très longtemps. Le sentier est toujours aussi raide qu'au départ, à l'approche du parking, et semé d'embûches. Les racines à nu des arbres dessinent des formes alambiquées à la surface de la terre. Antoine ressent toujours des fourmillements, mais n'en dit rien à Lou. Que pourrait-elle y faire? Le magnésium marin ne s'est pas révélé concluant pour calmer ses symptômes. Il a pris le parti de se montrer patient. Il compte sur son corps pour coopérer. Ce ne sont que des désagréments passagers, associés à une fatigue qui s'accentue. Cause ou conséquence? Il l'ignore.

Soudain, alors que Lou le précède de quelques mètres (il marche objectivement moins vite qu'avant), sa jambe droite cède d'un coup et tout son corps s'affaisse. Antoine tombe comme une poupée de chiffon. La terre, plutôt meuble à cet endroit du sous-bois, amortit sa chute et évite la douleur. Il se redresse vite, cherche à se relever avant que Lou ne le voie au sol. Hasard ou intuition, elle se retourne et le découvre à terre.

— Ça va, papa ?

Antoine sourit pour la rassurer.

— J'ai trébuché, ment-il. Maudite racine !

Lou rit un peu. Se moque gentiment de lui. Alors, le sportif ? Le sportif est à terre, il sent sa jambe qui tremble comme si la force la quittait. Le sportif sait déjà que se relever ne va pas être si facile…

— Vas-y, ma puce, je te rattrape ! dit-il pour inviter Lou à le laisser tranquille et à lui tourner le dos, le temps qu'il se remette sur pieds.

L'ado ne se fait pas prier et reprend sa marche de plus belle. Antoine parvient à se lever, difficilement. Il pousse un soupir. De lassitude ou de soulagement. Puis il se remet à marcher, toujours moins vite. Et en boitant. En boitant ! Il sait pourtant bien qu'il ne s'est pas blessé en tombant. Il sait aussi que sa chute n'a rien à voir avec sa blessure d'il y a quelques années. Elle a été bien soignée, il n'en a gardé aucune séquelle.

— Mais tu as mal, papa ! Tu boites ! constate Lou, qui a fini par remonter jusqu'à lui, étonnée qu'il ne l'ait pas rejointe.

— Ce n'est rien, répond Antoine pour la rassurer. Je me suis foulé la cheville, c'est tout.

— On aurait dû venir avec des bâtons ! Tiens-toi à moi, propose Lou.

Le père pose son bras sur l'épaule de sa fille, sans

pour autant peser de tout son poids. Il faut dire qu'elle n'est pas un gros gabarit. Ils parviennent ainsi, clopin-clopant, jusqu'au parking, annonçant la fin de la randonnée. Plus qu'un bon kilomètre de route quasi plate et ils seront rendus au chalet.

Pendant ces derniers mètres, Antoine réfléchit. Tout en refusant de s'inquiéter, sa chute lui pose question. Il s'interroge sur la cause… Pourrait-elle avoir un quelconque lien avec les fourmillements qu'il ressent ? Malgré lui, il ne peut s'empêcher de se poser la question. Il n'a pas envie de se triturer les méninges avec ce genre de soucis. Il préfère choisir de ne pas s'inquiéter, refouler des pensées potentiellement négatives, oublier cet incident. Pour autant, il se voit contraint de prendre une décision : dorénavant, il marchera avec des bâtons de randonnée. En tant que guide, il en a toujours, habituellement, accrochés à son sac à dos, mais ils tiennent plus de l'accessoire déco. Il va devoir se résoudre à les utiliser. Il ne peut pas prendre le risque de tomber de nouveau.

38

Se voiler la face

Antoine veut terminer la saison. Il veut tenir. Aller jusqu'au bout. Lorsqu'il a raconté sa chute à Rose, le soir même, elle lui a dit que ce serait peut-être bien de consulter le médecin.

— C'est quand même bizarre, de tomber comme ça… Tu es sportif, tu es solide. Tu es peut-être carencé ?

— Pas en magnésium, en tout cas ! s'est exclamé Antoine. Vu les doses que j'ingurgite quotidiennement…

Rose a regardé Antoine, elle a souri. Mais, au fond, elle s'est demandé si son trait d'humour n'était pas une façon de camoufler une inquiétude qui ne doit pas grandir, mais qui est là, quand même, tapie au fond de leurs esprits, et qui pourrait enfler rapidement si les symptômes persistaient ou, pire, s'intensifiaient.

— Ça doit être la fatigue… a tenté Antoine.

— La fatigue a bon dos, non ? Tous les ans, tu te démènes, tu ne comptes pas tes efforts, tu ignores le repos, et à aucun moment tu n'as ressenti cela : des faiblesses dans les jambes, des crampes, des fourmillements… Et maintenant, tu tombes sans raison, comme si elles ne te portaient plus !

Antoine a regardé ses jambes. Pour la première fois, il a cru constater qu'il avait perdu en muscle, en volume. Avec tout le sport qu'il fait, avec tout ce qu'il mange ! Il s'est demandé si Rose avait remarqué cela, aussi. Il n'a rien dit.

C'était l'heure de dormir.

Le sommeil n'a pas voulu de lui. Il s'éveille difficilement, ce matin. Une chance, la météo du jour s'annonce si mauvaise qu'il est contraint d'annuler la sortie avec le groupe de quatre personnes qu'il devait rejoindre à Manigod. Il les appelle pour reporter au lendemain. Il va pouvoir profiter d'un vrai jour de repos. Lou, soucieuse de la cheville de son père, ne lui proposera pas d'aller marcher.

Une fois n'est pas coutume, Antoine ne rêve que de lit, de canapé, de films à regarder et de prendre l'air de la terrasse, au jardin, entre deux averses.

Pendant que Rose travaille au centre de vacances de La Clusaz le matin, et à celui qui se trouve à deux pas du chalet l'après-midi, père et fille profitent de ce temps de repos en commun. Lou s'est mis en tête de gâter son père. Ayant revêtu le tablier aux fromages de Savoie, elle enchaîne les recettes de cuisine. Quiche aux champignons, salade composée, crêpes… Ils se régalent ! « Hermance, sors de ce corps ! », rit Antoine, étonné de l'autonomie culinaire de sa fille. Il faut dire qu'elle était à bonne école, avec son arrière-grand-mère pour qui la cuisine était la (deuxième) religion.

Après cette bonne journée, il en a oublié ses faiblesses musculaires, sa fatigue, sa chute et ses petites inquiétudes. Envolées.

*

Quatre jours plus tard, le vent a déjà tourné. Antoine a beau marcher avec deux bâtons de randonnée (ce qui finalement peaufine son image de guide super professionnel), il peine à maintenir un bon rythme de marche, il boite toujours et ses jambes lui donnent parfois l'impression de ne plus lui obéir. Même à la maison, certaines actions deviennent plus difficiles. Il ne descend plus l'escalier avec la même aisance que d'habitude.

— Ça suffit, Antoine ! se met à gronder Rose ce samedi matin. Tu vas me faire le plaisir d'aller voir le docteur Gidoin, mon chéri.

Antoine hausse les épaules.

— Il n'y a pas de quoi s'affoler, commence-t-il.

— Antoine… On ne sait pas. En tout cas, ce n'est pas normal.

— Chérie, c'est juste du surmenage, tente-t-il.

— Ce n'est pas du surmenage. Tu es dans le déni. Tu veux que je regarde tes symptômes sur Internet pour savoir ce que ça pourrait être ?

— Ah non, surtout pas ! Tu vas forcément me trouver un truc horrible…

Rose marque une pause et le regarde avec gravité :

— Ça fait des semaines que je me retiens d'aller voir, Antoine.

Étonné, désolé, il se lève pour l'entourer de ses bras.

— Tu t'inquiètes tant que ça ? lui demande-t-il avec douceur.

— Mais oui… bien sûr que oui, soupire Rose avec un peu de douleur dans la voix.

Il la serre fort en répétant des « il ne faut pas », comme si ces simples mots avaient le pouvoir de gommer autant l'inquiétude que les symptômes.

— Je vais prendre rendez-vous pour la semaine prochaine.

— Cesse de reculer, Antoine. Le samedi matin, c'est sans rendez-vous. Je t'emmène.

— Tu sais que je ne peux rien te refuser…

Il sourit, taquin, et l'enlace de nouveau. Mais son humour n'atteint pas Rose. Pour une fois, elle le trouve trop léger, presque inconsistant. Ou bien c'est sa manière à lui d'éloigner le danger ?

39

Attendre

Ils sortent un peu plus tard de chez le docteur Gidoin avec une ordonnance, un arrêt de travail d'une semaine, une analyse de sang à prévoir, le nom d'un angiologue à consulter rapidement, toujours de l'inquiétude et des questions. Le médecin a proposé de procéder par étapes, pour éliminer petit à petit divers maux qui pourraient expliquer les symptômes. « Il vous faut du repos », a-t-il dit, ajoutant qu'il avait une tension trop basse. Ils feront un point dans une semaine, puis après le rendez-vous chez l'angiologue.

En sortant, ils sont un peu rassurés par le calme du médecin. À aucun moment il n'a paru s'alarmer des descriptions d'Antoine. Il lui a donné un traitement de cheval « pour le requinquer ». Antoine et Rose rentrent au chalet, presque confiants.

*

Cette semaine sans travail catapulte Antoine quelques années en arrière, à l'époque où sa fracture l'avait contraint à rester chez lui plusieurs longues semaines. Il en est rendu au même point, à un détail près : a priori, il va pouvoir reprendre le chemin des randonnées dans quelques jours. Cela ne devrait pas durer trop longtemps. Cerise sur le gâteau : il n'a pas besoin de rééducation. Alors il joue le jeu du vrai repos. Évite de sortir, reste au maximum en position couchée ou semi-assise. Il veut être le patient parfait, sérieux, investi dans le retour à la santé. Et confiant. Cette fois, pas de déprime. Même s'il se sent de nouveau inutile et un peu vide, il sait que cela ne durera pas. Pas de quoi avoir le moral dans les chaussettes et faire la soupe à la grimace. On garde le sourire !

D'autant que les analyses de sang ne révèlent rien d'anormal. Pas plus que l'angiologue qu'ils ont réussi à voir le vendredi, bénéficiant d'un désistement bienvenu. Il a effectué une palpation des jambes et un écho-doppler : tout est normal.

Il y aurait donc matière à se réjouir. Pour autant, dans le fond, et en l'absence d'une réelle amélioration des symptômes, il reste une question dont le point d'interrogation grossit : de quel mal Antoine souffre-t-il ?

Au vu des résultats rassurants des premiers examens, le docteur Gidoin propose à Antoine de reprendre le travail. « Mais sans excès ! », prévient-il. Rose s'empêche de s'étonner à voix haute : reprendre le travail ? Ce n'est pas comme si Antoine exerçait un boulot assis, dans un bureau. Son travail, c'est du sport ! C'est être actif, dynamique… et être le garant de la sécurité d'un groupe. Est-ce bien raisonnable, dans ces conditions ? Antoine lit dans ses yeux comme dans un livre ouvert, et la supplie, par le même biais, de ne pas s'opposer à ce qu'il reparte en randonnée. Il a ses bâtons ! Rose se retient de lui dire qu'ils ne sont qu'un complément à des jambes en forme, et que lui leur demande de devenir des jambes solides à défaut de pouvoir compter sur les siennes… C'est absurde.

— Nous allons poursuivre notre investigation, puisqu'il s'agit de comprendre l'origine de vos problèmes, ajoute le docteur Gidoin. Vous allez prendre rendez-vous avec un neurologue, dont je vais vous donner le nom (je vais lui adresser un courrier).

Neurologue… Ce n'est pas la spécialité de la médecine qui inspire le plus confiance. Antoine et Rose se regardent. Avec un brin de peur au fond des yeux.

*

Antoine a pu terminer la saison après son arrêt de travail et reprendre fin août. C'était tout ce qu'il souhaitait. Comme un contrat passé avec lui-même. Comme pour se prouver qu'il était encore guide, sportif diminué, certes, mais homme fort et volontaire.

Ignorant tout de l'éventuelle maladie d'Antoine, ils ont décidé d'épargner Lou. Elle ne sait pas qu'ils voient des spécialistes et qu'ils cherchent de quoi son père est possiblement atteint. Elle a droit au discours officiel : fatigue et problèmes musculaires.

Inutile de l'inquiéter. Ils veulent la préserver. Aussi, ils se démènent pour ne rien laisser paraître de leurs inquiétudes, qui augmentent à mesure que les symptômes progressent. Il y a des jours où tout va bien, ou presque. D'autres où les douleurs et les sensations se font plus dures et plus mordantes. Antoine grimace, mais, quand Lou est là, il parvient à le cacher. De toute façon, elle sera bientôt moins présente à la maison…

*

Rose et Antoine ont décidé de vivre aussi normalement que possible en attendant le rendez-vous avec le neurologue en décembre, ne voulant pas céder à la panique, ne souhaitant pas anticiper d'éventuelles mauvaises nouvelles. Il s'agit de résister à l'impatience fébrile et à la tentation d'aller à la chasse aux informations sur Internet. Est-ce par peur d'y découvrir le pire ? Certainement. Mais aussi parce qu'ils savent que seuls les médecins pourront poser le véritable diagnostic. Alors, oui, il faut attendre de longues semaines pour en savoir plus. Et, oui, l'attente est interminable et douloureuse.

Le couple a choisi de cacher les soucis de santé d'Antoine aux proches. Comme avec Lou, il a su jouer la comédie du bien portant, lorsque la famille est venue pour les quinze ans de la jeune fille. Une fois n'est pas coutume, cet automne, pas question de recevoir plein de monde au chalet, de mettre les petits plats dans les grands, de se fatiguer… Ils ont prétexté une envie de se retrouver un peu seuls. Ils attendent décembre comme la fin de l'hiver, dans une sorte de torpeur molle.

Ils vivent entre parenthèses.

40

Vivre sous la menace d'une épée de Damoclès

L'attente semble s'allonger, s'étirer chaque jour davantage. Comme si l'échéance, à mesure qu'elle approchait, ne cessait de reculer, de se dérober.

Recentrés sur eux-mêmes, Rose et Antoine n'ont pas vraiment conscience de ce qui se passe autour d'eux. La tristesse de Lou, par exemple. Et, s'ils la perçoivent, ils la mettent sur le compte de leur propre état, comme par un effet miroir… Comble du paradoxe après tous leurs efforts pour ne rien laisser paraître. En réalité, Lou est simplement victime de son premier chagrin d'amour. Un garçon du lycée qui lui plaisait, avec qui elle est sortie, et qui l'a larguée comme une moins que rien. Le pire, c'est qu'elle a fini par apprendre qu'il avait simplement marché dans un défi lancé par ses potes… genre « t'es pas cap ». Mais elle y avait cru. Son cœur n'est plus que confettis. À l'internat, elle pleure beaucoup, le soir. Au chalet, pas vraiment. Elle aussi fait semblant…

Rose, pour la première fois de sa vie, se sent impuissante. Elle aimerait tant porter Antoine, le soutenir plus encore, soulager ses douleurs, lui insuffler sa force… Elle en a à revendre. Elle l'a prouvé, petite, lorsqu'elle-même s'était battue contre la maladie. Mais comment combattre l'ennemi quand il n'est pas identifié ? Quand il n'est qu'une ombre menaçante, une épée de Damoclès susceptible de s'abattre à tout moment ? Il y a trop d'inconnu, d'incertitude. Ne pas savoir, c'est sans doute le pire. Envisager le pire alors que peut-être, il n'y a rien, c'est idiot ou du temps perdu… Si plus tard, hélas, ils doivent se battre, ils se battront comme des lions. Mais pour l'instant, ils ne peuvent qu'accepter l'épreuve de l'attente. D'où cette tendance au repli sur soi. On patiente au repos, on rassemble ses forces, on affûte ses armes, on prépare ses armées. Pour être prêt.

Parfois, dans ses moments gris, Rose se dit qu'ils ont peut-être atteint le point culminant de leur bonheur et qu'ils ont amorcé la descente… Le ravin est là, tout près, qui menace de les aspirer. Parfois, dans ses moments noirs, Rose pense au pire. Elle s'imagine perdre Antoine, elle s'effondre en pleurant. La peur lui noue le ventre.

Un soir, elle ne tient plus : il faut qu'elle puisse parler, se confier… Dire les choses, et tant pis pour le secret qu'on cache soigneusement. Elle a trop besoin de s'épancher. Elle appelle sa marraine. Elle lui raconte tout, depuis le début. Les premiers signes, les fourmillements, la chute, les jambes qui flanchent et qui perdent leurs forces. Tout. Et elle lui demande quelque chose d'important : pourra-t-elle être présente pour Rose, si celle-ci en éprouve le besoin ? Elle n'est pas certaine de pouvoir tenir. Tout dépendra de…

— J'ai tellement peur…

Les sanglots retenus depuis deux mois sortent en cascade et entrecoupent ses paroles. Marie-Cécile sait trouver les mots pour la rassurer… un peu. Pour lui rappeler que, après tout, il n'y a peut-être pas matière à s'affoler. Mais Rose s'affole malgré tout, parce que sa lucidité la force à regarder en face ce qui ne manquera pas d'arriver. Elle lutte toujours contre l'envie de chercher sur Internet, parce qu'elle a trop peur d'y trouver une réponse évidente et d'y voir la confirmation que ces « petits symptômes » qui, isolément, paraissent anodins ou sans gravité, sont en réalité les éléments d'une machine de guerre qui les terrassera. L'angoisse, irrationnelle, qui se loge dans son esprit, lui crie que c'est grave. Sa raison veut la rassurer, à coups de « attendons les examens complémentaires, le diagnostic, avant de s'inquiéter ». La vérité, elle la connaît. Elle ne sait pas quel nom elle porte, mais c'est grave.

Souvent, elle regarde Antoine. Il semble prendre son mal en patience, avec une philosophie qui l'étonne. Elle se rappelle l'état dans lequel il s'était mis pour une fracture… Est-ce qu'il minimise, feinte, déguise son visage ? Seule la douleur se lit sur ses traits, parfois. Pas la peur. Si une vague inquiétude le traverse, il la camoufle vite. Il s'occupe. Réalise de petits travaux. En revanche, il s'ennuie de Lou. Le chalet, en semaine, est vraiment trop silencieux.

Peut-être se demande-t-il s'il pourra rendosser sa combinaison rouge de moniteur. Sera-t-il remis d'ici là ? Sera-t-il capable de skier ? Ses jambes sauront-elles le porter encore ? Peut-être a-t-il des doutes. Sûrement, même. Mais il n'en parle pas.

Il attend décembre…

41

Y être

Le 3 décembre est enfin là. Antoine et Rose sont sur la route d'Annecy. Ils vont enfin rencontrer le neurologue. Ils s'y rendent comme on irait à la guerre, mais pas la fleur au fusil, certains d'une victoire facile… non. Ils s'y rendent, sérieux, entre espoir de réponses et crainte de revenir bredouilles, entre envie de savoir et peur, entre désir de lutter et résignation. Ils s'y rendent en sachant déjà que ce rendez-vous n'est qu'une phase, l'ouverture d'un ballet avec le corps médical.

Le cabinet de neurologie ressemble en tous points à l'idée qu'on peut en avoir. Antoine réprime un frisson au moment d'entrer. Dans la salle d'attente, ils patientent… Encore. Après des mois en suspens, ils n'ont jamais été si près de la suite.

Le docteur passe la tête par la porte et appelle : « Antoine Dussac. » C'est leur tour. Ils se lèvent, serrent la main que le médecin leur tend et le suivent comme des automates jusqu'à son bureau.

Le courrier du docteur Gidoin entre les mains, le neurologue demande à Antoine de décrire ses symptômes, ses sensations, le degré de ses douleurs, l'évolution qu'il a constatée depuis le rendez-vous avec son médecin traitant. Antoine évoque ensuite son travail, la saison du ski qui va débuter d'ici deux semaines et son espoir de pouvoir reprendre son activité. Le médecin préfère procéder à un examen clinique avant de se prononcer.

Il demande à Antoine d'effectuer quelques mouvements, observe son corps, palpe ses jambes, teste ses réflexes.

— Rien d'anormal dans les bras, donc ? demande-t-il pour confirmation.

— Non, rien.

— Avez-vous constaté une diminution du volume musculaire ?

— Oui, admet Antoine après une hésitation. Mais rien d'anormal. J'ai beaucoup réduit mon activité physique. Cela fait deux mois que j'ai arrêté les randonnées.

Le docteur Pichot ne réagit pas vraiment à ses mots. Il semble assez perplexe. Demande à Antoine de se rhabiller et retourne s'asseoir à son bureau, sous les yeux attentifs de Rose. Alors… que va-t-il leur dire ? Le spécialiste attend le retour d'Antoine sur le fauteuil en face de lui.

— Avec ce simple examen, je ne suis pas en mesure de vous dire de quoi vous êtes atteint, monsieur Dussac. Nous allons donc procéder à des examens complémentaires, afin d'éliminer les affections possibles les unes après les autres. Je ne vous cache pas que certains diagnostics sont assez longs à poser.

Antoine regarde Rose, qui tente de lire aussi dans ses yeux. « Est-ce que vous pensez que c'est grave ? », a-t-il envie de demander. Mais il ne dit rien. Le médecin poursuit :

— Je vais vous prescrire un scanner, une IRM, une nouvelle prise de sang.

— Et si vous ne trouvez rien ?

— Nous ferons d'autres examens.

Le médecin marque une pause, semblant attendre une réaction de son patient et de sa compagne.

— Avez-vous des questions ?

Antoine n'en a pas… ou bien il en a trop. Est-ce bien utile de les poser maintenant ? Il va encore falloir attendre, c'est tout. Il fait « non » de la tête. Rose s'incline aussi. Le seul point positif, c'est que le docteur Pichot ne lui donne pas d'arrêt de travail. Mais, à la moindre chute, il faudra se rendre à l'évidence, a prévenu le spécialiste. Ils quittent le médecin, le bureau, le cabinet, silencieux. Chacun dans ses pensées, chacun dans ses questions. Chacun avec sa peur.

*

Au chalet, Antoine et Rose ne cachent plus vraiment leur inquiétude. Elle peut se lire sur leurs visages, dans leurs silences ou dans leurs gestes un peu plus nerveux qu'à l'habitude. Lou constate sans s'en inquiéter elle-même. Ils ont évoqué « des soucis » dont ils n'ont pas envie de parler, elle a pensé

« problème de couple ou dans la famille ». Elle s'est dit intérieurement, « ils me prennent encore pour une enfant ». Mais elle n'a pas fait le lien avec la santé de son père. Surtout qu'il va reprendre le chemin de l'ESF.

C'est l'ambition d'Antoine, son obsession. Celle qui lui change les idées, qui le mène, qui le motive, qui le détourne du reste. Sa priorité. Après tout, tant qu'on ne lui dit pas « c'est grave », il peut vivre comme avant.

Le neurologue d'Annecy l'a appelé pour lui annoncer que les analyses de sang étaient bonnes. Fallait-il s'en réjouir ? Les précédentes l'étaient aussi…

Bientôt, avec le soutien du docteur Pichot pour l'obtention d'un délai court, il passe dans les deux machines en forme de sarcophage. IRM : normal. Scanner : normal.

Le médecin l'appelle, juste avant Noël, pour le prévenir qu'ils vont prévoir une ponction lombaire début janvier. Rien que le mot est douloureux.

— En attendant, passez de joyeuses fêtes et ne vous inquiétez pas trop ! conclut le médecin, au téléphone.

Antoine n'a pas le temps de souhaiter quoi que ce soit au neurologue. *Joyeuses*, vraiment ? Il est sonné.

42

Faire semblant

Noël arrive, avec ses promesses de retrouvailles, de joies, de cadeaux, de gourmandises. Mais Rose et Antoine n'ont pas vraiment l'esprit à la fête. Surtout, il va falloir faire preuve de grand talent pour continuer de cacher à tous ce qui se trame en coulisses derrière leurs sourires et leurs mines faussement sereines. C'est du théâtre. C'est épuisant.

La propriété des parents d'Antoine, près de Bordeaux, est la scène d'une représentation qui va durer deux jours entiers. Au moment d'y monter, ils ont dans la gorge et le ventre une forme de trac. Faire semblant, oui, jouer… Tout cela n'est qu'un jeu. Ils aimeraient tant que ce ne soit que cela. Ou un rêve qui peut à tout instant basculer en cauchemar.

Ils retrouvent Mariette et Régis, leurs enfants et petits-enfants, et Arnaud. Toujours seul, sans enfant, mais visiblement bien dans son corps, sa vie, sa tête. Il a rencontré quelqu'un, leur apprendra-t-il à table, une certaine Géraldine. Mais c'est encore un peu trop tôt pour la leur présenter. Tout le monde applaudira. Surtout Simone et sauf Jacques. Les histoires d'amour, c'est beaucoup trop sentimental pour lui. Il trouvera ridicule la larme qui accourt aux yeux de sa femme. Évidemment, elle ne manquera pas de l'interroger. Que fait-elle dans la vie ? Quel âge a-t-elle ? A-t-elle des enfants ? Est-elle divorcée ? « Arrête donc, avec tes questions… », assènera sèchement Jacques. Depuis qu'il a (enfin !) pris sa retraite et qu'il passe presque tout son temps chez lui, il a, malgré lui, de plus en plus de mal à supporter sa femme. Il profitait mieux de la vie quand il travaillait, qu'il enchaînait les repas d'affaires dans de divins restaurants. Ils y vont, tous les deux, de temps en temps. Mais ils sont comme ces couples dont on se demande ce qu'ils font ici, qui mangent en silence et échangent trois mots pendant le repas. Finalement, Simone préférait le temps où il travaillait. Au moins, il avait quelque chose à raconter. Heureusement, il leur reste les voyages…

*

Ils rentrent au chalet, soulagés mais fatigués. Noël s'est plutôt bien passé. Leur pièce en forme de prestidigitation a été réussie. Les spectateurs n'y ont vu que du feu.

Cette année, ils n'iront pas en Normandie pour le passage à la nouvelle année. Ils ont prétexté une impossibilité pour Antoine de prendre des jours de congé… Il a des cours à assurer, même le 1er janvier au matin. Lou est déçue. Fêter la Saint-Sylvestre seulement tous les trois ? En réalité, non : Rose et Antoine ont prévu d'inviter quelques amis du Grand-Bornand (il y aura Cyrielle et Maya, et deux collègues de l'ESF), et surtout elle a invité sa marraine à venir passer une semaine entière avec eux. Rose a besoin d'elle et Marie-Cécile a répondu présente, fidèle à sa promesse. Elle est la seule personne « au courant ». Rose s'en était ouverte à Antoine, qui avait compris. Lui-même, parfois, voudrait bien en parler un peu… mais à qui ? À Cédric ? À son frère ? Pour l'instant, il ne se confie qu'à Rose, pour lui dire, avec ou sans mots, ce qu'elle sait déjà. Il verra, après le diagnostic… En attendant, il attend.

*

Marie-Cécile est venue passer plusieurs jours au chalet. Elle est autant aux petits soins pour Antoine que pour Rose, avec qui elle s'isole parfois pour discuter. Rose lui a expliqué où ils en étaient, et cet état permanent d'attente inconfortable, ankylosant. Elles se rappellent toutes les deux les mois de la maladie de Rose. Le diagnostic avait été rapide, la mise en chambre stérile aussi, le début du traitement par chimiothérapie également. Le mal était identifié. Et curable… avec de la chance. Antoine est atteint d'un mal anonyme, malade d'une maladie sans nom. Dans les esprits, la crainte sournoise d'un diagnostic couperet. D'autant que, avec les semaines qui défilent, ne perd-on pas un temps précieux ? Pendant cette attente, la maladie n'attend pas, elle : elle creuse son sillon et fait son nid bien tranquillement sans rien ni personne pour l'arrêter.

*

Et pendant que les adultes restent confinés dans leurs pensées obsédantes, Lou vit sa vie d'ado… Elle est de moins en moins facile, peut-être pour qu'on s'intéresse un peu plus à elle ? Ce n'est pas que son père soit devenu indifférent à son bien-être, à son bonheur, à ses notes… mais elle voit bien qu'il est préoccupé. Ses jours de repos sont devenus de *vrais* jours de repos. Ils n'ont plus le temps de partager des marches ou de skier ensemble. Lou a le sentiment que son père s'éloigne. C'est peut-être ça, grandir ? Faire un peu sa vie, à côté de ses parents, puis de plus en plus à distance. Antoine et Rose sont objectivement moins attentifs à elle, depuis qu'elle est au lycée. Parce qu'ils considèrent qu'elle est assez grande pour se gérer ? Parce qu'ils se sont habitués à son absence du chalet et à vivre sans elle ?

Au fond de Lou s'immisce quelque chose qu'elle n'a ressenti qu'à deux reprises (la dernière fois, au décès d'Hermance) : un soupçon de colère. Un peu diffus, pas vraiment conscient. Mais elle sent bien que quelque chose ne tourne pas rond…

Aujourd'hui, c'est dimanche. Demain matin, Rose emmènera la jeune fille à Annecy, pour la rentrée de janvier et une nouvelle semaine à l'internat. Lou prépare sa valise avec mauvaise humeur. Rose est sur son dos, répétant un peu trop souvent « As-tu bien pensé à… ? » Comme si elle n'avait pas l'habitude, comme si c'était une gamine… Et il est où, son père ? Rose lui dit qu'il se repose.

— Il se repose tout le temps, constate Lou avec un haussement d'épaules.

— Lou, ce n'est pas très gentil de dire ça, ma chérie…

— Arrête de m'appeler « ma chérie ». J'en ai marre, je ne suis plus une gamine, merde alors ! C'est comme ton aide, là, pour ma valise. Comme si j'en avais besoin ! Je sais me débrouiller toute seule ! Et heureusement, d'ailleurs, parce que vous avez presque oublié que j'étais là, pour ces vacances ! Tu parles d'une famille… La vérité, c'est qu'on ne ressemble même plus à une famille !

Rose l'écoute, bouche bée.

— En même temps, logique, puisque t'es pas ma mère, ajoute Lou en forme de coup de grâce.

C'est une épée qui s'enfonce dans le cœur de Rose. Jamais elle n'avait entendu ces mots de la bouche de Lou. Au contraire.

Rose est incapable de parler. Sort de la chambre, pour entrer aussitôt dans la sienne… et y pleurer.

43

Y retourner

La ponction lombaire n'a rien donné. Et la douleur de l'examen s'est avérée inutile. « Tout ça pour ça », a soupiré Antoine, ensuite.

Il ne reste plus beaucoup de solutions. Un grand nombre de maladies ont été écartées. Le neurologue n'a pas donné leur nom… ni celui de celle qu'il pourrait supposer être « la bonne ». Il a simplement dit : « Rendez-vous le 27 janvier à 15 h 45, pour un électroneuromyogramme. »

Rose et Antoine ont bien noté que le délai pour l'obtention de ce deuxième rendez-vous était beaucoup plus court. Est-ce que tout s'accélère ? Est-ce que c'est mauvais signe ? L'étau se resserre autour de son mal. Bientôt, sans doute, ils pourront poser un nom sur lui. Inoffensif ou redoutable ?

Ce qui est sûr, c'est que ce mal sans nom a déjà mis Antoine à terre : après un mois à skier dans la douleur et plusieurs chutes, il a fini par renoncer. Le docteur

Gidoin l'a mis en arrêt et lui a prescrit un repos TOTAL.

Bizarrement, Antoine ne l'a pas mal pris. Rose s'est doutée de la raison : il a tellement repoussé la douleur et sa résistance qu'il est finalement soulagé. Il est allé au bout de ses forces.

*

Le 27 janvier, en ce début d'après-midi, la neige qui tombe à gros flocons ne leur facilite pas la tâche pour atteindre Annecy. Dans d'autres circonstances, ils auraient trouvé le spectacle sur le lac simplement féérique. Ce blanc qui s'échoue à la surface de l'eau aux reflets bleus, les sommets alentours qui arborent fièrement leurs pignons rocheux.

Quelques instants plus tard, Antoine est allongé dans le bureau du médecin, presque nu. Des électrodes ont été placées sur ses jambes et sur ses bras, pour commencer. Régulièrement, on lui inflige de courtes décharges électriques pour actionner ses muscles et voir, sur l'écran, comment ils réagissent, comment ils répondent par le biais des nerfs. Le médecin complète cet électroneuromyogramme par un test visant à comparer l'activité des muscles au repos et en activité. Il insère une petite aiguille successivement dans divers muscles pour mesurer l'influx électrique, selon qu'Antoine les contracte ou non. Fait anormal, ses muscles produisent un influx nerveux, même au repos.

— Vous avez l'impression, parfois, que vous produisez des mouvements involontaires, que vos muscles tressautent ?

Antoine réfléchit, hésite, admet :

— Oui, ça m'arrive.

— Ce sont des fasciculations, explique le docteur Pichot.

L'examen est terminé. Rose réprime frissons et tremblements. Son cœur bat la chamade. Vont-ils savoir ? Le neurologue attend le retour d'Antoine sur son siège, prend un air entre grave et navré pour annoncer :

— Bien. Je vais vous diriger vers un de mes confrères, à Lyon. Il sera plus à même de vous accompagner pour la suite. Je vais lui adresser, bien sûr, tout votre dossier.

Lyon ? Vont-ils être ballottés de ville en ville encore longtemps, atterrir un jour dans un grand hôpital parisien ? Où s'arrêtera leur parcours du combattant, à la recherche du mal dont souffre Antoine ? Quand s'arrêteront l'attente et l'angoisse ?

— C'est grave ? demande Antoine.

— C'est sérieux. Suffisamment pour que je vous envoie chez ce spécialiste.

— Vous savez ce que j'ai ?

— Nous avons éliminé de nombreuses pistes. Le docteur Poulain poussera plus loin les investigations. Lui seul sera en mesure de vous donner le diagnostic. Vous savez, certaines maladies sont longues à identifier…

Antoine et Rose voudraient peut-être y voir matière à être rassurés. Longues à identifier, mais curables ?

Le neurologue se lève et mène les deux pantins vers la porte de son bureau. Il leur serre la main à tour de rôle. « Bon courage », ajoute-t-il dans les yeux d'Antoine.

Ils sortent tous les deux avec ce « bon courage » qui leur reste à l'oreille. Il va en falloir. Encore… Encore plus ? Rose prend Antoine dans ses bras et le serre fort.

— Je suis là, mon amour.

— Je sais…

— Nous allons nous battre tous les deux. Toi, c'est moi. Ta maladie, c'est ma maladie.

C'est à son tour de la serrer fort.

— Je t'aime, murmure-t-il dans un souffle.

44

Apprendre la vérité

Évidemment, il a encore fallu attendre. Ils ont l'impression de n'avoir fait que cela, depuis six mois. Attendre. Et s'attendre à tout. Espérer, un peu. Réfléchir, sans cesse. Beaucoup, à toute heure du jour et de la nuit.

Ils sont las de ne pas savoir, de se fatiguer en hypothèses et en diagnostics hasardeux. Ils veulent connaître la vérité. Quelle qu'elle soit. Savoir le nom qu'elle porte, connaître ses réalités, ses contours, pour ensuite imaginer l'avenir, peut-être un peu plus. Tout, mais ne pas rester dans cette ignorance où leurs esprits s'égarent et s'endorment.

Quand ils franchissent l'entrée de l'hôpital neurologique et neurochirurgical Pierre-Wertheimer, leur courage fléchit. Ces mots… Et leurs mains, soudées depuis qu'ils ont franchi les portes, tremblent ensemble, dans la salle d'attente.

Le docteur qui les reçoit donne tout de suite

l'apparence de quelqu'un de gentil, tout en étant impressionnant, de par sa carrure et son air sérieux. Rose ne peut s'empêcher de penser qu'elle ne l'envie pas. Même s'il a nécessairement la satisfaction d'accompagner, de guérir ou au moins de soulager des patients, il doit tous les jours faire face à des moments particulièrement difficiles. Il semble le porter sur lui.

Antoine, sur la table d'examen, a l'impression de revivre à l'infini la même scène d'un film de science-fiction. Le médecin palpe ses muscles, lui demande d'effectuer des mouvements, lui pose des questions… Les mêmes, globalement, que celles du neurologue d'Annecy. Il veut connaître l'évolution. Les symptômes ont-ils un peu régressé depuis l'arrêt du ski ? Pas vraiment. « Vous pouvez vous rhabiller. »

Le docteur Poulain retourne s'asseoir, face à Rose, qui suffoque, suspendue à ses lèvres. Quels mots va-t-il prononcer ? Ce médecin détient-il la clé du mal dont est atteint Antoine ? Ou bien va-t-il encore annoncer d'autres examens à passer, des semaines encore à attendre ?

Antoine s'assoit près d'elle. Il ne respire plus vraiment non plus. Le neurologue reprend le dossier médical : les analyses, les comptes-rendus d'examens et, sur son écran d'ordinateur, les courbes-résultats de l'électroneuromyogramme. Avec pédagogie, il leur explique les conclusions de chaque examen, images à l'appui.

— À la lumière de tous ces résultats, je suis en mesure de vous dire de quoi vous êtes atteint, monsieur Dussac.

Antoine et Rose n'osaient plus y croire et fixent intensément le visage du médecin, et sa bouche, en gros plan, qui va prononcer des mots graves… L'espoir sera-t-il permis, après ?

— Vous avez malheureusement une maladie du motoneurone, ce qui veut dire qu'elle touche vos nerfs moteurs, ceux qui commandent aux muscles et permettent les mouvements.

Le docteur Poulain parle lentement, pèse ses mots.

— On l'appelle sclérose latérale amyotrophique, autrement dit SLA. Et souvent surnommée « maladie de Charcot ».

Ils entendent ses mots plus qu'ils ne les écoutent. Dans une fausse concentration, un peu brumeuse.

Il le fait répéter. Plusieurs fois. Comme pour être sûr de comprendre, de ne pas se tromper. Il se tait. Un temps certain. Comme pour intégrer les données, tenter d'apprivoiser la réalité.

Ils se tiennent droit sur leurs fauteuils, et aussi immobiles que s'ils avaient cessé de respirer. La pâleur de l'un, la rougeur de l'autre sont les seuls signes qui trahissent la tempête dans leurs crânes.

Elle finit par poser sa main sur la sienne, puis se tourne vers lui. Tente d'attraper son regard tout en s'obligeant à ne pas trembler. Elle voudrait rester celle qui est forte, celle qui sourit tout le temps, celle qui voit la vie en rose… lui montrer qu'elle le sera toujours. Il pose ses yeux sur elle, dans le silence pesant. Il y lit tout cela, bien sûr, mais la larme qui perle à son œil et brouille sa vue ne lui échappe pas.

Rien ne sera jamais plus comme avant.

Antoine et Rose le savent déjà.

Le docteur marque une pause, respectant ce silence auquel il est malheureusement habitué. Ce silence qui suit l'explosion d'une bombe. Le neurologue de ce centre référent dans la SLA est habitué à ce rôle... C'est à lui que revient le devoir d'annoncer, même si son collègue d'Annecy savait déjà. Le docteur Poulain est, bien malgré lui, un poseur de bombe. Alors, il laisse la place au silence, avant de poursuivre. Et, surtout, pour ce premier rendez-vous, il ne devancera pas les questions du patient. Il ne répondra qu'à celles qui seront formulées. Pour ne pas anticiper sur ce qu'il est prêt à entendre. Certains patients veulent tout savoir, tout de suite. D'autres ont besoin de temps et préfèrent en apprendre petit à petit. De quelle catégorie ce M. Dussac fait-il partie ? Et sa femme, dont il devine les tremblements de la mâchoire ?

Le médecin laisse le silence s'étirer encore un peu. Normalement, ils vont lui poser des questions, à moins qu'ils n'aient fait des recherches sur Internet et ne soient déjà incollables sur la SLA...

— Que va-t-il se passer, docteur ? ose enfin demander celle qui tremble.

— Je ne vais pas vous cacher la vérité de cette maladie : à ce stade, vos muscles des membres inférieurs commencent à dysfonctionner. Ce sera au tour de vos muscles des membres supérieurs, ensuite. La SLA entraîne, à terme, une paralysie qui devient totale...

Le choc est immense, mais peut-être encore insuffisant.

— En combien de temps ? demande Antoine.

— Vous êtes (pour l'instant) atteint de la forme spinale de la maladie. On peut considérer que cela prendra entre deux et cinq ans.

— Et après ? demande Rose, sans espoir.

M. et Mme Dussac sont visiblement de la catégorie de ceux qui veulent tout savoir, même le pire.

— La paralysie du diaphragme finit par entraîner un arrêt respiratoire.

— Vous êtes donc en train de nous dire que c'est incurable ? demande Rose, les larmes aux yeux.

— Malheureusement, oui… Même s'il existe des cas, très rares, où la maladie arrête d'évoluer sans raison. Vous devez connaître Stephen Hawking, j'imagine…

Antoine et Rose se regardent. Ils revoient le scientifique dans son fauteuil. Antoine pourrait devenir comme ça ? Ils ne peuvent y croire.

— Il n'y a pas de traitement ? demande Antoine.

— À défaut de pouvoir soigner cette maladie, il existe un protocole de soins et tout un panel d'accompagnement des malades. Je vais vous prescrire dès aujourd'hui, à raison de deux prises par jour, du riluzole, qui permet d'augmenter un peu la survie des patients. En parallèle, je vais vous donner divers médicaments contre les douleurs et pour réduire vos symptômes. Vous allez aussi, dès la semaine prochaine, entamer des séances de kinésithérapie. Et nous nous reverrons dans trois mois pour faire un premier point.

Le médecin procède à la rédaction des diverses ordonnances, pendant que les informations s'acheminent vers le centre du cerveau abasourdi d'Antoine et Rose.

— Nous proposons aussi, bien sûr, un accompagnement psychologique des malades et de leur entourage. Il est important de se faire aider au maximum, dans cette épreuve.

Antoine a envie de hausser les épaules. Est-ce qu'un psy pourra lui faire accepter l'inacceptable ?

45

Absorber le choc

Antoine et Rose sont sortis de l'hôpital dans un état second. Bras dessus bras dessous, pour se soutenir mutuellement. Silencieux.

Leurs esprits sont miroirs ou jumeaux. Ils pensent les mêmes mots : *handicap, dégradation, mort*. Ils imaginent le même avenir fait de rendez-vous médicaux, de médicaments qui ne soignent pas, de contraintes, un avenir dénué de rêves et d'espoir. Un avenir tout tracé de douleurs vers la mort. Elle est au bout, elle les attend.

Les heures et les jours qui suivent se vivent au ralenti, mais… ils n'attendent plus. Ils savent. Ils savent tout, peut-être en savent-ils trop. Aurait-il fallu retarder certaines questions, pour garder un peu d'espoir ? À quoi bon, puisque ça ne sert à rien ? L'ennemi est à présent identifié. Démesurément grand. Un géant, un monstre, un cyclope sanguinaire qui aura, de toute façon, la peau d'Antoine. Ils se préparaient au combat. Mais la lutte est plus qu'inégale. Le mal a gagné avant même la bataille. Le mal le terrassera. La voilà, la vérité. Celle qu'ils voulaient connaître mais qu'ils voudraient maintenant ignorer.

Combien de temps ? C'est l'une de leurs questions centrales. Combien de temps lui reste-t-il à vivre ? Combien de temps restera-t-il encore debout, déjà ?

Leurs nuits sont un désastre. Ils dorment en pointillés, malmenés par des angoisses qui les rendent insomniaques. Le spectre de la mort rôde au-dessus de leur lit et s'invite dans leurs rêves. De toute façon, leur présent, leur vie semblent être devenus un cauchemar. Un cauchemar diurne et réel qui répond si mal à la question « pourquoi ? ». Pourquoi lui, pourquoi eux, pourquoi maintenant ? Pourquoi cette punition ? Antoine n'a-t-il pas déjà assez souffert ? Quelle faute a-t-il commise pour être corrigé de la sorte ? Qui lui en veut, sur cette Terre, ou aux cieux, pour lui infliger cette épreuve de plus, la dernière ? Pourquoi cette injustice ? Alors qu'ils étaient si heureux… Ils sont dans un tel état de désolation qu'ils se sentent incapables d'accueillir Lou ce week-end. Ils ont prétexté une obligation du côté de Paris pour qu'elle reste à Annecy, chez Mariette et Régis. L'ado l'a mal pris. Décidément, c'est compliqué, à la maison. Encore plus depuis son « T'es pas ma mère ». C'est resté assez tendu entre ses « parents » et elle. Antoine lui avait demandé de s'excuser, mais, butée, elle avait refusé. Pourquoi ? Puisque c'est la vérité… Et là, comme par hasard, ils ont trouvé une bonne raison de ne pas l'accueillir ce week-end. Les vacances d'hiver commencent dans une semaine. Ils ne vont quand même pas réussir à l'éloigner du chalet ? Elle a l'impression de ne plus avoir sa place auprès d'eux. Et sa colère grandit.

*

Il leur a fallu presque dix jours pour réussir à se faire à l'idée de cette maladie. Ils ne l'acceptent pas pour autant. Ils commencent seulement à intégrer le fait qu'elle existe, qu'elle est là, qu'ils vont devoir vivre avec, que leur destin est lié à la SLA. Mais ils ne l'acceptent pas. Il y a trop d'incompréhension et d'injustice. Trop de renoncements qu'il va falloir admettre.

Antoine sait qu'il ne sera plus jamais guide ou moniteur de ski, qu'un jour il ne marchera plus, que son avenir se résumera aux murs du chalet et, plus tard, à un lit. Comment accepter cela, franchement ? Il regarde ses jambes qui fondent… Dans deux mois, il rencontrera une nutritionniste qui lui donnera des conseils personnalisés pour sa lutte déjà perdue contre la maladie et la fatigue.

— Il faudrait qu'on le dise, lui glisse Rose, un soir qu'ils sont couchés.

— À qui ? Ça changera quoi ?

Rose soupire. Antoine est sombre et amer depuis l'annonce du diagnostic. C'est normal, mais…

— Tu le dois… à tes parents, à ton frère, à tes amis… à ta fille. Et moi je voudrais pouvoir le dire, aussi. Cela va peut-être nous faire un peu de bien d'en parler. Nous allons avoir besoin d'être entourés. De voir du monde. On ne va pas s'enfoncer dans une solitude silencieuse et déprimante à deux…

— C'est trop tôt, pour Lou.

— Admettons. Même si je crois que c'est important qu'elle le sache. Elle est assez grande pour comprendre, et elle doit bien sentir que quelque chose cloche, qu'on lui cache des choses…

— Et tu veux lui dire quoi ? Qu'elle va perdre son père avant ses vingt ans ?

Rose soupire. Comme s'il y avait besoin de tout dire, d'un seul coup, de manière brutale…

— Je ne crois pas que j'en aurai la force, finit par avouer Antoine, les larmes aux yeux.

— Je t'aiderai. Je suis là, lui rappelle Rose en se pressant plus fort contre lui.

Antoine ferme les yeux. Il sent les larmes forcer ses paupières closes et dévaler ses tempes, couler dans ses cheveux pour mouiller son oreiller. Cela n'échappe pas à Rose, qui applique sa bouche partout sur son visage, en de petits baisers doux. Elle a envie de lui dire : « On va y arriver. » Elle s'en empêche, il aurait rétorqué :

« Arriver à quoi ? La lutte est vaine. » Alors qu'elle voulait juste dire : « Arriver à leur parler, à tous », « Arriver à vivre avec ça »… Peut-être même : « Arriver à être encore un peu heureux. »

46

Le dire… ou non

Lou revient dans deux jours. C'est le moment de rassembler son courage et de prendre une grande inspiration avant chaque coup de fil. Ils ont décidé d'annoncer la maladie d'Antoine à tous ceux qui sont importants, à la suite. Comme ça, la nouvelle ne se répandra pas comme une traînée de poudre dont ils n'auraient pas le contrôle. Cette fois, ce sont eux, les poseurs de bombe. Même si la vie des autres n'est pas en jeu, ils vont être touchés, secoués, sonnés peut-être. Antoine et Rose se demandent et imaginent comment chacun va réagir. Il pense à son père, surtout ; il n'en attend pas de grands discours.

Antoine ne veut surtout pas qu'on le prenne en pitié.

Beaucoup sont restés sans voix, désolés, ne sachant trop quoi dire, comment trouver des mots rassurants quand l'issue est fatale. Sa mère s'est effondrée en larmes. Son père était absent, mais elle se chargerait de lui annoncer l'effroyable nouvelle. Son frère a dit «Je serai là, si besoin, tu peux compter sur moi», ce qui a agréablement surpris Antoine. Cédric, avec ses petits soucis de cholestérol et compagnie, dont il se plaint depuis des années, s'est senti si bête… Mélanie a proposé de les rejoindre tout de suite pour les soutenir ; Antoine a reconnu là son amitié indéfectible et généreuse, il a accepté.

Rose s'est chargée de sa famille à elle, de ses parents, de son frère, de sa sœur, de sa marraine. Elle a reporté à plus tard l'annonce aux amis de la bande de Paris. Ce n'est pas si urgent. Tout le monde, ou presque, est donc au courant… tout le monde, à l'exception de Lou. Pour le moment.

*

Lou est revenue de l'internat, partagée entre bonheur d'être en vacances et de retrouver le chalet, et agacement vis-à-vis de son père et de Rose. Elle leur en veut, pour le mauvais coup du week-end dernier, et plus globalement pour leur attitude de ces derniers mois.

Elle les trouve *pas mieux* que la dernière fois. Son père a maigri, ou bien c'est une idée… Ça ne lui réussit pas, le repos. Rose reste en retrait depuis sa mise au point, à la fin des vacances de Noël. Elle lui parle moins, elle intervient moins. Elle est moins en phase avec elle. Elle n'a visiblement pas apprécié. Dans le fond, Lou s'en veut de lui avoir dit ça… Dans le fond. En surface, elle assume. C'est son petit côté rebelle, celui de l'ado qui revendique son droit à penser ce qu'elle veut et à s'affranchir de ses parents autant que de son ex-statut de petite fille idéale. Que ça leur plaise ou non, c'est comme ça. Elle a quinze ans et demi. Elle n'est plus une gamine. Et, d'ailleurs, elle aimerait bien qu'ils lui disent ce qui ne va pas. Car elle voit bien que quelque chose les préoccupe. Ils la prennent vraiment pour une idiote ou quoi ? Elle surprend des silences qui en disent long, des regards tristement complices… Lou est sûre que leur couple se porte toujours aussi bien. C'est évident. Le problème est ailleurs. Et cela l'inquiète. Est-ce que son père va aussi bien qu'il le prétend ? Est-ce que son arrêt de travail n'est pas le signe d'un souci de santé plus important que ce qu'il veut lui faire croire ? Pourquoi ne se plaint-il plus de rester au chalet, de ne plus skier, de ne plus beaucoup sortir ? Pense-t-il vraiment qu'elle n'a pas vu qu'il avait besoin d'une canne, certains jours ? Pourquoi ces regards compatissants de Mélanie, et pourquoi cet empressement de Cédric à vouloir aider, lui qui d'habitude se complaît dans son fauteuil ? Elle se pose plein de questions qu'elle ne formule pas. Par peur… Elle en est sûre : elle se heurte à leurs silences qui dissimulent la vérité qu'on veut lui cacher.

Alors, sa colère, sa rancœur enflent de plus en plus. Lou se fait plus dure, plus incisive. Elle répond, elle claque les portes. Elle leur rappelle régulièrement qu'elle n'est plus une gamine. Elle réclame le droit de sortir avec Maya et les autres, d'aller en discothèque au Chinaillon, avec les touristes… parce que, ça va, elle est assez grande ! Elle fait sa crise d'ado et se donne en spectacle. Zoé et Garance la regardent, comme si elles ne la reconnaissaient pas.

*

— Quand comptes-tu annoncer ta maladie à ta fille ? demande Rose, un soir de la seconde semaine de vacances, alors qu'ils sont dans la cuisine.

— Je ne sais pas, répond-il avec une fermeté dans la voix qui n'est rien d'autre qu'une variante plus polie de « lâche-moi, avec ça ».

Rose pose la pomme qu'elle était en train d'éplucher et ajoute, avec la même fermeté :

— Lou ne va pas bien. Je ne sais pas si tu t'en rends compte, mais tout dans son comportement nous hurle son mal-être. Et moi, je pense que c'est parce qu'elle ne nous sent pas… pas attentifs, pas à l'écoute, et surtout pas fiables, pas clairs. Ta fille est intelligente et intuitive. Ce que nous avons à lui dire, elle s'y attend. Elle tend le dos. Et elle a peur. D'où lui viennent ses accès de colère, à ton avis ? Tu vas me dire « de son âge, de son statut d'ado ». Mais c'est faux : elle est en colère contre nous, parce que nous sommes pris par nos soucis, que nous ne lui disons rien et que, de fait, nous ne lui inspirons aucune confiance. Il faut vraiment que tu lui parles…

Antoine soupire. Prend la mine de celui qui sait qu'elle a raison. Mais…

— Je ne pense pas en être capable, avoue-t-il. Elle a déjà perdu sa mère. Je ne vais pas y arriver.

— Tu n'es pas obligé de lui dire tout, tout de suite. Mais déjà, lui dire que c'est grave, que tu seras dans un fauteuil, un jour… Pour la préparer…

— Et si elle me pose la question ?

— Laquelle ?

— LA question…

Si Antoine pense à la mort très souvent, à la sienne, il n'arrive plus à prononcer ce mot.

— Tu lui diras la vérité. Mais je ne crois pas qu'elle osera. Elle aura trop peur de la réponse.

— Elle va deviner.

— Il faut que tu lui parles. Et vite. Elle a besoin de vérité. Il en va de son bien-être (mal en point, en ce moment) comme de la qualité de nos relations familiales…

— Je le ferai, promis. Mais laisse-moi trouver le bon moment.

— Antoine, si tu ne lui as pas dit avant la fin des vacances, je le ferai, moi. Elle ne retournera pas à l'internat sans savoir. C'est trop important.

Il pousse de nouveau un long soupir. Pas pour l'autorité soudaine (et justifiée) de sa compagne, mais pour cette nouvelle épreuve qui l'attend.

47

Avouer la vérité

Antoine a trois jours pour annoncer la nouvelle à sa fille. Dans l'idéal, il faudrait ne pas attendre le dernier jour, histoire qu'elle ne reparte pas du chalet immédiatement après l'avoir apprise. À chaud… À froid, plutôt, tant cela risque de glacer son cœur de fille.

Le stress d'Antoine monte, sous les yeux compatissants de Rose, qui l'encouragent à tout moment de la journée. À chaque repas, l'option « annoncer la maladie » est enclenchée… À chaque repas, elle n'est pas choisie. Antoine n'y arrive pas. La peur l'inhibe, l'immobilise. Il a beau être convaincu du bien-fondé de cette discussion à venir, il ne parvient pas à la lancer.

*

Samedi. Aujourd'hui, Lou a prévu de passer le week-end dans la douceur du chalet. Elle espère passer un peu de vrai temps avec son père, à lire au coin du feu et, pourquoi pas, à faire des jeux de société. Il y a si longtemps… Les dernières fois qu'il le lui a proposé, elle a refusé, histoire de montrer sa désapprobation globale et son indépendance. Mais, là, elle en a envie.

Ils commencent à jouer aux cartes. Une partie de tarot africain, pour commencer. Avec Rose. Deuxième manche. C'est au tour d'Antoine de distribuer. Il pose une à une les cartes en face de chaque joueur, avec une raideur nouvelle. Ses gestes manquent de fluidité, nécessitent un effort. Les premiers signes d'une atteinte de ses membres supérieurs ? Déjà… et sous les yeux de Lou. La sueur perle à son front. La peur, qui vient l'attaquer à nouveau, là, en pleine partie, au milieu d'un bon moment. La maladie le rattrape. Elle ne le lâchera plus jamais, alors ? Antoine fait comme si de rien n'était. Mais Rose a bien vu. Et Lou aussi.

À la fin de la partie, ce n'est pas celui qu'on croit qui prend son courage à deux mains. C'est sa fille.

— Ça va, papa ?

— Oui, ma chérie. Pourquoi tu me demandes ça ?

Lou regarde Rose et Antoine à tour de rôle. Rose, Antoine, avec des yeux insistants qui disent en substance « elle te tend une perche, mais pourquoi ne l'attrapes-tu pas ? C'est le moment »… Antoine ne réagit pas, en proie à de sourdes réflexions sur les mots qui doivent sortir, mais qui restent coincés, parce que… que dire ? et comment ? et jusqu'où dire la vérité ?

— Papa… arrête de mentir. Pourquoi tu persistes à dire que tout va bien, alors que tu es en arrêt ? Je vois bien que ça ne va pas. Tes jambes, et là, tes mains…

Tu peux arrêter de me prendre pour une gamine qui n'a pas le droit de savoir ? J'ai le droit à la vérité, moi ? Parce que je sens bien que vous me cachez des choses, tous les deux. Et ça ne date pas d'hier…

Antoine baisse la tête, devant le regard ferme de sa fille.

— Antoine, c'est le moment, dit Rose, à titre d'encouragement.

Elle lui tend la main par-dessus la table, il la lui prend, comme pour s'y accrocher, y puiser la force qu'elle veut lui transmettre.

— D'accord, ma Lou… Je vais te dire la vérité. Je suis désolé de te l'avoir cachée. Je n'avais pas le courage, et surtout je ne voulais pas t'inquiéter inutilement tant qu'on n'en savait pas plus.

— Vas-y, papa.

— Cela fait des mois que j'ai des soucis avec mes jambes, comme tu le sais… J'ai fini par consulter des médecins, des spécialistes. Et, très récemment, nous avons appris de quoi j'étais touché.

Lou est suspendue à ses lèvres, plus pâle qu'à son habitude.

— Et qu'est-ce que tu as ? Ça s'appelle comment ?

— Peu importe… Un nom barbare à coucher dehors.

Antoine a esquivé… Il ne souhaitait pas que sa fille entame des recherches sur son smartphone sitôt qu'il aurait le dos tourné. Il enchaîne vite, en guise de diversion :

— Mes nerfs moteurs sont malades. Mes mouvements volontaires sont de plus en plus impactés. Un jour, mes muscles ne répondront plus, un peu comme si la liaison entre mon cerveau et eux était coupée. Ce qui veut dire qu'un jour, je ne pourrai plus bouger.

— Plus du tout ? demande Lou, les yeux exorbités.

— Un jour, je serai dans un fauteuil. Paralysé. Oui, ma Lou. Voilà la vérité… Voilà ce que je craignais de te dire.

— Mais ! Il n'y a pas un traitement ? demande Lou, avec un ton de révolte dans la voix.

Antoine regarde Rose, démuni.

— Si, j'ai un traitement. Il me permet d'avoir moins mal, de soigner certains symptômes, mais il ne permettra pas d'arrêter la maladie. Les chercheurs n'ont pas encore trouvé… Je dois éviter la fatigue. J'ai des séances hebdomadaires avec un kiné. Je suis pris en charge, à Lyon, entre les meilleures mains qui soient…

Lou l'écoute avec gravité. Jamais elle n'aurait cru que ce puisse être si grave ! Si elle ignore le pire, elle a déjà largement de quoi s'inquiéter… Et petit à petit s'immisce dans son esprit le nuage de conséquences induites par cette nouvelle. La réalité, l'avenir, tout doit être revu, redéfini… Sa première pensée va vers la randonnée en montagne. Ils ne pourront (bientôt ?) plus marcher ensemble. Elle regarde son père, qui a encore presque tout de l'homme bien portant. Elle le revoit, sportif, dans sa combinaison de ski ou dans sa tenue de randonneur. Elle l'imagine en fauteuil roulant. Cela lui semble impossible. Elle a envie de pleurer. Se lève, monte l'escalier pour gagner sa chambre avant d'exploser en larmes. Pudeur d'ado…

*

Deux heures plus tard, ils n'ont pas bougé, ou presque. Rose est dans les bras d'Antoine, dans le canapé. Elle lui a dit qu'elle était fière de lui. Il a su trouver les bons mots, de façon bien dosée. Ils font bloc, tous les deux. Respectent l'isolement de Lou, tout en ayant envie de lui signifier qu'ils sont là… qu'ils affronteront la maladie tous les trois. Que c'est difficile à accepter, mais qu'il n'y a pas le choix. Qu'il faudra apprendre à vivre avec, mais que ça n'empêchera pas de jouer, de prendre l'air, de cuisiner, de rire encore.

— Tu devrais peut-être monter la voir, propose Rose, au bout d'un moment.

— Ne m'y oblige pas. J'ai déjà dit le principal. Vas-y, toi.

Rose y serait volontiers allée. Depuis une heure, même, peut-être. Mais, depuis l'incident, elle ne se sent plus vraiment la bienvenue dans la chambre de sa belle-fille.

Coïncidence ? Une porte s'ouvre, là-haut, et une voix éraillée demande : « Rose, tu peux venir ? » Rose regarde Antoine avec étonnement. Il lui sourit, et lève le menton d'un air qui veut dire : « Eh bien, monte, puisqu'elle t'appelle. » Elle se lève, l'embrasse et va pour emprunter l'escalier, le cœur battant un peu plus fort.

Elle trouve Lou assise sur son lit. Les yeux rouges et bouffis qui ne se cachent pas. Rose s'assoit près d'elle, et n'attend pas longtemps avant que Lou l'entoure de ses bras et fonde en larmes.

— C’est horrible, pour papa, dit-elle, à un moment, avant de pleurer de plus belle.

Rose lui glisse juste à l’oreille que s’il n’a rien dit, ce n’était pas contre elle ; il voulait simplement la protéger. Au bout d’un long moment, et sans qu’il y ait eu plus de mots échangés, Lou dira à Rose :

— Pardon, pour l’autre jour, pour ce que je t’ai dit… Je ne le pensais pas. Tu n’es pas ma mère, mais tu es comme ma maman… comme avant. Je t’aime beaucoup, tu le sais. Pardon, pardon.

Et Rose la serrera très fort dans ses bras.

Elles feront bloc toutes les deux. Elles se doivent d’être une équipe solide, pour mieux porter Antoine et continuer à le rendre heureux.

48

Gamberger

Lou est retournée à l'internat. Rose continue de travailler dans les deux centres de vacances et Antoine reste au chalet, à s'ennuyer. Il trouve déjà le temps long. Il y a toute la place dans sa tête comme dans son emploi du temps pour les idées noires. Il pense encore et toujours à cette putain de maladie, à son parcours de soins qui le mènera jusqu'à l'inéluctable. La mort. Et, avant, la dégradation, la décrépitude, la déchéance.

À présent qu'il a le nom de son ennemie, il veut tout savoir d'elle. Contrairement aux conseils des médecins, il se décide à faire des recherches sur Internet. C'est une occupation comme une autre. Au moins, il saura à quelle sauce il va être mangé.

Il lit, il se documente, il regarde des vidéos. Il met des images sur son futur. Alors, c'est ça, son avenir ? Devenir handicapé, puis tétraplégique ? Finir alité ? Devoir compter sur les autres, perdre toute autonomie ? N'avoir, un jour, que les yeux pour parler ? Comment accepter ce mauvais plan de vie ? Comment, aussi, imposer cela à son entourage ?

Antoine sombre. Comment Rose pourrait-elle supporter ça ? Elle qui est si pleine de vie, elle qui a vécu la maladie dans son corps et qui s'en est relevée… Comment pourrait-elle accepter de vivre ce long cauchemar dont il ne se relèvera pas ? De se battre pour rien ? De devenir peu à peu une soignante ?

Tout à coup, une angoisse monte jusque dans sa gorge : et si Rose le quittait ? Parce que, franchement, à trente-six ans, elle rêvait sans doute d'autre chose que de jouer les gardes-malades. Elle qui rêvait de projets, de voyages, de vieillir à deux… Elle vieillira sans lui. Alors à quoi bon rester, pour elle, puisque aucun espoir n'est permis ?

Antoine finit par appeler Cédric pour lui confier ses états d'âme. Lequel lui répond, en résumé : « Mais comment peux-tu penser une chose pareille ?! Tu n'es pas sérieux, Antoine. Rose est un ange tombé du ciel. Elle t'aime. »

Quand Antoine raccroche, il se sent légèrement rassuré. C'est vrai, oui, Rose l'aime… Assez pour vivre tout ça, vraiment ? Elle n'a pas vu ces vidéos. Sait-elle seulement ce qui l'attend ?

*

Pendant plusieurs jours, Antoine traîne ses pensées sombres comme un boulet. Au fond de lui grandit une crainte un peu étrange. Il attend que Rose le quitte. Il est encore temps, après tout. Le plus tôt sera peut-être le mieux.

Rose lui demande souvent si ça va, et il sait bien, alors, qu'elle parle moins de la maladie que de son côté taciturne et plus distant avec elle. Un jour, elle lui a demandé s'il avait quelque chose à lui reprocher. Un autre, s'il l'aimait toujours... Il s'est offusqué. Évidemment que oui ! Il ne dit pas qu'il vit dans la peur irrationnelle qu'elle le quitte.

Un soir qu'ils sont dans leur chambre et qu'elle se glisse amoureusement contre lui, il se refuse à elle. C'est la première fois... Rose l'interroge du regard, perplexe. Il assène, de but en blanc :

— Je ne sais pas quelles sont tes intentions, Rose, mais tu devrais me quitter.

La stupeur fait se redresser Rose. Elle le regarde, éberluée.

— Mes intentions ? Comment peux-tu en douter, Antoine ? Comment peux-tu envisager une seule seconde que je puisse vouloir te quitter ?

La blessure infligée à son amour lui donne les larmes aux yeux. Antoine se redresse aussi et la regarde, très sérieusement, dans la lumière tamisée de la lampe de chevet.

— Rose, je ne doute pas de ton amour et de ton envie de rester avec moi jusqu'à la fin, mais... as-tu réfléchi à ce que va devenir notre vie, ta vie ? Est-ce que tu te rends vraiment compte de ce à quoi tu t'engages, en restant avec moi ? Tu vas gâcher de précieuses années, à t'occuper d'un malade...

— Tu n'es pas un malade, tu es mon amour. Tu

es l'homme de ma vie. Je resterai avec toi jusqu'à ton dernier souffle. Quoi qu'il en coûte.

— Il est encore temps que tu aies des enfants… avec un autre. Réfléchis-y. C'est peut-être le moment de refaire ta vie.

— Tu es complètement fou de penser ça. Je t'aime trop. Jamais je ne t'abandonnerai. Jamais, répète-t-elle en l'embrassant, les yeux embués. Fais-moi le plaisir de t'ôter ce genre de pensées de la tête. C'est blessant, en plus. Tu insultes presque mon amour pour toi. Quand on aime, on reste. Et moi, je t'aime grand comme ça, jusqu'à la lune et les étoiles.

Rose écarte grand les bras et les lève vers le plafond. Antoine sourit. Elle s'installe à califourchon sur ses jambes étendues, prend appui sur ses mains, approche son visage du sien et donne à ses yeux un regard coquin :

— Et maintenant, je veux que tu me fasses l'amour… comme avant.

Il rit, conquis d'avance.

49

Penser à l'avenir

Le printemps frappe à la porte de l'hiver. Dans la vallée, devant le chalet, la neige a déjà disparu. Cela attriste toujours Antoine, dont les souvenirs d'enfance le ramènent aux vacances de Pâques chez Hermance. À l'époque, la neige persistait souvent jusqu'à la fin du mois d'avril. Le skieur de fond en avait encore pour son content et le skieur alpin n'avait pas besoin, alors, de neige artificielle et de canons pour compenser. La nature pourvoyait à tous les plaisirs tardifs de la neige. C'était une autre époque…

Le chalet sort de sa torpeur et se réveille un peu. Antoine a envie de sortir, de profiter. C'est peut-être le dernier été où il tiendra debout. Sans doute le dernier. Debout, ou à genoux, il a envie de marcher. De retourner au col de la Colombière. Il ne veut pas se laisser bouffer par cette maladie. Dans son esprit, malgré les hauts et les bas liés à son sort, il a le plus souvent l'âme d'un guerrier.

La kinésithérapie le soulage un peu et lui permet, grâce à des étirements, de faire travailler, en douceur, ses muscles pour qu'ils ne s'abîment pas trop vite. La nutritionniste de l'hôpital lui a prescrit une alimentation riche en protéines et en lipides, pour garantir à ses muscles un peu de forces supplémentaires… Il faut veiller à ne pas trop maigrir. Plus vite ses muscles s'atrophieront, plus vite il sera condamné au fauteuil. Antoine se repose au maximum. C'est un patient obéissant.

En ce moment, et parce que les symptômes n'évoluent pas beaucoup et le laissent en paix relative, il navigue dans une phase plutôt sereine. Les problèmes lui semblent encore assez lointains. Il lutte pour augmenter son espérance de vie, et surtout pour rester autonome le plus longtemps possible. C'est le but qu'il s'est assigné. Selon la doctrine de Rose : petit pas par petit pas, aucun effort n'est vain. Il ne gagnera pas la guerre, mais il peut remporter des batailles. Aidé de Rose, il a repris de l'appétit… de vie. Ses jours sont comptés (bien qu'indéfinis), mais il est en mesure d'en profiter encore. Au moins, c'est peut-être la chance qu'il a : il sait qu'il va mourir… Souvent, il pense à Hermance. Elle qui ne le savait pas (vraiment ?), elle à qui ils n'ont pu dire au revoir. Il se dit avec soulagement qu'il a toutes les chances de voir la mort arriver, et qu'ils pourront se dire au revoir et toutes les choses importantes qu'on a envie de livrer avant le grand départ. Il a le bonheur anticipé d'imaginer sa Rose près de lui, comme elle le lui a dit, jusqu'à son dernier souffle. « À moins de mourir écrasé par une voiture demain », a-t-il dit un jour, en forme d'humour noir. C'est vrai, quoi, la mort, la sienne pas plus que celle des autres, n'est datée. Il pourrait mourir d'autre chose que de la SLA. Ce serait un comble, mais c'est possible. Alors, quoi qu'il en soit, il veut vivre tout ce qu'il lui reste au maximum.

Parfois, il pense à cette fameuse question pseudo-philosophique : « Que feriez-vous s'il ne vous restait qu'un jour / deux semaines / six mois à vivre ? » Quelle grande question, en effet. Combien lui reste-t-il, à lui ? de vie, de jours ? de vie debout, surtout ? Qu'est-il en droit d'espérer ? Peut-il avoir encore des projets, des rêves ? Rose l'y incite… pour maintenant. Un jour, il faudra trouver des activités assis, et peut-être même allongé. Lui qui n'aimait que bouger, faire du sport, randonner, skier, lui qui s'ennuie au chalet, à tourner en rond, qu'est-ce qui pourrait lui apporter de la joie, de l'envie, du désir de vivre encore plus ?… Hormis tout le soutien et l'amour de Rose et de sa fille, bien sûr. Il voudrait rester près d'elles le plus longtemps possible.

Parfois, Antoine et Rose abandonnent les grandes idées et les pensées philosophiques pour du concret, de l'organisationnel, du réel de la vie terrestre : que doivent-ils prévoir ? Rose, déjà, devra-t-elle arrêter de travailler ? Quand, a priori ? Se fera-t-elle aider ? Antoine ne sait pas trop… Un jour, sans doute, il faudra bien. Mais autant reporter tout cela le plus loin possible. Évidemment, il arrivera le moment où elle aura le statut « d'aidante », où elle sera un peu son infirmière. Parfois, il plaisante avec ça, en mode grivois-malicieux. En réalité, il n'est pas pressé. Il est partagé entre son souhait futur que ce soit elle qui prenne soin de lui et son désir qu'elle reste avant tout sa femme. De toute façon, il ne parvient pas à s'imaginer au stade où il restera dans un lit médicalisé, assisté même au niveau respiratoire. Cette perspective le glace.

Ils s'obligent à repenser l'aménagement de la maison avec un ergothérapeute, pour plus tard. Il y a trois niveaux, beaucoup de marches. Le jour où il sera confiné dans un imposant fauteuil électrique, il faudra installer au pire un monte-escalier (qui supposera des transferts), au mieux un ascenseur. Alors ils étudient les possibilités, les coûts, mais il leur est étrange de se projeter vers ce temps où il aura perdu sa mobilité, alors qu'il est encore sur ses deux pieds et plutôt en forme. Parfois, ils se prennent à rêver qu'ils anticipent tout cela pour rien. Que ce n'est qu'une vaste plaisanterie noire. Que la maladie n'évoluera pas, comme cela peut arriver pour certains. Doivent-ils vraiment se préparer au pire ? Tout va encore *si* bien…

50

Se réunir en famille

Simone a insisté pour se retrouver tous ensemble à Pâques.

Dès le samedi midi, les Bordelais arrivent. Arnaud débarque de Paris. Mariette et Régis arriveront le dimanche. C'est la première fois que tous se revoient après l'annonce de la maladie d'Antoine. Il a accepté l'idée de sa mère, à deux conditions : qu'il n'ait pas l'impression d'inspirer de la pitié, que personne ne gaffe sur l'issue fatale de la SLA, vis-à-vis de Lou. Il ignore que sa fille n'a pas manqué d'effectuer ses propres recherches, même sans connaître le nom de sa maladie.

Lorsque Simone sort de la voiture et aperçoit son fils qui descend du balcon par l'escalier extérieur en se tenant à la rambarde, elle réprime le choc qu'elle ressent dans son cœur. Elle le serre fort, ensuite. Un peu trop. Antoine y perçoit de l'émotion, certes, mais il a envie de lui dire : « Maman, ce n'est pas la dernière fois que tu me vois. » Jacques lui fait les deux bises traditionnelles, peut-être avec un peu plus de chaleur que d'habitude. Lorsque Simone propose à Antoine qu'il s'appuie sur elle pour monter à l'étage, elle se fait sermonner par Lou avant qu'il n'ait le temps d'ouvrir la bouche :

— Mima, il est pas en sucre, papa !

Simone se reprend, lâche le bras d'Antoine et entend le message que sa petite-fille a bien intégré : son fils n'a pas envie d'être infantilisé ou réduit à un être fragile. Jacques lui assène un « Ah, tu vois ! » assez fier de lui. Sans compter qu'il apprécie l'attitude de son fils : pas du genre à se laisser abattre… C'est un Dussac. Le père n'est pas peu fier. Ce qui ne l'empêche pas de constater avec tristesse que la gêne à la marche de son fils est réelle et objective. Dieu merci, il y a Rose dans sa vie. Cette petite est vraiment un trésor.

*

Le week-end se passe selon le souhait d'Antoine. Il avait envie de joie et de légèreté. De vie dans le chalet, comme avant, comme au temps où Hermance était encore de ce monde. Parfois, il imagine la maison sans lui. Souvent, il se dit que, quand même, Lou a peut-être eu tort de la surnommer « le chalet du bonheur ». Bien qu'à entendre les rires qui fusent autour de la table, on pourrait le croire encore.

Le dimanche matin, ceux qui le voulaient sont allés à la messe : Simone et Mariette, à laquelle s'est ajoutée, bizarrement, Lou. Hormis à Noël, elle ne va jamais à l'église. Mais là, elle avait quelque chose à dire à Dieu. Elle a écouté le prêtre parler de la résurrection de Jésus. Et elle a pensé à son père, encore plus. Elle a prié pour qu'il guérisse. « Ne m'en veuillez pas si je ne suis pas baptisée. Si vous sauvez mon père, je me baptiserai dix fois », a-t-elle promis à Dieu dans sa tête. Elle est sortie de l'église, fière du devoir accompli, avec plus d'espoir qu'en y entrant. « Moi, j'ai prié pour papa », a-t-elle dit à Mima et à Mariette. Les deux femmes se sont regardées. « Il devrait peut-être aller à Lourdes », a dit la sœur de Jacques. Simone était d'accord. Elle en a touché un mot à Antoine, à leur retour. Il a dit : « N'importe quoi. » Il a eu envie d'ajouter : « Tu attends un miracle ? Je suis fichu, de toute façon », mais il s'est refréné. Il ne voulait pas faire pleurer sa mère.

*

Le week-end a également confirmé le lien entre Antoine et Arnaud. Non seulement ces deux-là ont fait la paix pour de bon, mais en plus ils retrouvent une vraie complicité. Arnaud se dit sans doute qu'entre les années perdues par le passé et les années comptées pour l'avenir, c'est le moment ou jamais de vivre pleinement leur fraternité. Simone constate avec bonheur le rapprochement de ses deux fils. Jacques, aussi, avec moins de chaleur et d'évidence, mais une certaine satisfaction intérieure. C'est très étrange, d'ailleurs, comme il a semblé différent, ces trois jours.

Après leur départ, Antoine dira d'ailleurs à Rose, sur le ton de l'ironie : « Fallait que je tombe malade pour que mon père soit moins con ? » Elle l'a sermonné un peu. Il exagère… Mais c'est vrai qu'elle a senti une différence chez son beau-père. Il était moins renfermé, moins « moi je », plus agréable. On était encore loin du dialogue et d'une réconciliation possible entre père et fils, mais, pour la première fois, le mur entre eux s'était fissuré. Rose avait lu dans les yeux de Jacques une forme de compassion discrète. C'est sûr que les discours sur le travail, l'ambition et la réussite n'étaient plus vraiment d'actualité. On a plutôt discuté petits projets, quotidien et vie en général.

Tout aurait vraiment été parfait si Lou n'avait pas surpris une conversation, le lundi matin, alors que tous la croyaient encore au fond de son lit, selon la légende des grasses matinées adolescentes.

Les hommes étaient partis se balader en longeant le Borne, aux alentours du chalet. Les trois femmes étaient dans la cuisine, à préparer le repas de ce lundi de Pâques.

— Pauvre Antoine… a commencé Mariette. Qu'il est courageux !

— Oh oui, c'est terrible, a sangloté Simone. Mon pauvre fils… Il ne méritait pas ça. Il a déjà bien assez souffert. Quelle injustice… Finir comme ça… Et toi, Rose ? Comment le vis-tu ?

— Oui, c'est dur. Je m'accroche à notre quotidien, je m'attache à vivre l'instant présent, à profiter des joies qui nous sont encore permises, mais je n'arrive pas à m'imaginer sans lui.

— Pourvu que cela arrive le plus tard possible… Quelle horrible maladie, cette SLA, a ajouté Mariette, tandis que Simone ne parvenait plus à parler.

Lou en avait assez entendu. Elle a rebroussé chemin, elle est remontée sans passer par la case petit déjeuner. Elle avait enfin obtenu le nom de cette maladie que son père avait pris soin de lui cacher, sans doute dans le but qu'elle n'entreprenne pas ce qu'elle s'apprêtait à entreprendre : tout savoir, cette fois, grâce à Internet. Elle avait vu ce nom, SLA, il faisait partie des maladies possibles, et c'était sans doute celle qu'elle craignait le plus. Et pour cause. Cette fois, c'était sûr : son père allait en mourir. Mais dans combien de temps ?

Quelques minutes plus tard, elle en savait déjà beaucoup plus. Évidemment trop. Le mince espoir qui lui restait avait été pulvérisé. Elle a envie de hurler. Contre tous, contre les adultes, contre la vie, contre Dieu qui, après lui avoir pris sa mère, allait lui prendre son père.

51

Lui demander

Lou n'a rien dit de ce qu'elle savait désormais. Elle a tenté de digérer la nouvelle, seule dans son coin. Avec le soutien de sa meilleure amie du lycée, Lilou, de Maya et d'Hugo avec qui elle échange par écrit autant que par appel vidéo. Ils sont devenus proches. Des amis. Elle aime sa maturité. Il est une épaule solide sur laquelle s'appuyer. Il arrive même à la faire rire, ce qui n'est pas donné à tout le monde. Il n'empêche… La vie de son père s'écoule trop vite dans le sablier. Lou ne parvient pas à se faire à l'idée. Au fond d'elle-même, une forme de rancœur est revenue. Évidemment que les deux adultes veulent avant tout la protéger, mais, au final, ils font comme avec Hermance : ils ne lui disent pas que le temps est compté, qu'il faut profiter de chaque heure ensemble, puisque le tic-tac est enclenché… un peu comme dans les films catastrophes où l'on voit le minuteur décompter les secondes avant l'explosion de la bombe. Sauf que, là, le temps zéro est inconnu.

La seule chose qui rassure Lou, c'est que son père est toujours debout. Apparemment, les médecins ont parlé d'une évolution plutôt lente. C'est une chance. C'est très variable d'un patient à l'autre. À croire qu'Antoine est chanceux dans son malheur…

*

Antoine a convié Rose à une randonnée. Elle a demandé : « Tu es sûr ? » Il a dit oui. Il était vraiment sûr. Absolument déterminé. Il voulait monter à la Colombière, puis marcher jusqu'au lac de Peyre, sans doute pour la dernière fois. Quitte à finir sur les rotules.

Il marche lentement à l'aide de ses deux bâtons. Tombe parfois, parce que ses jambes fléchissent et ne le portent plus. Mais se relève toujours. Rose souffre de le voir ainsi. Bientôt un an qu'il a ressenti les premiers symptômes, à peu près au même endroit. Drôle de pèlerinage, se dit Rose. Mais elle sait bien ce que ce lieu représente pour lui, pour eux. Depuis le début, depuis l'avant. C'est leur bout de montagne, une extension de leur territoire. Là-haut, tout est à eux. Rose n'arrête pas de se demander si c'est vraiment la dernière fois qu'ils arpentent ensemble ce sentier. Comment pourraient-ils le savoir ?

Elle regarde son homme qui marche devant elle, qui souffre, et elle le trouve courageux. Elle se demande souvent ce qu'il va devenir, ces prochains mois. Quels projets pourrait-il nourrir pour s'occuper les mains et l'esprit ? Elle n'ignore pas qu'il se bat chaque jour pour vivre au mieux, le plus longtemps possible. « Il a la niaque, papa », dit parfois Lou. Rose ne pense pas en ces termes, mais valide l'idée : Antoine, bien que vaincu d'avance, a sorti les griffes et fixe l'ennemi avec un regard de défi, d'un air de dire : « Tu ne me fais pas peur, viens, si tu l'oses. » Et la maladie semble avoir renoncé à avancer. Pour l'instant, elle se tient tranquille… jusqu'à l'assaut fatal ?

Ils finissent par parvenir à leur lieu véritable. Là où ils font une halte contemplative, à trois cent soixante degrés. Là où Rose lui avait donné une bonne leçon (de vie). Là où ils aiment venir ensemble, ou séparément.

Rose pose son sac et se tourne vers le massif du Mont-Blanc. Elle a envie de hurler. De bonheur d'être ici, et de rage. Au lieu de cela, elle inspire profondément, ferme les yeux quelques instants, tous les sens en éveil. Quelques secondes pour tenter d'oublier la cruauté de ce moment. Est-ce vraiment la dernière fois qu'ils se trouvent ici tous les deux ? Elle a envie de le prendre dans ses bras et de l'embrasser. Se retourne enfin vers lui.

Il est à genoux. Son sang ne fait qu'un tour. Antoine est allé au bout de ses forces, il ne peut plus tenir debout. C'était trop. Ils sont complètement fous ! Elle-même a dû perdre la raison. C'était un effort inconsidéré.

Mais le visage d'Antoine contredit ces pensées. Il a les yeux qui pétillent. Il prend appui sur le sol pour ramener sa jambe droite à l'équerre et ne se trouver plus que sur un seul genou, à l'appui sur un pied. Rose ne réagit pas vraiment à la position qu'il a prise. Elle n'y voit qu'une première étape pour se mettre debout. Mais non. Antoine fouille dans la poche de son pantalon et en retire une petite boîte qu'il ouvre et lui tend. Interdite, Rose attend les mots qu'il va prononcer.

— Rose, ma Rose, veux-tu devenir ma femme ? Pour le meilleur et surtout pour le pire ?

Les larmes aux yeux, elle tombe à genoux face à lui et prend sa tête entre ses mains.

— Oui. Oui. Oui…

Elle sème ses petits *oui* comme autant de baisers sur le visage de son homme. Tellement émue… pour le geste, pour le sens, pour le lieu qu'il a choisi. Pour tout ce qu'il ne dit pas mais pour tout ce qu'ils savent. Elle dit oui, pour le meilleur et pour le pire…

Le pire a déjà un visage. Il reste donc à inventer le meilleur.

52

Annoncer la bonne nouvelle

Après ce moment aussi romantique qu'inattendu, là-haut, ils sont redescendus vaille que vaille, à petits pas mal assurés, mais avec des papillons dans le cœur, et Rose en soutien physique. Ils ont discuté du mariage. De comment ils voyaient cette journée, pour confronter leurs souhaits. Ils avaient les mêmes : en petit comité, avec les personnes les plus chères. Un mariage simple, sans chichis. Un joli projet qui allait donner du goût à l'été.

Rose a demandé à Antoine : « Pourquoi ? » Pourquoi se marier, alors qu'il n'en avait pas le désir jusque-là, et pourquoi maintenant ? Il a répondu que la maladie lui faisait porter un autre regard sur l'existence. Qu'elle lui montrait un nouvel ordre des priorités, un autre chemin : celui de l'urgence de vivre. Qu'il voulait aussi préparer l'après et lui apporter une certaine sécurité. Qu'il recherchait du sens dans ses actions, et que rien ne pourrait en avoir plus que d'officialiser leur amour et qu'elle porte son nom – si elle le voulait bien. Quant à la question du « maintenant », si vite… C'était tout simplement lié à sa santé. Il ne voulait pas attendre, ni des mois, ni que sa santé se dégrade. Il voulait l'épouser debout.

*

Ils ont choisi la date : dernier week-end d'août. Les proches seraient revenus de vacances. Ils ont l'été pour organiser les festivités. Et le reste de la semaine pour se préparer à l'annoncer à Lou.

Le week-end suivant, au retour de l'internat, elle est accueillie par des visages plus souriants que d'ordinaire. Plus détendus. Rose et son père ont l'air étonnamment heureux. Si elle avait été optimiste ou naïve, elle aurait pensé que les médecins avaient trouvé un remède miracle et allaient sauver son père. Elle ne dit rien. Elle attend d'en savoir plus.

Quand elle constate que l'apéritif de ce vendredi soir est inauguré par l'ouverture d'une bouteille de champagne et que, ô magie, elle va y avoir droit puisque trois flûtes ont été disposées sur la table basse, elle est persuadée qu'ils ont quelque chose à lui annoncer. Elle attend toujours. Son père semble tout gêné. On dirait un enfant timide. Elle le trouve mignon, bien que presque ridicule.

— Lou, ma chérie. J'ai une grande nouvelle à t'annoncer.

— Sans rire ? Parce que ça ne se voit pas du tout,

là… avec ce cérémonial et vos têtes… Sérieux, P'pa, t'es hyper prévisible…

Antoine feint d'être vexé. Sa fille s'attend-elle vraiment à ce qu'il va lui dire ?

— J'ai demandé la main de Rose…

L'expression datée provoque un sourire chez Lou. Hermance aurait aimé ces mots et être là pour voir ça, assurément.

— Et elle a dit oui ! finit l'ado, coiffant son père au poteau.

— Exactement ! confirme Antoine, un large sourire en travers du visage.

Il se tourne vers Rose, qui lui sourit. Le spectacle de ce bonheur conjugal fait chaud au cœur de Lou. Ils s'aiment tellement… Dire que les jours de leur amour sont limités… Parfois, Lou se dit qu'elle a mal compris. Comment pourraient-ils être aussi heureux en se sachant un jour prochain séparés ? Et pourquoi se marier, alors ? Lou ne comprend pas, mais choisit sa première réaction : elle est très contente pour eux. Elle se lève pour les embrasser chaleureusement et les féliciter. C'est une jolie nouvelle…

Son bonheur à elle serait complet s'ils la rendaient aussi complice des mauvaises nouvelles que des bonnes. Quand la vérité est positive, ils n'attendent pas longtemps pour l'exprimer. Mais pour le reste… elle leur en veut de la laisser, une fois encore, dans une demi-réalité, dans une apparence gris clair alors que le filtre de leurs jours à venir est plutôt anthracite. Il n'y a que le mariage pour apporter une touche de rose, de vieux rose un peu terne. Joli, mais discret. Une touche de rose dans un océan de gris.

Rose remplit les coupes, à moitié pour Lou. Ils trinquent au mariage, à ce beau projet qui les réjouit tous les trois. L'adolescente pose mille questions. La date, le lieu, les invités, la robe de Rose, le menu… Tout y passe. Les réponses sont évasives. Tout est encore à décider !

Rose va s'appeler Rose Dussac. Comme Antoine, comme Lou. C'est comme si elle faisait partie de la famille un peu plus. Du clan.

— Papou et Mima sont au courant ? demande Lou.

— Pas encore. Il n'y a que toi. Nous voulions que tu sois la première à l'apprendre, lui explique Rose, la main dans celle d'Antoine.

Lou sourit. Elle a au moins la primeur de la nouvelle. Pour une fois qu'elle se sent privilégiée et à la place qui lui revient…

*

La nouvelle est accueillie dans la joie. Joie pour les deux amoureux, joie de se retrouver bientôt pour fêter ce moment tous ensemble… Peut-être, au fond des esprits, se cache-t-il un peu d'étonnement ou de tristesse, eu égard à ce mariage qui ne durera pas. Quelle chance Rose et Antoine auront-ils de célébrer leurs noces de cuir ?

53

Être mise au pied du mur

Les grandes vacances ont commencé tôt pour Lou. Avec le bac, les élèves de seconde sont relâchés dès la mi-juin.

Il y a une semaine, elle apprenait la grande nouvelle. Ce week-end, elle est déjà en vacances pour deux mois et demi. L'année scolaire, sa première en dehors du chalet, est passée vite, finalement. Une drôle d'année… Entre les problèmes de santé de son père et ses problèmes de cœur, elle a été servie. Heureusement, l'amitié de Lilou et de Maya, notamment, lui apporte beaucoup. Sans compter Hugo, qu'elle va revoir enfin, pour la suite de leur trek dans les Pyrénées. Elle a hâte. Elle ne sait plus bien ce qu'elle ressent pour lui. Son cœur prenant un malin plaisir à bondir dès qu'elle reçoit l'un de ses messages, elle se dit que leur amitié glisse peut-être vers autre chose… Mais Lou a peur. Ses relations avec les garçons ne sont jamais très simples. Elle a un cœur fragile. Ne voudrait pas qu'il s'émiette par trop d'attentes et trop de déceptions. Elle va revêtir la carapace dont elle a le secret.

*

Antoine et Rose préparent leur mariage avec sérieux, bonheur et motivation. Dans quelques semaines, ils seront mari et femme. Pendant quelques semaines, ils oublieraient presque la maladie et ses réalités. Ils sont sur un nuage, dans une parenthèse de coton. Rose est aux anges. Antoine n'est pas en reste. Cette fois, il participe vraiment aux préparatifs. Lors de son mariage avec Raphaëlle, il s'était laissé guider comme un automate. Il avait laissé les autres (Raph et sa mère en premier lieu) décider pour lui. Il travaillait… Il avait laissé aux femmes le pouvoir de choisir. Là, non. De la liste des invités qui s'allonge à vue d'œil, au choix du restaurant ou des couleurs de la déco, Antoine donne son avis sur tout, argumente au besoin. Il ne veut rien rater de l'organisation. Partie prenante de ce projet qu'il a lui-même lancé, il s'y investit pleinement. Hormis pour la robe et la coiffure de la mariée, il est de toutes les décisions. Pendant quelques semaines, il ne se réveillera la nuit plus seulement à cause de douleurs ou d'angoisses, mais aussi pour répondre à cette grande question : « A-t-on bien pensé à… / n'a-t-on pas oublié de… ? »

*

Lou va passer quelques jours à Reims, chez les parents de sa maman. Elle s'y rend à reculons. Elle va encore s'ennuyer à mourir. Il y a quelques jours, elle a demandé à Antoine s'ils seraient invités au mariage. Elle aurait bien aimé, quand même. Il a répondu : non. Cela n'avait aucun sens. Ils ne cautionnaient certainement pas cette union, et il serait mal à l'aise, lui. Quant à Rose… Non, vraiment, c'était inenvisageable. « Tu as bien le droit d'être heureux », a-t-elle dit à son père, à quoi il a souri. Il avait envie d'ajouter : « Pas de leur point de vue, non. » Et, surtout, il lui reste en travers les dernières paroles de son ex-belle-mère, lorsqu'il lui avait annoncé sa maladie. Passé les mots désolés et compatissants, elle avait cru bon d'ajouter : « Le Seigneur te rappelle auprès de Raphaëlle plus vite que prévu… C'est peut-être un signe. » Il avait eu envie de hurler dans le combiné.

*

Un moment entre parenthèses, entre Reims et les Pyrénées, dans la chambre de Lou.

Rose l'aide à préparer son sac de randonnée, tente d'exploiter au mieux le peu de place disponible pour y loger le maximum d'affaires, pour un minimum de poids… et un maximum d'envies de l'ado. Exercice suffisamment périlleux pour que Rose se batte avec le sac en question, sous les yeux amusés de Lou, qui prennent un éclat grave en un instant.

— Pourquoi tu as accepté de te marier avec papa, si c'est pour être veuve bientôt ?

Rose s'immobilise. Sort les mains du sac, se retourne et s'assoit presque lourdement sur le lit. Elle ne l'a pas vue venir, celle-là…

— Qu'est-ce que tu racontes ? demande-t-elle, sonnée.

— Te fatigue pas, Rose. Je sais tout. Depuis Pâques… J'attendais que vous vous décidiez à m'en parler, mais, apparemment, j'aurais pu attendre longtemps. Je vous trouve lâches.

— C'était pour te protéger… tu sais bien.

— Me protéger de quoi, puisque ça ne changera rien ? Elle a bon dos, la protection. Et vous comptiez me prévenir quand ? Sur son lit de mort ?

— Oh, Lou, ne dis pas ça. Essaie de nous comprendre… Nous avions peur de ta réaction. Nous pensions que ce serait mieux de reporter certaines annonces… pour que tu te fasses à l'idée petit à petit.

— Parce que tu t'y fais, toi, à l'idée que papa va mourir ?

— Bien sûr que non.

Rose baisse la tête et réfléchit. Que dire ?

— Nous n'avons pas d'autre choix que de vivre avec cette idée, et de ne pas gâcher le temps qu'il reste. Et d'être là…

Les larmes aux yeux de Rose n'échappent pas à Lou, qui vient s'asseoir auprès d'elle. Elles ne parlent plus pendant un long moment, dans un temps de communion en suspension. Elles ont des pensées, des larmes, des images en commun… et peut-être aussi déjà l'idée qu'elles sont maintenant comme elles le seront un jour : plus que toutes les deux.

54

Grandir vite

Après cette conversation avec Rose, Lou va voir son père dans le bureau, aux prises avec un problème informatique. Elle lui dit, derrière lui, en guise d'entrée en matière :

— Je sais tout, papa.

Elle n'a pas besoin d'en dire plus. Il comprend le sous-texte. Antoine s'immobilise, puis se lève. Il la prend dans ses bras. Elle se met à pleurer. Il la serre fort et ses larmes coulent aussi. Il n'a pas envie de la perdre. Il ne la verra pas finir de grandir. Il ne connaîtra peut-être pas son métier. Il ne rencontrera ni son mari ni les enfants qu'elle aura sans doute. Sachant qu'il quittera ce monde un jour pas si lointain, il a déjà le sentiment qu'elle lui échappe. Alors que c'est lui qui va partir. Il y a tant de choses qu'ils ne partageront pas, qu'ils ne vivront pas ensemble. Lou pense certainement aux mêmes choses.

Ils restent ainsi, dans les bras l'un de l'autre. Longtemps. Dans un silence plein de ce qu'ils n'osent pas se dire.

La colère qui habitait Lou depuis Pâques se pulvérise d'elle-même. S'effondre en silence. Avoir mis des mots, s'entendre confirmer la terrible réalité, a paradoxalement des vertus apaisantes. À présent, Lou se sent sur un pied d'égalité avec Antoine et Rose. Ils seront dorénavant trois à vivre le quotidien avec la maladie, à partager les bons comme les mauvais moments, à lutter, tout cela en pleine conscience. Avec la gravité du plomb toujours à l'esprit, mais en tentant d'y loger des bulles d'air frais. Comme le ferait un alchimiste : donner au minerai la légèreté d'une pierre volcanique. Oui, à ce stade, il n'y a qu'un but : alléger, pour ne pas sombrer.

Rose l'a dit à Lou : il faut croire encore au bonheur. Elle a toujours eu le don pour apporter de la joie à partir de presque rien. Un joli paysage, une belle lumière, le parfum d'une pivoine, le goût du chocolat noir attrapé avec la langue sur le fouet à pâtisserie, un bon repas, un fou rire qui tire les larmes, respirer à pleins poumons, danser, jouer… Tout cela est encore à la portée d'Antoine. Ce sont ces petites doses de bonheur à pratiquer au quotidien. C'est à cela qu'il faut s'accrocher.

À présent, donc, elles sont deux à vouloir gâter Antoine. Elles se sont donné la mission tacite de faire de sa fin de vie la meilleure et la plus belle qu'il puisse avoir.

*

Lou veut rester auprès de son père. Au point d'annuler son séjour à Reims. Au point d'envisager de renoncer à son trek. Antoine s'est montré ferme : elle ira dans les Pyrénées. Ça lui fera du bien. Et elle aura plein de choses à lui raconter, de photos à lui montrer. Elle a rétorqué : « Il y a les mêmes sur Internet. » Il a répondu : « Je veux voir ce que toi, tu auras vu, de tes yeux vu. » Entre les images du Net et la réalité, il y a un monde en forme d'abîme qui s'appelle « l'expérience », personnelle et intérieure. On ne voyage pas virtuellement... On ne vit pas non plus la même maladie que celle dont on a aperçu des bribes sur le Web. Tout est question de vécu et d'intériorité. Lou doit se rendre dans les Pyrénées. Ne serait-ce que pour elle, pour se ressourcer. Elle en a besoin. Antoine y veillera.

Lorsque Lou quitte le chalet pour son séjour pyrénéen, elle n'est déjà plus la même Lou que celle qui était rentrée du lycée, à la fin de son année scolaire. En cinq semaines, elle a pris trois ans de maturité, semble-t-il. Finies, les portes qui claquent et les réponses qui flirtent avec l'insolence, finis, les changements d'humeur et les mots qui blessent. Depuis que le trio s'est recomposé autour du destin d'Antoine, Lou a beaucoup changé. Dans ses yeux, une gravité qui n'appartient pas à son âge s'est infiltrée. Elle a grandi d'un coup. Elle a définitivement quitté l'enfance. La lucidité lui a ôté toute son insouciance. Elle réfléchit beaucoup, à la vie, à la mort. Elle s'interroge. Alors elle lit des ouvrages philosophiques parfois obtus, à la recherche de réponses. À la recherche de sens ou d'une explication qu'elle n'a pas trouvée avec Dieu… Elle s'est juré de ne jamais être baptisée. Pourquoi irait-elle vers « Lui » alors qu'il la malmène ? Simone lui parle souvent au téléphone d'une épreuve que le ciel leur envoie. Elle ne se départ pas de sa foi, elle. Peut-être par éducation, peut-être par habitude. Peut-être par nécessité de se trouver une bouée de sauvetage. Comme si ses prières pouvaient adoucir la peine ou, mieux, produire un miracle. Lou s'est résignée. Elle n'attend aucun miracle autre que celui des médecins – sans conviction aucune, étant donné la difficulté des recherches et le peu de temps dont Antoine dispose. C'est pour cette raison que Lou veut rester auprès de son père le plus souvent et le mieux possible.

Si elle consent à se rendre dans les Pyrénées, c'est pour deux raisons : parce que son père le veut, et parce qu'elle va revoir Hugo. Pour le reste, les sommets, les lacs, les cascades, elle a toute sa vie pour les connaître.

55

Aller voir la mer

Rose a obtenu quelques jours de congé, « compte tenu des circonstances ». Les deux centres de vacances dans lesquels elle exerce depuis plusieurs années lui ont donné leur feu vert et lui ont trouvé une remplaçante.

Elle était aux anges lorsqu'elle en a informé son futur mari. Ils allaient pouvoir s'échapper. Tous les deux. Pour la dernière fois, peut-être… du moins, avec un Antoine encore valide. Elle lui a demandé son souhait, pour la destination. Il a évoqué *bout du monde*, *Bretagne*, *Finistère…* Il avait envie de voir la mer, d'oiseaux marins, de sable, d'air iodé, de bateaux de pêche qui rentrent au port, de voiliers qui partent au large, de vagues, de phares, et même de tempête. Il avait envie de découvrir la mer d'Iroise dont on lui avait vanté le côté sauvage et brut. Même si l'été ne lui apportera sans doute ni la tempête ni la solitude, il veut se rendre là-bas et arpenter le fameux GR 34 qui, bien qu'il ne soit pas plat, ne déroule pas des centaines de mètres de dénivelées. La marche sera moins un calvaire pour lui, là-bas, même si elle s'annonce quand même ardue. Ses jambes ont encore fondu et peinent à le porter. Il a perdu plus de dix kilos en un an. Antoine sent bien que le fauteuil roulant n'est plus pour dans très longtemps… mais il veut tenir jusqu'au mariage. Il l'a dit, il le maintient : il se mariera debout.

*

Ils ont réservé une chambre dans un hôtel du Conquet. Au départ, Antoine avait envisagé un périple, sur un itinéraire qui les aurait obligés à changer d'hébergement chaque soir. Rose l'a forcé à se montrer raisonnable. Il aurait tendance à vouloir vivre ces vacances en tirant trop sur la corde, pour profiter à fond de cette sorte de voyage de noces anticipé. Mais gare à l'épuisement. Il ne doit pas oublier les prescriptions médicales : du repos, et éviter la fatigue. Ce n'est pas parce qu'il quitte son chalet et son quotidien que tout est différent… La maladie est là, dans ses valises, et il l'emmène avec lui. Elle est devenue son indissociable. Sa locataire indélogeable. Une sangsue. Un vampire. Qui puise dans ses réserves, qui pompe son énergie. Qui va aspirer sa sève, son philtre de vie. Jusqu'à ce qu'il soit vide et sec. Et immobile.

Le trajet s'est bien passé. Un peu long et fatigant. Mais quel bonheur de se retrouver à l'autre bout de ce cher pays, au pays des Bigouden, du Gwenn ha Du, du biniou, des fest-noz, des galettes de sarrasin, du kouign-amann et du chouchen ! Ils ont aimé, dès leur passage par l'Ille-et-Vilaine, tomber par hasard sur des stations de radio bretonnes qui diffusent des gavottes et des *andro* et parlent une langue purement incompréhensible. Et tous ces panneaux bilingues qui rebaptisent toutes les villes de la région. Antoine et Rose se sentent ailleurs en quelques heures. La Haute-Savoie, avec ses sommets, ses chalets, ses vaches et ses fromages est loin derrière eux pour quelques jours. Magie des vacances, magie de ce pays aux paysages si variés.

Leur chambre leur plaît beaucoup. Spacieuse, avec vue sur le port et le phare carré de Kermorvan. L'hôtel est confortable, le restaurant de qualité.

Ils passent une semaine de bonheur indescriptible. Vivent chaque seconde à la puissance dix. S'il n'y avait les béquilles, la claudication et les douleurs d'Antoine, on pourrait croire que la maladie a renoncé au voyage. Dans leurs esprits, une espèce de sérénité. La douceur d'être à deux, l'amour qui les lie, leur mariage qu'ils évoquent très souvent, et ce bonheur fou de contempler les éléments, le phénomène des marées, les paysages qui changent selon les nuages et la lumière, le flux et le reflux de la mer qui écume… Parfois, le spectacle du bonheur des autres leur fait du bien, comme si c'était le leur. Sur la grande plage de Tréompan, assis sur la dune, ils ont aimé regarder longuement un petit groupe de cinq cavaliers en promenade, qui arpentaient la plage à toutes les allures et baignaient leurs montures. Une famille, visiblement. Ils ont entendu leurs cris de joie, leurs rires. Cela aurait presque donné envie à Antoine de monter à cheval, lui qui a toujours eu une sainte aversion pour cette discipline où il aurait eu l'impression de ne rien maîtriser. Les cavaliers ont fini par quitter la plage et passer juste devant eux. Rose les a regardés. Les parents étaient plus âgés qu'Antoine, les enfants des adultes. Un instant, elle a cru reconnaître un visage. Impression fugace mais étonnamment persistante, au fond. Antoine et Rose sont retournés vers leur voiture, au parking. Ils ont croisé un homme avec son Jack Russell sautillant. Ils ont souri. Finalement, ce matin-là, on avait beau être en été, la plage avait été plutôt déserte.

Ils reviennent de cette semaine en Bretagne allégés et heureux. Pendant ces quelques jours, ils ont presque oublié la réalité qui les séparera un jour.

Ils reviennent plus motivés que jamais pour les derniers préparatifs de leur mariage qui aura lieu dans un mois.

Ils reviennent avec l'envie de retrouver Lou. Elle leur a déjà dit au téléphone : « J'ai plein de trucs à vous raconter. » Ils sont curieux... Et surtout, ils ont hâte de reformer leur trio.

56

Fêter l'amour

Ils sont déjà tous là, devant la mairie, nombreux et les sourires imprimés sur les visages, en attendant la voiture des mariés. On se retrouve, on se salue, on échange quelques mots plus ou moins banals, on rit un peu. Simone a déjà la larme à l'œil. Les parents de Rose et Marie-Cécile aussi. Difficile de dire s'il s'agit de bonheur ou de tristesse anticipée. Il y a, il y aura pendant tout le week-end, ce mélange insolite d'émotions contradictoires. Les futurs mariés ont bien insisté : ils veulent de la joie, de l'insouciance et faire la fête… comme pour n'importe quel mariage. Mais c'est facile à dire…

Quand la voiture des mariés arrive sur le parvis de la mairie, qu'Antoine en descend avec une seule canne (il ne trouvait vraiment pas élégant d'être soutenu par deux béquilles) et titube malgré ses efforts, le temps de contourner le véhicule, un vent de malaise s'abat sur l'assemblée. Ses proches comme les badauds le regardent avec une empathie douloureuse. Lorsqu'il ouvre la portière et tend la main pour que Rose la prenne et sorte de la voiture, un silence un peu trop lourd l'accompagne. La future mariée se redresse, lui sourit et l'embrasse. Prend son bras, pour le soutenir. Ils font quelques pas. « Bravoooo ! », crie quelqu'un dans la foule, avec un enthousiasme accompagné d'applaudissements sonores. Aussitôt, les invités imitent Arnaud. De la joie, ils ont demandé, de la joie… Celle de se retrouver tous ensemble en famille et entre amis proches, autour de ce couple magnifique qui s'aime et qui a choisi de s'unir comme pour contrer la mort, lui rire au nez.

Et la joie l'emporte.

Dans la mairie, on exulte bruyamment sous les yeux émus de l'édile qui avait personnalisé son discours pour cet enfant du pays… Même dans l'église, après des larmes à l'écoute des mots d'Antoine, on applaudira les mariés.

D'aucuns pourraient s'étonner qu'Antoine ait accepté de se marier de nouveau devant Dieu, à cause des mauvais coups que celui-ci lui avait réservés. Certes, il aurait pu se contenter d'un mariage civil. Mais non. Pour tout un tas de raisons, il avait préféré s'unir doublement à Rose. Notamment par respect de la tradition familiale et pour l'idée que sa seconde femme méritait plus qu'une sorte de *sous-mariage* par rapport à la première. Lorsque le prêtre a parlé des épreuves qu'ils auront à surmonter, ils ont pensé à L'Épreuve… la leur, connue, identifiée, qui a pour nom « SLA »…

« … jusqu'à ce que la mort vous sépare. »

Simone ne peut retenir un petit cri annonçant de nouvelles larmes. Antoine se tourne vers Rose et elle vers lui. Ils se disent « Oui » avec une gravité sans doute peu commune, sous les regards embués d'une assemblée conquise par la force de leur engagement.

On fête un amour et son sacrifice.

Sur le perron de l'église, les mariés sont accueillis par des pétales de fleurs lancés par une foule en délire. Antoine et Rose sont aux anges et apparaissent plus amoureux que jamais. Ils font plaisir à voir. On pourrait presque envier leur bonheur, si on ignorait qu'il sera de courte durée. Les mariés ont pris le parti de vivre pleinement chaque minute de ce week-end de fête comme ils vivent pleinement chaque minute de la vie qu'il leur reste ensemble : avec une gaieté qui force l'admiration. On les trouve forts et courageux. Lou la première. Elle a rarement éprouvé une émotion aussi intense. Voir s'unir les deux personnes qu'elle aime le plus au monde, c'est merveilleux. Poser avec eux deux, pour les photos sur le perron, aussi. Même si elle a les yeux rouges d'avoir beaucoup pleuré.

Dans la famille d'Antoine, on ne peut s'empêcher de penser à Hermance. Comme elle aurait été heureuse d'assister à cette union qu'elle souhaitait si fort ! Quelle joie doit-elle éprouver aussi, depuis le ciel !

*

Entourés de tous ceux qu'ils aiment, les mariés ressemblaient à tous les mariés… Rose, dans sa robe blanche à l'élégante simplicité, Antoine dans son costume marine (il ne voulait surtout pas de noir), chacun arborant fièrement son alliance et la montrant à qui voulait. On les a vus sourire, rire, être émus… Rien n'aurait pu laisser transparaître qu'ils n'étaient peut-être pas tout à fait des mariés lambda, sauf à deux moments : quand ils n'ont pas ouvert le bal et quand Antoine est tombé, par deux fois, dans la soirée et le lendemain, provoquant un soupçon de malaise et d'inquiétude, voire de pitié – tout ce qu'il déteste. Il a préféré prendre ça à la rigolade, faire diversion par un petit trait d'humour. La joie était relancée. La fête pouvait continuer.

Même si elle était dans tous les esprits, la maladie n'a pas gâché la noce. Surtout, elle n'a pas gagné. Ce mariage sera sans doute la plus belle victoire qu'Antoine aura remportée.

57

Avoir seize ans

Quelques jours plus tard, nous sommes le 7 septembre. Cela fait seize ans, déjà, que Lou est née. Que sa maman est morte, aussi. Cette année, cela résonne plus fort que d'habitude dans son cœur. Dans pas si longtemps (deux, trois, quatre ans ?), Lou aura aussi perdu son père. Elle se retrouvera toute seule. « Faux, lui a dit son père plus d'une fois : il y aura Rose, et le reste de ta famille. Tu ne seras jamais seule. » C'est vrai… Mais comment se résoudre à perdre ce père qu'elle aime tant ? Il lui manquera tout le reste de sa vie. Personne ne pourra le remplacer.

Si le cimetière où a été enterrée Raphaëlle n'était pas si loin, Lou aurait aimé s'y rendre, aujourd'hui. Elle y va de temps en temps, à l'occasion d'une virée à Boulogne, quand ils passent quelques jours chez Cédric et Mélanie… mais moins souvent, maintenant que son père limite les trajets.

Lou n'a jamais abandonné son rituel du 7 septembre.

Même si elle est à l'internat, ce matin, elle va écrire sa carte avant d'aller en cours. Elle a gardé précieusement ses lettres annuelles. Elle ne les a pas relues depuis longtemps, mais elle les sait en lieu sûr et disponibles. Un jour, elle écrira peut-être à son père… Parfois, elle se dit : « Pourquoi attendre qu'il soit mort pour ça ? » Elle pourrait tout aussi bien lui écrire déjà, mais elle ne saurait pas quoi lui dire. Elle préfère se confier à son journal intime, qu'elle a commencé à son entrée au lycée… ou à Hugo. *Coucou, ma Lou. Je te souhaite un très bon anniversaire. Je regrette de ne pas te voir aujourd'hui… Peut-être samedi ? Je t'embrasse fort.* C'est d'Hugo qu'elle a reçu le premier SMS de la journée. Il vient d'entamer son cursus pour devenir guide de montagne, à Thônes, entre Annecy et Le Grand-Bornand. Cette proximité géographique est la bienvenue. Ils ne se sont pas vus depuis leur trek dans les Pyrénées. Ils ont eu du mal à se séparer. Et pour cause : leur amitié très forte s'est muée en quelque chose de plus fort encore. Ils sont ensemble. Lou en a informé son père et Rose dès qu'ils se sont retrouvés après leurs vacances respectives. Au début, Antoine a fait la grimace. Hugo a dix-huit ans, quand même… ça fait un écart d'âge. Lou lui a ri au nez. « On est loin de vos quatorze ans ! » Là-dessus, Rose a hoché la tête, d'un air de dire « touché »… Antoine a tenté de se justifier, arguant du fait qu'un jeune homme de cet âge avait peut-être certaines attentes que ne partageait pas sa fille. Lou a piqué un fard. Elle était à la fois gênée et prise d'une envie de rire. S'il savait… Non, vraiment, son père ne l'a pas vue grandir !

Aujourd'hui, elle a seize ans. Elle en paraît plus, autant physiquement qu'au niveau de sa maturité. Dans sa tête, elle a l'âge d'Hugo. Alors… Alors, elle ose demander à son père, le midi, lorsqu'il l'appelle pour son anniversaire :

— Je n'ai pas spécialement envie de faire une fête, samedi soir, mais j'aimerais bien inviter Hugo pour le week-end… Je voudrais vous le présenter.

Antoine ne cache pas son étonnement. Le leur présenter ? Carrément ?

— Bah oui… Ce serait mon cadeau, c'est lui que je veux ! s'exclame-t-elle malicieusement. Papa, il me manque trop. Et maintenant qu'il vit près de chez nous…

Son père hallucine. Sa petite fille veut lui présenter son petit copain, officiellement. Elle n'a que seize ans ! Il a le sentiment d'avoir raté un chapitre. Un gros chapitre. Est-ce le signe que tout s'accélère ? Est-ce qu'il *devait* voir sa fille amoureuse, avant de disparaître ? Est-ce qu'il va vivre dans un tourbillon ?

— Admettons… commence-t-il à céder.

Sincèrement, que peut-il refuser à sa fille, surtout maintenant, avec les *circonstances* ?

— Tu veux qu'il passe tout le week-end avec nous ?

Au fond, Antoine aurait bien aimé fêter les seize ans de sa fille rien que tous les trois. Il leur reste si peu de temps, si peu d'anniversaires…

— Oui, évidemment !

— Et tu comptes le faire dormir où ?

— Papa ! Dans ma chambre, évidemment… Je ne suis plus une gamine.

— Tu es trop jeune pour qu'on puisse accepter que tu dormes avec un garçon sous notre toit, voyons !

Un garçon ? Lou a envie de sourire. Mais elle lâche plutôt :

— Papa... On a déjà dormi ensemble, si tu veux tout savoir. Qu'est-ce que tu crois ? Pendant le trek, on a troqué notre place dans les tentes. Et puis, ça ne veut rien dire, *dormir ensemble*, hein ? Si tu crains... tente-t-elle de le rassurer.

Elle ne peut le voir, mais Antoine a pâli d'un coup. Non qu'il soit naïf, mais enfin... imaginer que Lou puisse avoir une vie sexuelle le perturbe. Où est sa petite fille ? Lui qui avait peur de ne pas la voir grandir assez avant son départ... cela pourrait ne pas être le cas quand il la voit changer si vite. Va-t-elle prendre cinq ans en deux ? Dix ans en quatre ?

— Je vais en parler à Rose et nous aviserons, pour la nuit, conclut-il. Mais c'est d'accord pour le week-end complet...

— Oh, merci, papa ! crie Lou dans le combiné. Je suis trop contente ! Vous allez l'adorer !

Antoine raccroche, songeur. Sacrée Lou...

*

Après une phase d'observation, au cours de laquelle Antoine a jaugé celui qu'il veut considérer comme son *gendre*, par bravade contre la maladie, on peut dire qu'Hugo a fait bonne impression. Sportif, sérieux et attentionné vis-à-vis de Lou, il inspire confiance très vite. Antoine trouve en lui un autre passionné de montagne. Ils en parlent des heures. Une forme de complicité s'installe si vite entre eux que c'en est troublant… sous les yeux incrédules de Rose et jubilatoires de Lou.

— Je t'avais bien dit que vous alliez l'adorer ! finit-elle par dire à son père, entre deux portes, dans la soirée.

Antoine en convient : chouette garçon. Au point qu'il accorde finalement à sa fille le droit de dormir avec lui… à condition qu'ils soient *sages*. Il a eu l'occasion d'aborder cet épineux sujet avec Rose avant le week-end et ils s'étaient mis d'accord pour aviser *en fonction*. Hugo ayant fait ses preuves et l'unanimité…

58

Reparler d'adoption

Puisque la maladie rend certaine la mort prochaine d'Antoine, puisque Lou n'aura plus de parents, puisque Rose est maintenant sa femme, il repense plus que jamais à l'adoption de sa fille par celle qui l'élève depuis le début. C'est tellement logique. Il serait rassuré. Car, tout comme Rose, même s'ils l'évoquent rarement, et même si Lou est grande et a son mot à dire, il craint que les parents de Raph ne veuillent la récupérer.

Mais, d'abord, Antoine veut être sûr que les deux concernées sont d'accord, puisqu'il s'agit, finalement, d'une adoption mutuelle…

Lou étant à l'internat, il va d'abord trouver Rose. Elle est en train d'étendre du linge, dehors. Il s'avance vers elle, appuyé sur ses béquilles, toujours en boitant. Se pose lourdement sur une chaise du jardin à proximité.

— Viens t'asseoir près de moi, ma chérie, lui intime-t-il avec douceur.

Rose le regarde, étonnée. C'est si urgent qu'elle doit suspendre son activité ? Mais elle obtempère. De toute façon, elle cède à toutes ses demandes – elle céderait à tous ses caprices. Elle n'est qu'amour et dévouement. Alors elle s'assoit à ses côtés. Et lui prend la main, qu'elle caresse instinctivement. Elle ne peut plus s'en empêcher. Il faut toujours qu'ils soient en contact, qu'elle le touche, qu'elle passe ses mains sur sa peau, partout où celle-ci est accessible. Ses doigts le connaissent par cœur, mais veulent toujours s'en imprégner plus. Elle prend ses doses de tendresse comme un élixir de vie qu'elle boirait jusqu'à plus soif. Elle se nourrit de lui, de sa douceur, de son odeur, pour les futurs jours de famine. Pour quand il ne sera plus là. En attendant, elle se gave de lui.

— Je voudrais bien me mettre à genoux, mais je n'arriverais plus à me relever. Alors, imagine-moi... Rose Dussac, consentiriez-vous à adopter ma fille ?

Rose met la main devant sa bouche. Les larmes se jettent spontanément à l'orée de ses paupières. Elle sait bien tout ce que cela veut dire... C'est une nouvelle façon pour Antoine de préparer l'après. Il veut s'assurer que tout se passera bien, que tout aura été cadré. Il veut les protéger. Officialiser l'évidence d'un lien. La maladie lui a donné une bonne raison de se marier, lui qui n'en trouvait pas il y a encore quelques mois. Plus rien ne s'oppose à cette adoption.

Antoine a procédé à des recherches. Lou ayant plus de quinze ans, elle ne pourra pas bénéficier d'une adoption plénière. De toute façon, jamais ses grands-parents maternels n'y auraient consenti. Mais, pour une adoption simple, personne d'autre que Lou elle-même ne pourrait s'y opposer. Elle a plus de treize ans : elle devra donner son accord devant le notaire. Le cas échéant, bien sûr…

— Il n'y a rien au monde qui pourrait me faire plus plaisir, finit par répondre Rose, une fois ses esprits retrouvés.

En quelques microsecondes, elle a revu son parcours avec Lou. La première fois qu'elle l'a vue, ses premiers mois, ses jeux de petite fille, ses éclats de rire, ses facéties, sa tendresse, leur vie à Boulogne, leur aménagement ici… Lou qui patine, Lou qui cuisine avec Hermance, Lou qui construit des cabanes, Lou qui se durcit, Lou qui lui dit « Tu n'es pas mère »… Se pourrait-il qu'elle le devienne finalement, d'une certaine façon, sur le papier ? Rose veut être là pour elle. Autant qu'une mère pour son enfant. Elle veut rester à ses côtés, continuer à la voir grandir et évoluer, devenir une femme, la guider, la protéger si besoin, partager de riches moments. Être là, tout simplement.

*

Le week-end suivant, Antoine demande à Lou de descendre le voir dans le bureau. Il n'a plus vraiment la force et les capacités de monter à l'étage supérieur. Les travaux d'installation d'un ascenseur entre le rez-de-chaussée et l'étage principal ont d'ailleurs commencé. Leur chambre conjugale va être transférée dans le studio, spacieux et facile d'accès. Antoine n'ira sans doute bientôt plus en haut de la maison. Il regrette déjà les discussions qu'il aimait avoir dans la chambre de sa fille, dans son cocon à elle. Il recule l'échéance du fauteuil, mais la vérité, c'est qu'il devrait déjà avoir abandonné ses béquilles.

— Oui, papa ? demande-t-elle avec énergie.

L'air grave de son père tempère aussitôt son enthousiasme. Antoine est convaincu du bien-fondé de sa demande et de cette conversation, mais, comme souvent, il hésite sur les mots à prononcer, la façon de s'y prendre, l'entrée en matière.

— Tu sais que je ne vais pas être éternel, commence-t-il maladroitement.

Lou ouvre de grands yeux, attrape une chaise et s'assoit en face de lui, le temps de trouver quoi répondre à ces paroles bizarres.

— Personne, de toute façon, n'est éternel…

— Tu sais que mes jours sont comptés, c'est ce que je voulais dire, et c'est ce que tu as compris. N'est-ce pas, ma Lou ?

Elle opine du chef avec gravité. Attend la suite.

— Tu m'as déjà fait part de ta crainte de te retrouver toute seule. Et, même si tu ne le seras pas véritablement, tu n'auras en effet plus tes parents. Heureusement, tu es déjà grande.

Une certaine satisfaction ébauche un sourire dans la tête de Lou : enfin, il ne la prend plus pour une gamine…

— Rose, aux yeux de la loi, n'est rien pour toi. Pourtant, elle t'a élevée, elle a toujours été là pour toi. Et, même si elle n'a jamais voulu prendre la place de ta mère, elle a rempli ce rôle du mieux qu'elle a pu.

— Je sais, papa. Rose est super. Je n'aurais pas pu rêver mieux, comme belle-mère.

— Je suis heureux de te l'entendre dire, ma chérie.

Antoine marque une pause.

— Néanmoins, être belle-mère ne lui donne aucune existence administrative ou civile vis-à-vis de toi. Ce qui veut dire qu'elle n'a officiellement ni droits ni devoirs envers toi.

— Je sais, dit Lou en baissant la tête.

— Cependant, elle pourrait changer de statut pour toi, ce qui changerait tout.

Lou lève un sourcil, étonnée.

— Ce que je veux te dire, peut-être un peu maladroitement, c'est que, si tu le voulais, Rose pourrait t'adopter.

Sa fille ouvre de grands yeux.

— Ah bon ? Mais j'ai seize ans ! Je ne suis plus un bébé. Pourquoi seulement maintenant ?

— Parce qu'avant, nous n'étions pas mariés. C'est notre mariage qui rend l'adoption possible, explique-t-il simplement.

Un silence tombe entre eux. Le cerveau de Lou s'agite en tous sens. Des questions se bousculent.

— Je peux te laisser du temps pour y réfléchir. Il n'y a rien d'urgent.

— C'est tout réfléchi, papa, assène Lou avec une conviction évidente.

59

S'adopter réciproquement

Lou avait dit oui.

Antoine avait éprouvé une forme de soulagement un peu idiot : comment aurait-il pu en douter ? L'attachement entre les deux (jeunes) femmes avait été immédiat et n'était plus à prouver depuis bien longtemps. Cette adoption, c'était une confirmation de ce lien par l'évidence. Un papier qui officialiserait cette parenté innée.

Le trio n'avait jamais été aussi uni, mais non sans larmes. Ils allaient être une *vraie* famille, aux yeux de la loi. Rose n'en revenait pas. Depuis deux semaines, elle s'appelait Dussac, et bientôt, elle serait la mère adoptive de Lou. Comme si son vœu inconscient le plus cher se réalisait. Et ce qui dépassait tout, c'était la force de l'envie de Lou, de son côté. Elles s'adoptaient mutuellement. Dans une logique et une cohérence parfaites, mais toujours avec l'idée sous-jacente qu'un jour le trio deviendrait duo… ce duo féminin, ce duo mère-fille qui s'est choisi.

Ils ont beaucoup pleuré, ce week-end-là. Ils ont appelé Simone et Jacques, Anne-Marie et Yann, Marie-Cécile, Mariette, Cédric et Mélanie. Tous les plus proches. Mais pas les parents de Raphaëlle. Ils n'avaient eu aucune envie de mettre la plus petite ombre à ce joli week-end.

Lou est allée avec eux devant le notaire pour officialiser son accord total de devenir la fille adoptive de Rose.

Ils ont préparé la requête qu'ils enverront, après le délai officiel de rétractation, au tribunal judiciaire. Tout cela va prendre un peu de temps. Quelques mois avant que l'adoption soit prononcée, avant que Lou apparaisse sur leur livret de famille, celui qu'ils ont reçu lors de leur mariage et dont Rose pensait avec tristesse qu'il resterait vierge.

Quelque part dans tout cela, Antoine a appelé ses ex-beaux-parents. Il n'avait pas besoin de leur accord pour effectuer les démarches. Celles-ci étaient bel et bien lancées… Cela lui a donné de la force : tout ce qu'ils diraient n'aurait aucune conséquence. Il était dans son bon droit. Il faisait ce qu'il y avait de bon pour sa fille. Qu'ils le veuillent ou non, Rose deviendrait la mère adoptive de leur petite-fille.

Évidemment, cela n'a pas été sans heurts. Évidemment, Marie a poussé des hauts cris. Elle était scandalisée. Antoine, une fois de plus, salissait la mémoire de leur fille ! Pire, il la gommait de sa vie ! Il en était venu à nier son existence, alors que Lou était sortie de son ventre ! Et il voulait la faire disparaître ?!

Évidemment, Antoine ne les a ni convaincus ni calmés… Il a à peine pu en placer une. La conversation n'a pas été longue, mais n'avait que trop duré. Il avait souhaité les mettre au courant. Il n'avait pas à se justifier. Son devoir s'arrêtait là, sa mission était accomplie. Pour le reste, tant pis. Il a tellement d'autres choses à penser, d'énergie à dépenser ailleurs. Il ne va pas se fatiguer plus qu'il ne l'est ni déployer des forces inutiles à vouloir faire la paix avec des gens qui n'en voudront jamais.

Antoine a tout de même informé Lou de la situation. Il s'était jusqu'alors toujours arrangé pour minimiser la haine que ses ex-beaux-parents éprouvaient pour la *remplaçante* de leur fille, mais Lou en avait été de moins en moins dupe, l'âge aidant. « C'est n'importe quoi », a-t-elle jeté. Après plusieurs jours de rumination, elle leur a téléphoné pour leur dire en substance : « JE veux me faire adopter par Rose, parce que c'est elle qui m'a élevée et je l'aime, que ça vous plaise ou non… » Ses grands-parents se sont trouvés sans voix… surtout quand elle les a menacés de ne plus aller les voir. Ils n'avaient peut-être pas compris que, à seize ans, leur petite-fille pouvait faire preuve d'indépendance d'esprit et de révolte.

*

Et puis un jour, c'est officiel : Rose devient la mère adoptive de sa belle-fille. La joie éclate en émotions brutes.

Ils arrivent encore à voir le verre à moitié plein, à vivre du positif, à oublier (ou faire semblant d'oublier) ce qui les attend.

Même si la maladie gagne du terrain.

Même si Antoine, à présent, ne tient plus debout.

60

Plonger

Ils ont célébré Noël et l'adoption en famille, comme prévu. Les cœurs étaient à la fête. On essayait de ne pas trop penser au Noël prochain. Un an plus tôt, Antoine se tenait encore bien debout… et puis ils ignoraient tout de l'implacable réalité. Là, il est assis dans son fauteuil roulant électrique. Ils connaissent son mal, ils savent ce qui les attend à plus ou moins brève échéance. Alors, qu'en sera-t-il du prochain Noël ? Dans quel état sera Antoine ? Comment la maladie aura-t-elle évolué ?

Depuis l'automne, il semble qu'elle s'est accentuée. Comme si Antoine s'était abîmé dans l'énergie vouée à leur mariage et aux démarches pour l'adoption. Ou plutôt comme si, à présent, il relâchait tout, il se laissait gagner par le mal qui le gangrène, a réduit à néant ses jambes et attaque à présent ses bras…

Triste constat. À l'aube de l'année nouvelle, à l'heure du traditionnel bilan de celle qui s'est écoulée,

Antoine penche vers l'abîme. Le meilleur est bel et bien derrière lui. Cette année qui s'achève lui a réservé une terrible nouvelle, une impossible acceptation, mais aussi de vraies joies et de grands bonheurs avec, en double point d'orgue, son mariage avec Rose et l'adoption de Lou. Mais là, que lui reste-t-il à vivre, hormis le pire ? Le fait d'être cloué à son fauteuil a eu raison de son moral. Est-ce un signe de la dégradation qui doit finir par l'emporter cette année ? Du début de la fin ? Sera-t-il, en décembre, assis ou couché dans un lit médicalisé ?

Antoine voit bien le malaise des gens. Qui oserait lui souhaiter « bonne année », alors que c'est peut-être la dernière qu'il va vivre ? Certains, à défaut d'autre chose, ont quand même prononcé ces mots. Comme une obligation. Parce que cela se fait. Parce que c'est écrit dans le contrat du 1er janvier. Parce que, simplement, tous espèrent qu'elle sera aussi bonne que possible… Mais personne, absolument personne, ne lui a souhaité « bonne santé ». Et pour cause, cela aurait été parfaitement déplacé. La bonne santé, c'était avant. Il est condamné, tous le savent avec douleur.

Vraiment, cette année s'achève dans le désespoir.

Même Rose peine à le faire sourire. Elle qui voit toujours le bon côté des choses, du positif dans le négatif, du sens même quand il n'y en a pas, elle ne parvient plus à lui faire voir le verre à moitié plein. Il est à moitié vide et, surtout, le niveau de l'eau baisse dangereusement.

Son moral fait faillite.

Antoine se sent inutile, et comme un fardeau. Il est

devenu officiellement invalide. Cela fait plusieurs mois qu'il a son macaron de personne handicapée. Maintenant, il a intégré la catégorie des personnes à mobilité réduite. Simultanément, il a découvert les déconvenues associées à son état : un accès limité aux lieux publics, l'incivilité, le manque de respect des places de stationnement… et le regard des autres qui change, en un mélange de curiosité, de pitié et de voyeurisme… Tout cela le dégoûte, il a de moins en moins envie de sortir. Son seul plaisir extérieur se résume à rouler en fauteuil sur la route de la vallée qui passe devant le chalet. Parfois, il va au bout, jusqu'au parking. Il regarde le départ des chemins de randonnée, les sommets alentour, la chaîne des Aravis… Il se fait du mal. Il repense à ses marches avec ses groupes, avec Rose et avec Lou, à tout ce qui représentait sa vie d'avant. Et il a envie de hurler. De rage et de désespoir.

Parfois, il voudrait disparaître. Comme ça. Comme par enchantement. Comme si une bonne fée pouvait le dissoudre dans l'air. Et il ne serait plus là. De toute façon, c'est une question de mois… À quoi bon vivre, dans ces conditions ? se demande-t-il parfois. Il peut encore bouger les mains, un peu les bras, mais, un jour, la paralysie s'emparera de lui et le couchera. Il sera une sorte de momie avec des yeux ouverts. Des yeux qui un jour devront parler pour lui car il ne pourra plus prononcer un mot. Le neurologue le rassure en lui disant qu'il n'a encore aucun symptôme de la forme bulbaire de la maladie. Il parle, déglutit, mange, respire encore très bien… mais pour combien de temps encore ? Et s'il peut réaliser ces actions basiques, il y a malgré tout déjà tant de choses auxquelles il a dû renoncer : skier, marcher, s'habiller seul… Autant de deuils à effectuer. Il perd son autonomie. Bientôt, il ne pourra plus du tout faire sa toilette seul. Bientôt, on le fera manger, comme un enfant. Comme un bébé. Il va redevenir tout petit, fragile, complètement dépendant. Il exècre cette idée. Il voudrait s'y refuser.

Rose n'est plus seulement sa femme. Elle est devenue son infirmière, ça y est. Et il n'a plus envie d'en rire. Elle l'entoure de tous ses soins, avec un amour et une patience infinis. Mais il s'en veut de lui infliger ça. Et il ne supporte pas, parfois, ses yeux à elle sur son corps qu'il ne reconnaît plus, faible et chétif… Il n'est plus simplement *diminué*, il est visiblement malade. Il a perdu vingt kilos. Il ne se ressemble plus. Son visage émacié n'a plus de joues, mais des pommettes saillantes qui creusent ses yeux de plus en plus. Souvent, il se donne l'image d'une momie, oui, celle qu'il deviendra lorsqu'il sera alité, enfermé dans son corps comme elle dans ses bandelettes. La SLA fait du corps une prison, il l'avait lu sur Internet. Chaque jour, des barreaux invisibles prennent consistance et se rapprochent de lui. D'ici quelque temps, ils seront tout contre lui, ils le toucheront au point qu'il ne pourra plus bouger. Voilà son destin…

Face à lui, face à la maladie qui s'accentue, Rose s'efforce de tenir. En l'absence de Lou, elle fait bloc toute seule. Elle a bien compris qu'Antoine voit en noir, qu'il baisse les bras. Elle ne voudrait pas qu'il capitule. Souvent, elle repense aux derniers mois, quand il avait encore un peu d'allant – au moins moral. Les vacances en Bretagne, leur mariage, tous ces beaux moments l'avaient motivé et lui avaient apporté un semblant d'énergie. Il avait de quoi penser, de quoi se changer les idées, de quoi se réjouir…

Le constat est évident et amène à une conclusion tout aussi évidente : il faut trouver un nouveau projet à Antoine.

61

Lui insuffler le désir

Au creux de l'hiver, Rose fatigue. Elle travaille encore, pour reculer le plus longtemps possible le moment où elle devra se mettre en congé. Alors, avant et après sa journée de travail, elle s'occupe du chalet, elle prend soin de son mari. Mais elle fatigue.

Elle met tout en œuvre pour n'en rien laisser paraître. Et jamais elle ne se plaint. Elle se force à tenir. Pour Antoine, pour Lou.

Sa mère, pas dupe, s'inquiète. « Tu ne tiendras pas longtemps à ce rythme. » Marie-Cécile, aussi : « Tu vas y laisser ta santé. Un seul, ça suffit… » Même Simone, sa belle-mère, consciente de tous les efforts de sa bru, ne réprime pas quelques conseils. Finalement, par le truchement de ces trois-là, et sans qu'Antoine et Rose s'en doutent, une solidarité familiale s'organise. Il n'est plus question de laisser Rose « tout gérer ». Elles mettent en place un planning via une application sur Internet, avec un appel aux proches : que ceux qui veulent donner de leur temps et aider le trio se fassent connaître ! Un roulement se met naturellement en place. Le double but : seconder Rose et offrir de la compagnie à Antoine dans la journée. Évidemment, il n'est pas question de les envahir et de ne plus les laisser en famille. On leur cédera les week-ends, avec Lou. Mais l'idée est bien celle-ci : que chaque semaine, ils aient une compagnie aidante… et un peu de vie. Il faut tenter de remettre de la joie et de l'activité dans le chalet qui s'est endormi depuis les fêtes. C'est fini, le temps où le couple vivait replié sur lui-même. En outre, Rose n'est pas la seule à vouloir *profiter* de la présence d'Antoine le temps qu'il lui reste.

Alors, dès le début du mois de février, c'est une succession de membres de la famille et d'amis qui prend place dans le chalet : parents d'Antoine, parents de Rose, Marie-Cécile, Fanny, Cédric et Mélanie, Arnaud et Géraldine… Jamais plus de deux personnes, pour ne pas fatiguer Antoine et produire un effet contraire à ce qui est escompté.

Passé l'étonnement (et la suspicion d'Antoine), les Dussac s'habituent vite à cette présence supplémentaire. Rose parvient à souffler, à se reposer un peu, à profiter des soirées, à s'occuper plus de son mari que de la cuisine…

Antoine retrouve le sourire malgré lui. Comme il est bon d'être bien entouré ! Son père est aussi maladroit avec lui, voire plus, mais il est là. Cela n'aurait pas été le cas, à une autre époque. Parfois, il se demande s'il est venu de son plein gré ou forcé par Simone… Mais peu lui importe la raison. L'essentiel, c'est qu'il soit présent. Alors qu'il a été absent presque toute sa vie. Peut-être qu'après tout, il n'est jamais trop tard…

*

— Tu sais, mon amour, ce n'est pas parce que tu es en fauteuil que tu ne peux plus rien faire, a dit Rose, un soir de janvier, en se glissant dans le lit au côté d'Antoine après l'avoir couché.

Il l'a regardée avec étonnement.

— On dit toujours aux cavaliers qu'il faut remonter en selle quand ils sont tombés. Le plus tôt possible, dès après la chute.

— Euh… oui. Je ne vois pas trop où tu veux en venir. C'est une métaphore ? En même temps, depuis que je suis dans mon fauteuil, je ne tombe plus…

— Certes, mais tu ne fais presque plus rien non plus. Alors qu'il y a des tas de possibilités d'activité pour les personnes à mobilité réduite. Tu te comportes comme si ta vie était foutue, que tu étais voué à rester enfermé ici, alors que c'est faux.

— Ah bon, ma vie n'est pas foutue ? Tu as vu dans quel état je suis ?

Rose a fait non de la tête. Antoine s'obstinait à ne voir que le verre bientôt vide.

— Qu'est-ce qui te manque, dans tes activités d'avant ?

— Tu le sais bien, voyons, Rose. Le ski, la randonnée, être dans la montagne…

— Eh bien, justement, le handiski, ça existe ! Je me

suis renseignée… Il suffit d'avoir le matériel adéquat. Il y a des équipements très sophistiqués. Accompagné, tu pourrais de nouveau aller sur les pistes !

Antoine a écouté son enthousiasme. Elle avait les pupilles brillantes. Un ton de passion dans la voix. Quand elle est comme ça, elle lui rappelle les premiers temps où il la côtoyait. Elle avait le don de le secouer avec douceur, de lui faire entrevoir ce que ses yeux ne voulaient pas percevoir, par fatalisme ou *blasitude*. Quand elle était comme ça, elle retrouvait son côté fée… Quand elle était comme ça, il savait encore plus pourquoi il l'aimait et l'avait épousée.

— Mouais… admettons. À voir. Mais, pour la rando, tu peux oublier. À moins d'être porté, c'est impossible.

— De toute façon, on est en hiver. On va se concentrer sur le ski. Je veux te voir dévaler des pistes, mon chéri !

Il a éclaté de rire. Elle a encore réussi à le convaincre. Elle est venue se lover contre lui. Lui-même ne peut plus prendre ce genre d'initiative, étant donné qu'il peine à se mouvoir dans le lit. Il lui a caressé le dos. Dans son esprit, il a mal de se dire qu'un jour, il ne pourra même plus effectuer ce petit geste. Parfois, la douleur morale dépasse la douleur physique.

— Et si tu devais faire une grande randonnée, un jour, en étant porté, ce serait laquelle ?

Antoine n'a pas réfléchi longtemps :

— Bizarrement, je n'ai jamais fait le TMB. Si j'ai un grand regret, en dehors du fait que je n'ai jamais réalisé de trek à l'étranger, c'est celui-ci. Randonner au Népal ou dans la Cordillère, c'était du domaine des rêves. Faire le tour du Mont-Blanc, c'était accessible et, pour être honnête, je l'avais mis au programme de l'été dernier, sauf que… enfin, tu vois : la maladie m'a coupé dans mon élan.

Il s'est arrêté de parler, parce qu'il était d'un coup tenté de se lamenter sur son sort. Comme Rose n'aime pas trop ça, il a discouru en silence, sur le mode « la maladie me prendra tout, elle m'a volé mes projets et mes rêves, elle aura ma peau et jusqu'à mon souffle ».

62

Se lancer dans des projets

La vie est faite de désir, d'envies, de projection dans l'avenir. Sinon l'esprit se meurt. Et le corps s'assèche. Celui d'Antoine souffre dans sa chair, mais il peut le réveiller. Rose en est convaincue. Il lui faut de l'action, des projets, de l'oxygène. Il veut de la montagne ? Il veut retrouver les joies de la glisse, le grand air des sommets alpins ? Elle va les lui servir sur un plateau. Pas la version « clé en main », non. Elle veut simplement lui offrir le tremplin, l'élan pour qu'il décolle et se relance. Elle veut retrouver son battant de mari, son sportif déterminé. Il en a le potentiel. Il faut juste qu'il retrouve la niaque de Lou, l'envie de se dépasser, le désir d'aller de l'avant, le goût de l'effort. Le bonheur, ça se mérite. Il doit aller le chercher, et arrêter de se focaliser sur la maladie qui l'entraîne vers la fin… Il faut qu'il retrouve la rage de vivre et qu'il déguste de nouveau chaque moment, plutôt que de se morfondre et de gâcher ce temps si précieux qu'ils peuvent encore partager à deux, à trois, à bien plus, même.

Alors cet hiver, grâce à leurs invités aidants et à des moniteurs spécialisés, il reprend le chemin des pistes. Il retrouve la joie de revêtir une tenue de ski (on lui en a acheté une neuve du fait de ses kilos perdus), de remettre sur son nez des lunettes de soleil catégorie 4, les seules qui permettent de ne pas souffrir d'éblouissement, quand l'astre tape sur la neige. Il n'est pas déçu de devoir renoncer à enfiler les grosses chaussures… Il n'en aura pas besoin : son siège sera sur des skis, lui aura aux pieds des après-skis, tout simplement. Antoine se réapproprie aussi les petites habitudes, les gestes… Monter sur un télésiège lui fait un bien fou. Et descendre à ski… Quel bonheur ! Même si ce n'est pas lui qui skie, mais le moniteur qui le guide derrière la *machine*, il ressent la joie de la glisse, le bonheur des virages, le souffle sur son visage, la vitesse qui grise. Oui, il retrouve un peu toutes ces sensations. Et le spectacle continu de tous ces gens qui montent en téléski puis descendent, des pros de la glisse, des débutants qui s'accrochent à la piste en chasse-neige, des enfants qui ne maîtrisent pas leur vitesse… Il sourit. C'est bon de revoir tout ça.

Alors, il prend une sorte d'abonnement. Il va ainsi aller skier deux à trois fois par semaine, jusqu'à la fin de l'hiver. Pas plus ! a sermonné le kiné. Antoine a voulu rétorquer : « Si ça me fait du bien à la tête, ça ne peut que faire du bien à mon corps ! »

*

Le ski, c'était une occupation, une simple activité. Rose avait en tête un projet bien plus ambitieux. Elle a vu, sur Internet, des défis, des projets un peu fous, qui amènent des malades et/ou des personnes handicapées à enfiler des kilomètres sur route, gravir des montagnes ou traverser des océans… Elle a eu une révélation : c'était quelque chose comme ça qu'il fallait à son sportif passionné de mari. Il regrettait de ne jamais avoir fait le tour du Mont-Blanc ? Eh bien, elle allait tout mettre en œuvre pour que ce soit possible. Et comme la montre joue contre eux, il faut rapidement tout organiser pour l'été qui arrive.

Très vite, elle fait part de son idée. D'abord à Lou, évidemment. Laquelle s'enthousiasme immédiatement et en parle à Hugo, qui se trouve catapulté dans le rôle de *personne ressource.* Puis à Arnaud, qui tient à faire partie de l'aventure. Puis à Cédric, qui devra se remettre sérieusement au sport s'il veut envisager de s'associer physiquement au projet. Mélanie propose tout un plan de communication : création d'un site Internet, d'une page Instagram, d'une cagnotte en ligne pour que leurs soutiens proches ou anonymes puissent participer financièrement au projet et le rendre possible.

Très vite, Antoine est mis au parfum. Il est tellement touché que tous se mobilisent pour lui, pour adoucir ses jours et lui donner le sourire… Alors, seul et avec les autres, il étudie des cartes, les possibilités de parcours, les dénivelées, les passages qui s'annoncent délicats pour leur convoi. Plus de cent soixante-quinze kilomètres de marche et dix mille mètres de dénivelées… Raisonnablement, il leur faudra prendre l'option longue : dix jours.

Très vite, tout se met en place. Un ex-collègue guide de montagne d'Antoine, Jean-François, propose de les accompagner. Il prend part à l'organisation générale (transport, hébergement, matériel). Il est tellement heureux de pouvoir se rendre utile, de faire ce geste pour Antoine, qu'il a toujours beaucoup estimé.

Très vite, le projet prend forme. La solidarité, incroyable, va lui donner vie. La cagnotte gonfle à vue d'œil. Jacques a déjà dit à Simone qu'il donnerait le complément. Ce projet se concrétisera. Il aurait tout payé, d'ailleurs, s'il n'avait pas eu peur d'être pris pour celui qui, grand prince, étale son argent aux yeux de ceux qui voulaient aussi faire acte de générosité. Chacun donne selon ses moyens, c'est mieux ainsi.

La neige a disparu, et le printemps file à présent vers l'été. En ligne de mire, le tour du Mont-Blanc. Rose avait raison : ce projet a regonflé Antoine à bloc. Il a retrouvé goût à la vie, il rit, il se voit déjà au départ, aux Contamines-Montjoie. Il se voit avaler les cols, dévaler les vallées. Il se voit avec Lou, avec Rose, avec les autres, partager des moments forts ensemble, des moments d'efforts, de joies, de rires… et même de douleur.

Ce sera une nouvelle bataille à mener contre (ou plutôt avec) la maladie. La dernière, peut-être ? La dernière qu'il remportera, certainement.

63

Prendre de la hauteur

Ils sont partis, le cœur vaillant. En plus du trio et de Jean-François, Hugo, Cédric, Arnaud et Géraldine sont de l'expédition.

Simone, Jacques, Mariette et Régis ainsi que Mélanie avaient tenu à les accompagner jusqu'à la ligne de départ. Ils les attendraient au même endroit à l'arrivée. Pendant la randonnée, c'étaient à eux que revenait le devoir de communiquer sur l'aventure en mettant à jour le site Internet et le compte Instagram. Ils voulaient moins vanter la force du groupe et le courage d'Antoine que parler de la SLA, pour que la maladie soit mieux connue, pour interpeller les pouvoirs publics sur la nécessité de financer la recherche. Comme d'autres avant eux. Comme d'autres le feront après eux. Un défi de plus pour troubler le silence autour des maladies rares. Pour qu'on ne les oublie pas. Pour qu'on n'en parle pas uniquement le jour du Téléthon…

Ce furent dix jours complètement fous. Intenses, forts, extrêmes, lors desquels chacun a tout donné. Antoine, juché sur sa Joëlette, une sorte de chaise à porteurs munie d'une roue au centre, n'a pas eu à marcher, mais a beaucoup souffert quand même... dans sa chair comme dans son esprit. Malgré son poids réduit et le carbone de son équipement, il fallait le porter ! Le sentier étant pentu, ardu, technique, il a fallu, pour les porteurs, puiser dans une énergie folle. Les hommes avaient beau se relayer, c'était difficile. Rose, Géraldine et même Lou ont souvent tenu les guidons sur les passages plus plats qui permettaient de faire rouler Antoine.

Le parcours a été un périple, par moments une véritable épreuve. Il fallait les voir, dans les raidillons, porter Antoine qui n'avait pas la force de s'accrocher à eux... tout en essayant de se hisser tout de même. Heureusement, il portait un baudrier et ils avaient des cordes.

Ils ont franchi la frontière italienne, sont passés en Suisse avant de revenir en France.

Chaque fin d'après-midi, il fallait atteindre le refuge où Jean-François avait réservé des couchages. Certains jours, ils accusaient un sacré retard, mais toujours ils sont parvenus à bon port. Rincés, harassés, mais heureux. Chaque nouvelle étape représentait un défi, chaque arrivée tenait du miracle. Il y avait de quoi être satisfait. Et un peu fier, aussi.

À la fin, ils auraient tous mérité une médaille. Au lieu de ça, surprise ! La télé régionale les attendait, avec Simone, Mélanie et compagnie, grands sourires aux lèvres. Ils n'avaient peut-être pas marché, mais ils avaient réussi leur mission « communication-sensibilisation autour de la SLA » haut la main. Il n'y avait pas que le *Ice Bucket Challenge* pour faire parler de cette maladie…

« C'était de la folie », a résumé Simone, qui avait eu des suées pendant dix jours chaque fois qu'elle recevait les photos et les vidéos quotidiennes. Elle s'est même demandé si elle reverrait Antoine vivant. Elle l'a serré très fort, à l'arrivée. Et Arnaud aussi. Et Rose. Et Lou. Tout le monde, en fait. Même Jean-François. Comme s'ils avaient tous risqué leur vie.

Mais les visages contents et sereins étaient à eux seuls une belle récompense. Surtout celui d'Antoine. Jacques en a eu les larmes aux yeux. Jacques ! Qui s'est lancé dans un discours admiratif qui aurait pu se résumer à « Bravo, c'est magnifique, ce que vous avez fait ». Antoine, pour la première fois de sa vie, d'aussi loin qu'il se souvienne, a souri à son père d'un vrai sourire. Franc et sincère. Et Jacques, peut-être gagné par l'émotion, l'a pris dans ses bras. Il aurait sans doute voulu trouver d'autres mots, plus personnels, mais ils ne sont pas sortis de sa bouche. Pour autant, cette étreinte et ces sourires, qui n'ont échappé ni à Simone, ni à Arnaud, ni à Rose, représentaient déjà beaucoup.

Ils sont tous rentrés au Grand-Bornand, ensuite, au son des anecdotes et des fous rires. La sueur et la douleur déjà presque oubliées, il leur restait le meilleur : la force du groupe, la solidarité, le dépassement au service d'une noble cause, la satisfaction d'être allés au bout ensemble, la complicité d'un groupe qui n'oublierait jamais ce qu'il a vécu ce mois d'août-là.

*

Une fois chacun rentré chez soi, une fois la liesse et la fierté retombées, Rose s'inquiète : Antoine, en l'absence de nouveaux projets et malmené par une fatigue inhabituellement intense, ne va-t-il pas être gagné de nouveau par la déprime ?

Étonnamment non. Galvanisé par ces moments incroyables, empli d'une gratitude énorme, il n'aspire qu'à se reposer. Il ne semble pas descendre de son nuage. Parfois, il regarde les vidéos, les photos. Mais, le plus souvent, il n'en a pas besoin : il retourne là-bas virtuellement depuis son fauteuil. Il s'évade… Il se revoit, avec son équipe, dans l'effort, et il baigne encore dans les paysages. Comme il a aimé tous ces moments ! D'avoir renoué avec une dimension sportive, d'avoir partagé cette aventure avec sa femme, sa fille, son gendre (qu'il considère vraiment comme tel un an après leur rencontre), son frère, son meilleur ami… Il est revenu renforcé. Il a retrouvé une âme de gagnant, de guerrier. Et aussi une forme de sérénité.

Peut-être en vient-il à accepter sa condition d'homme mortel. Et d'homme malade. Il a bien vu, partout où ils sont passés, sur les sentiers, dans les refuges : les regards portés sur lui n'étaient plus ceux de la rue, chargés de pitié. C'étaient des regards admiratifs. Antoine forçait le respect. Comme tout le reste du groupe.

Après avoir vécu cette expérience aussi folle que riche, Antoine est traversé de pensées qui l'étonnent lui-même. Il se sent étonnamment en paix. Comme s'il avait effectué un voyage spirituel. « Maintenant, je peux mourir tranquille », pourrait-il presque dire.

64

Parler de la mort

Antoine progresse dans l'acceptation de son destin. Il pense à la lutte finale, avec un mélange de peur et de détermination. Il pense surtout à l'après… Que lui reste-t-il à accomplir pour que tout soit prêt ?

Rose a noté l'évolution de l'état d'esprit de son mari au cours des dernières semaines. Elle le voit, elle le sent dans une infinité de petits signes. C'est ce qui lui donne un jour le courage d'aborder ce sujet, enfin. Alors qu'ils profitent d'un coucher de soleil dans le jardin, enroulés dans le même plaid, sur la balancelle, elle ose :

— Il faudrait que tu me dises, un jour, ce que tu souhaites… pour… enfin, tu vois… tes dernières volontés… On n'en a jamais parlé. Ce serait bien que je sache ce que tu veux… d'un point de vue médical… pour la cérémonie… pour après… On n'en a jamais parlé, répète-t-elle, le souffle court.

Antoine prend le temps de réfléchir. C'est vrai, ils

n'en ont jamais parlé. C'est assez étrange, puisqu'ils savent sa maladie fatale. Il ne connaissait pas les dernières volontés de Raph… Normal, ils avaient vécu comme des immortels. Ils croyaient leur mort lointaine, floue, hors sujet. Ils se voyaient vieillir ensemble. À quoi bon parler de *ça* ? Les parents de sa femme avaient cru les connaître à sa place, il s'était incliné. De toute façon, il n'avait la force de rien. Il les avait laissés décider de tout. Là, il s'agit de lui, sa mort est certaine et se rapproche. Alors, oui, c'est peut-être le moment d'en parler… lui qui y pense de plus en plus.

— Je ne veux pas d'acharnement thérapeutique, lâche-t-il.

Il est tenté de dire qu'il ne veut pas souffrir, mais ça ne sert à rien : il souffre déjà, et il va souffrir de plus en plus. Il sait comment tout cela se terminera…

— Je veux qu'on me laisse partir et, le moment venu, pouvoir bénéficier de la sédation. Quand je serai en soins palliatifs… évidemment.

Rose ne retient pas les larmes qui affluent.

— Tu sais que tu dois rédiger des directives anticipées… pour que les médecins connaissent tes volontés si tu n'es plus en état de parler.

— Oui, il faut que je le fasse. Tu viendras avec moi, chez le docteur Gidoin ? Il me faut deux témoins, et puis, comme ça, tu écriras à ma place.

Rose acquiesce. Cela fait deux mois qu'Antoine ne peut presque plus écrire. Ses doigts peinent à former les lettres, cela lui prend un temps infini. Bientôt, il ne pourra plus tenir un crayon.

— Et sinon… se force-t-elle à continuer.

Antoine voudrait se tourner vers elle, mais son corps n'obtempère pas vraiment. Pourtant, il l'invite à poursuivre. Le sujet est loin d'être clos.

— Enterrement ou crémation ? demande-t-elle sans avoir eu la force de mettre les formes dans sa phrase. Et si tu préfères une cérémonie religieuse, est-ce que tu veux être enterré ici ou bien à Boulogne, à côté de Raphaëlle ?

S'il en avait eu la force, il aurait pris Rose par les épaules et aurait planté ses yeux dans les siens. Quelle idée absurde… Pourquoi voudrait-il dormir pour l'éternité aux côtés de Raphaëlle ? C'est Rose qui est là, à ses côtés, c'est avec Rose qu'il vit un immense amour depuis des années, c'est Rose qui va l'accompagner jusqu'à son dernier souffle… Raphaëlle appartient à sa vie d'avant. Pour sa vie d'après, il voudrait être auprès de Rose. Mais…

— Je voudrais être incinéré, finit-il par dire.

— Ah. D'accord…

— Et je te laisserai, à toi, le soin de décider où tu déposeras mes cendres. Je sais que tu feras le bon choix, de toute façon.

— D'accord, murmure-t-elle en le serrant plus fort.

Rose réprime un frisson. Il fait frais, en cette fin septembre. Le ciel a perdu ses couleurs et s'assombrit pour laisser le soin aux étoiles de le percer en des millions d'endroits. Ils se taisent. Contemplent la voûte céleste, chacun dans ses pensées.

*

Après cette discussion, Antoine a rédigé ses directives anticipées pour le moment où… Ses souhaits ont été placés dans son dossier médical partagé. Les médecins sauront.

Depuis, Antoine pense encore plus à sa fin de vie. À sa mort. À sa maladie qui le tue à petit feu. Quel avenir est le sien ? Il continue régulièrement ses visites sur Internet. C'est sa manière à lui de se préparer à ce qu'il appelle « la dernière phase ». Celle où il sera couché, assisté pour respirer, peut-être trachéotomisé, branché. Celle où la paralysie aura pris possession de tout son être, sauf de ses yeux… et de son cerveau.

Dans son malheur, il a de la chance : il bénéficie d'une forme de la maladie à évolution assez lente, malgré tout. Toujours aucun symptôme de la forme bulbaire. Il appréhende tellement l'apparition de ceux-ci, mais préfère s'obliger à ne pas trop y penser… par peur et par superstition.

Il ne veut pas de cette dernière phase. Il ne veut pas finir comme ça. Il ne veut pas *vivre* ça.

65

Faire part de cette décision

Le feu crépite dans la cheminée en ce frileux soir d'octobre. Antoine est dans le salon, à regarder les bûches incandescentes, les flammes qui dansent. Plongé dans ses pensées. Rose va bientôt arriver avec le petit plateau habituel, les deux tasses, la boîte à infusions, le sucrier, les chocolats. C'est leur petit rituel. Leur moment doux de fin de journée.

Arnaud est là-haut. Il est monté de bonne heure pour les laisser tranquilles. Il travaille sur son ordinateur portable et rattrape le retard qu'il a pris dans la journée passée avec son frère. Ou peut-être qu'il téléphone à Géraldine, restée chez eux, car elle est bloquée par son travail. Les habitudes prises l'hiver dernier perdurent.

Rose place la tasse dans la main d'Antoine. Son coude est maintenu à hauteur de sa bouche par un support en plastique. Il tient à boire seul, mais cela aussi devient difficile. Il fait souvent tomber son verre… devenu gobelet incassable. Il ne peut plus, non plus, couper sa viande. Tenir sa fourchette sera un jour impossible. Ce qui signifie qu'on le fera manger. Il ne s'y résout pas. Il a accepté la maladie, il accepte sa mort, il n'accepte pas *ça*. La déchéance…

— On pourrait commencer à réfléchir aux dix-huit ans de Lou ?

Rose tient à continuer de faire des projets. C'est un moyen de mettre du peps dans leur vie.

— C'est dans plus de dix mois… s'étonne Antoine malgré tout.

— Je sais bien, mais ça ne nous empêche pas d'y réfléchir ! On pourrait organiser une fête. Il faut marquer le coup ! s'exclame-t-elle avec un enthousiasme un peu forcé.

— Je ne suis pas sûr de les voir, ses dix-huit ans, assène Antoine d'un ton morne.

Rose encaisse la violence du coup. C'est la première fois qu'il évoque une échéance courte, qu'il envisage de manquer un événement. Il baisse donc les bras ?

— Tu n'as pas le droit de dire ça, soupire Rose. Tu vas continuer à te battre. Comme tu le fais depuis le début ! Et ça ira. Ton corps ne t'abandonnera pas d'ici là !

Le ton convaincu de sa femme donne à Antoine la force de sourire.

— Mon corps ne m'abandonnera pas, non… mais moi, oui.

— Quoi ? s'écrie Rose, incrédule. Tu veux abandonner ?

— Je n'irai pas jusqu'au bout, Rose.

Elle se place en face de lui, sur un tabouret surélevé, de manière à ce que leurs yeux soient à la même hauteur. A-t-elle bien compris ?

— Qu'est-ce que tu veux dire, mon chéri ? Dis-moi que j'ai mal compris.

— Je n'aurai pas le courage ni la force de vivre la dernière phase, Rose… Je ne veux pas devenir ça, je ne veux pas souffrir pour rien. Je ne veux pas vivre allongé. Je ne veux pas ne plus pouvoir te parler. Je ne veux pas ne plus pouvoir manger, respirer. Je ne veux pas finir en soins palliatifs. Je ne veux rien de tout ça.

Une tristesse incommensurable envahit les yeux de Rose.

— Et donc ? parvient-elle à articuler.

— Je veux bénéficier d'une aide médicale à mourir. J'irai la chercher où il le faudra.

Le ton d'Antoine, ferme et déterminé, démontre à lui seul à quel point il est convaincu du bien-fondé de sa volonté. C'est vrai… Cela fait des jours, et même des semaines, qu'il y pense quotidiennement. Au début de la maladie, il avait lu sur Internet des témoignages de personnes qui avaient pris cette décision, mais il n'y avait pas vraiment prêté attention. Il était confiant dans ses forces, et, surtout, les dernières étapes de la maladie lui semblaient loin. Il ne pensait pas à cette solution, mais elle était restée tapie dans un coin de son esprit, comme une porte de sortie possible. Depuis, il a vu, il a écouté ces hommes et ces femmes ayant décidé de quitter le navire avant le naufrage. Il a constaté leurs différences dans le choix du moment… chacun avec ses forces, chacun avec ses faiblesses, chacun avec ses convictions, chacun avec sa douleur et sa tolérance. Qui peut juger du moment opportun ? Ils ont une maladie incurable, où aucun espoir n'est permis. Tous n'ont pas l'envie de repousser les limites de la mort. Quelles souffrances et quels renoncements, pour quelle qualité de vie ? Il a vu, aussi, les guerriers, les courageux – l'élite des malades, en quelque sorte –, qui vont jusqu'au bout en regardant la mort droit dans les yeux jusqu'à ce qu'elle les frappe, à l'occasion d'une dernière détresse respiratoire. Antoine les trouve admirables. Mais lui, non, il ne veut pas de ça.

— Tu veux nous abandonner, constate Rose, en larmes. Lou et moi, tu veux nous quitter encore plus tôt !

— Pas du tout… C'est tout le contraire. Je veux simplement vous épargner le pire. Qu'on ne vive ensemble que le meilleur et qu'on s'abstienne du facultatif. Quand je serai couché et réduit à néant, dis-moi quel sera mon intérêt à vivre et votre intérêt à me voir dépérir ?

Antoine poursuit, donne ses arguments, cite des exemples. Il refuse cette fin de vie horrible et toute tracée. Pour lui et pour elles. Du pire qui l'attend, il ne veut que le meilleur.

66

Tenter d'encaisser

Rose se souviendra toute sa vie de cette soirée.

Après leur discussion glaçante au coin du feu, elle n'a pas dormi. Évidemment. Antoine est parvenu à trouver le sommeil, lui. Comme soulagé. Elle n'en revenait pas de cette sorte de sérénité qu'il avait tout à coup, et de sa décision qu'elle avait tendance à trouver aussi lâche qu'égoïste… Son sportif de mari, qui lui avait prouvé bien des fois son courage et sa pugnacité, avait rendu les armes. Sans honte. Au contraire. Il était presque fier de ce qu'il considérait apparemment comme un acte fort, voire citoyen… Politiquement incorrect, engagé – en alertant les médias et l'opinion, par exemple. Pour que les lignes bougent, pour qu'un jour en France on puisse être libre devant la mort. Il voulait faire partie de ceux qui réclament haut et fort le droit de choisir leur fin de vie, le droit de mourir dans la dignité, le droit de disposer de leur corps en liberté. Il aurait pu renoncer à la vie d'une autre manière… en avalant toute une boîte de somnifères, par exemple. Mais non : il préfère y renoncer, en sortant par la grande porte, par la voie médicale. Et puisqu'elle n'est pas possible ici, il ira la trouver ailleurs.

Rose oscille entre des sentiments contraires. Et s'il avait raison ? Elle l'accuse de vouloir les quitter trop tôt par égoïsme. Mais n'est-ce pas elle, l'égoïste, qui veut le garder le plus longtemps possible auprès d'elle ? Quitte à nier ses souffrances, quitte à contrer sa volonté… Au nom de quoi lui enlèverait-elle sa liberté d'homme ? Si elle se met à sa place, si elle y réfléchit bien… n'aurait-elle pas la même envie de tirer sa révérence avant l'étape des souffrances extrêmes ? N'aurait-elle pas le même désir que lui de partir la tête haute, avec le sentiment d'avoir pris le contrôle de son destin, plutôt que de quitter la vie sans choisir le moment, quelque part entre deux étouffements fatals ?

Malgré tout, dès le lendemain, Rose essaie de faire changer Antoine d'avis, de le faire renoncer à son projet funeste. Elle ne parvient pas à accepter *sa* décision. N'a-t-elle pas son mot à dire ? Peut-il l'entendre ? Elle le supplie… Elle le comprend, mais elle le supplie.

— Promets-moi que tu resteras le plus longtemps possible avec nous…

Il lui promet qu'il essaiera, qu'il fera tout pour parvenir aux dix-huit ans de Lou, qu'il ira au bout de ses forces.

— Mais je me suis fixé une limite : je n'irai pas au-delà du premier symptôme de la forme bulbaire.

Déjà que je ne supporte pas la dépendance qui est la mienne…

À vrai dire, Antoine ne souhaitait pas aller jusqu'au point où Rose, ou quelqu'un d'autre, devrait le faire manger, « lui donner la becquée » comme il dit… Il ne voulait pas redevenir un bébé qu'on nourrit, qu'on habille, à qui on fait la toilette… Par orgueil, peut-être. Ou pas. Alors, pour Rose, il veut bien passer là-dessus, s'asseoir sur sa dignité d'homme. Pour lui laisser du temps supplémentaire. Pour *leur* laisser du temps.

Du temps, de la présence, c'est ce qu'elle lui demande. Elle a tellement peur du jour où il ne sera plus là… Elle n'arrive pas à s'imaginer vivre sans lui. Il faut pourtant s'y préparer, et plus vite que prévu, donc. Il lui parle de qualité de vie, de qualité de moments, plutôt que de quantité. Elle en convient, mais c'est plus fort qu'elle. Elle ne veut pas devoir compter. Elle ne veut pas enclencher un minuteur sur la vie de son mari. Elle pense à la limite qu'il a fixée. Elle va guetter chaque matin, chaque heure, l'arrivée du moindre symptôme, se demander : « Est-ce qu'il déglutit bien ? » Combien de temps leur reste-t-il ?

*

Au bout de deux jours, parce que son beau-frère est au chalet cette semaine, parce qu'il est toujours de bonne écoute et qu'elle ne peut plus garder le fardeau de cette nouvelle pour elle, elle finit par rompre le silence que son mari lui a demandé.

— Ton frère… Il veut aller en Belgique se faire euthanasier, lâche-t-elle quelque peu abruptement après une brève entrée en matière à laquelle il n'a rien compris.

— Mais non ?

L'incrédulité stupéfaite d'Arnaud est totale, le choc est tel qu'il s'affale sur la chaise de son bureau.

— Si…

Arnaud prend quelques secondes pour accuser le coup, puis poursuit dans ses pensées à voix haute.

— Mais pourquoi la Belgique ? C'est loin… Je croyais que la Suisse aussi permettait l'euthanasie…

— Ils ne pratiquent pas l'aide médicale à mourir, mais le suicide assisté. C'est le malade qui s'administre lui-même le produit en présence d'un médecin. Antoine est contre.

L'explication de Rose laisse Arnaud songeur quelques instants, avant qu'elle poursuive :

— Il m'a dit de ne pas en parler pour l'instant, mais je ne pouvais pas garder ça pour moi… Je ne réalise pas, je suis sonnée. Je suis parvenue à comprendre son point de vue, et surtout je crois que lui seul est à même de savoir ce qu'il veut et ce dont il se croit capable. Mais je n'arrive pas à accepter qu'il choisisse de nous quitter plus tôt…

— Ce sera toujours trop tôt, de toute façon. Tôt ou tard, il nous quittera trop tôt.

Rose hoche la tête. Il a raison. Quel que soit le moment, Antoine mourra trop tôt, trop jeune, de façon trop injuste.

Ils discutent ainsi pendant près d'une heure,

d'Antoine, de sa vie, de la mort, de leurs parents… Comment encaisseront-ils la nouvelle, de leur côté ? Arnaud, calme et philosophe, trouve des mots qui rassurent Rose. Peut-être a-t-il raison. Les mois « perdus » le seront-ils vraiment ? Que pourraient-ils vivre de plus, dans sa toute fin de vie ?

— Sa toute fin de vie, justement. Je l'aurais accompagné jusqu'au bout. Je n'aurais pas le regret d'avoir été privée des derniers moments volés à la maladie.

— Tu vas l'accompagner jusqu'au bout. C'est juste que le bout diffère dans la date. Et, en faisant cela, il t'épargne aussi, je crois, beaucoup de souffrances, que tu ne mesures peut-être pas encore, tant tu te concentres sur ce temps qu'il faut gagner, dont il faut profiter. Tu sais, je trouve sa décision plutôt courageuse, conclut Arnaud, une main sur l'épaule de sa belle-sœur. Sèche tes larmes, Rose… Elles ne te vont pas bien.

Comme s'il parlait de boucles d'oreilles. Elle sourit.

Quand elle retrouvera son mari, elle lui dira : « J'ai tout dit à ton frère. J'en avais besoin. » Il lui demandera ce que celui-ci lui a répondu, elle répondra : « Il te trouve courageux. » Et cela fera sourire Antoine.

67

Rebondir, encore

Malgré les difficultés de l'acceptation, malgré les angoisses et la tristesse, Rose trouve finalement la force de se ressaisir. Elle ne veut tout simplement pas gâcher le temps précieux qu'il leur reste. Chaque jour est un cadeau, elle en a conscience, elle en éprouve une sorte de gratitude. Antoine est là, encore… Elle doit se réjouir de cela plutôt que d'anticiper l'après. Il faut vivre ici et maintenant, l'instant présent. Dans l'amour et la tendresse. Et voler à la maladie des moments de joie. Il y en a toujours.

*

Antoine a entamé des démarches. Si l'euthanasie est légalisée en Belgique, elle n'en est pas moins très encadrée. Chaque cas est étudié avec la plus grande attention. Nul ne joue avec la vie. Les malades ne s'y rendent pas du jour au lendemain, avec pour seul discours : « J'en ai marre de la vie » ou « Je souffre trop ». Il s'agit d'un vrai parcours, le dossier médical doit être sévère et prouver l'incurabilité de la pathologie, les souffrances qu'elle engendre, son issue fatale. Il faut se rendre plusieurs fois sur place, pas seulement le jour J, pour des rendez-vous avec des médecins, espacés de plusieurs semaines, tout au long de la mise en place du protocole. L'équipe thérapeutique veut s'assurer que le malade est sûr de sa décision et la prend en toute conscience, devant témoins.

Fort de tout ce qu'il a appris, Antoine a donc contacté l'un des médecins d'une clinique. Et, malgré la fatigue, les douleurs et la longueur du trajet, Rose et lui y sont allés début novembre. Ils ont rencontré ce médecin dans son cabinet, ont visité les lieux. Ils ont pu poser toutes les questions qui leur venaient à l'esprit. Ils voulaient savoir quand, comment, les conditions, les démarches à effectuer… Antoine a eu la confirmation que son cas intégrait « parfaitement » les trois conditions inscrites dans la loi belge : le patient souhaite de lui-même bénéficier de l'aide à mourir, il est atteint d'une maladie grave et incurable, et il souffre. Le médecin leur a semblé doux et sympathique. Il a pris la copie de son dossier médical qu'Antoine avait effectuée en amont. Celui-ci passera en commission avec deux autres médecins : la collégialité de la décision garantit son objectivité. Antoine devra procéder à une demande écrite et signée, devant deux témoins. Il pourra l'envoyer. Mais il faudra la réitérer. C'est la loi. Et jusqu'au tout dernier moment, il aura le pouvoir de renoncer à sa décision.

Sur le trajet du retour, tous les deux éprouvaient un étonnant soulagement. Ils sont revenus rassurés et plus sereins… conscients et convaincus que c'était la bonne solution. Pour eux, en tout cas. Toutes les décisions sont respectables tant qu'elles sont réfléchies et n'attentent pas aux autres. Antoine avait un train d'avance, mais cette étape a donné à Rose l'adhésion qui lui manquait. À présent, elle sait qu'elle accompagnera son mari jusqu'au bout de sa démarche, main dans la main. Sans chercher à le freiner.

Sur le trajet, ils ont parlé de la suite. Maintenant que la décision d'Antoine est officielle, qu'ils ont entamé les premières démarches et recueilli toutes les informations nécessaires, il va falloir l'annoncer à leurs proches. À Lou, d'abord. Aux autres, ensuite. Comment réagiront-ils ? Sa mère pleurera, c'est sûr… Mais tous devraient comprendre, même si l'euthanasie n'est pas compatible avec certaines convictions religieuses. Qui voudrait vivre ce qu'Antoine endure ?

*

Ils ont tous respecté son choix avec beaucoup de pudeur et de dignité. Même Simone, en fervente catholique, a accepté tout de suite que son fils n'aille pas au-devant de souffrances insurmontables.

Antoine l'a également dit au docteur Poulain, à l'occasion de son rendez-vous trimestriel, à Lyon. Avec, au passage, un discours sur son incompréhension du système médical français qu'il a qualifié d'*archaïque*. Le neurologue semblait très gêné… Mais que pouvait- il répondre ? Il a dit qu'il *pouvait comprendre* et que, typiquement, la maladie de Charcot était un motif pertinent pour demander l'euthanasie. Il était bien placé pour savoir comment la vie de ces malades s'achevait dans de terribles souffrances. La sédation arrivait souvent bien trop tard, mais c'était la loi… Il n'allait pas la contourner. Ni pour Antoine ni pour personne.

— Il serait temps que la France se mette à la page, a maugréé Antoine. Les patients méritent tellement mieux !

*

Petit à petit, la mort programmée d'Antoine devient moins floue. Ils savent à quoi elle va ressembler. Ils l'apprivoisent. Seule la question du « quand » leur reste inconnue. Combien de temps tiendra-t-il encore ?

En attendant, Rose s'est mis en tête de concrétiser tous les désirs, toutes les envies, tous les derniers rêves d'Antoine. Elle lui a demandé d'écrire une liste. Enfin, *écrire…* dicter.

— Le tour du Mont-Blanc, c'est fait ! lui a-t-elle rappelé en riant.

— Ne me tente pas trop, a-t-il répondu pour la taquiner. Je ne suis pas loin de vouloir recommencer…

Antoine a dit cela, mais s'en sentirait bien incapable aujourd'hui. Il mesure à quel point son état s'est dégradé depuis le mois d'août.

Pour autant, il se met à réfléchir à cette fameuse liste… Que voudrait-il encore vivre avant son grand départ ? Il la peaufine pendant des jours dans son esprit.

Un matin, Antoine se réveille avec la certitude d'avoir trouvé tous les éléments de sa liste. Il a cherché à être raisonnable, a refréné l'envie d'apposer des rêves irréalisables parce qu'irréalistes au regard du temps – incertain – qu'il leur reste et de son état physique… sans parler des finances. Il a donc volontairement omis un tour du monde, une nage avec les dauphins, l'ascension du Kilimandjaro ou un voyage vers le Grand Nord à la recherche des aurores boréales et des ours polaires.

Il va trouver Arnaud, qui désormais vit presque à demeure chez eux, pour lui dicter sa liste. Rose s'attend à ce qu'il la lui dicte à elle, mais il veut la surprendre. Cela fait partie des petits plaisirs qui sont encore les siens.

C'est ainsi que, deux jours plus tard, Rose découvre, parmi d'autres courriers, une jolie enveloppe de belle taille. Intriguée, ne reconnaissant pas l'écriture, elle s'empresse de l'ouvrir, mais le plus délicatement possible, au moyen d'un ouvre-lettre.

La carte, à l'intérieur, porte cette citation : « Fais de ta vie un rêve et d'un rêve une réalité. » Rose sourit. Ouvre la carte et découvre la liste d'Antoine :

Survoler les Alpes en hélicoptère
Avoir un chiot
Retourner voir la mer une dernière fois
Manger dans un restaurant étoilé Michelin

Fêter Noël tous les trois
Descendre une piste de ski, juste une fois
Voir le printemps et l'été
Réunir famille et amis pour une grande fête
Fêter nos noces de cuir… même en avance
T'embrasser encore des milliers de fois
Accomplir mon dernier voyage avec toi et Lou

68

Respecter des souhaits

La lecture de la liste d'Antoine procure à Rose un mélange d'impressions diffuses, d'émotions, de surprise, de non-surprise, de sourires et de regrets. Elle ne s'attendait pas à l'hélicoptère, elle s'attendait à – espérait ? – une ligne « Faire la paix avec mon père », comme Hermance le lui avait demandé dans sa dernière lettre. Peut-être Antoine considérait-il que le *réchauffement* de sa relation père-fils suffisait ? Peut-être, mais Rose ne partageait pas vraiment cet avis : il lui semblait qu'une vraie conversation devait avoir lieu, que des mots devaient être posés, pour qu'aucune rancœur ne persiste. Elle en touchera un mot à Antoine.

Elle trouve doux mais étonnant le souhait d'Antoine de fêter Noël en trio… Mais qu'en dira la famille qui se verra écartée de ce qui sera le dernier Noël d'Antoine ? Rose imagine déjà Simone en larmes. La « grande fête » pourrait-elle compenser l'affront ?

Mais ce qui perturbe Rose au plus haut point, c'est ce qu'elle perçoit de l'incapacité d'Antoine à se projeter plus loin que les vacances d'été... Il n'a même pas évoqué les dix-huit ans de Lou, alors qu'évidemment il voudrait y être plus que tout. Il a parlé de voir le printemps et l'été... avec comme un doute sur l'été. Il n'y a qu'à relire sa curieuse proposition de fêter leurs deux ans de mariage en avance...

Antoine voit manifestement son avenir resserré, comme avec des œillères. Est-ce par intuition ? Par superstition ?

*

Rose ne veut pas perdre de temps. Elle parvient à réserver dans un restaurant classé 2 étoiles au guide Michelin situé non loin de chez eux, non sans avoir expliqué sa *situation.* Ils sont en tête de liste et auront une table sitôt qu'il y aura un désistement. Sans cela, ils auraient pu attendre longtemps...

Elle s'occupe du vol en hélicoptère. Voilà qui promet un moment magique.

Pour le chiot, cela faisait longtemps qu'ils n'en avaient pas parlé. Lou en avait toujours voulu un, mais ses *parents* avaient mis leur veto... Ce n'était pas faute d'en avoir envie, mais le chat Maxou détestait les chiens, et finalement ils avaient fait sans, même après sa mort. Rose trouve étonnant qu'Antoine exprime le souhait d'en avoir un, alors qu'il n'en profitera pas longtemps. Caprice d'homme à qui l'on ne peut rien refuser ? Ou bien est-ce un moyen d'assurer une autre présence dans le chalet ? Lou va être majeure, elle va partir faire ses études… Rose va se retrouver seule ici. Antoine sera-t-il rassuré de la savoir accompagnée ? Peu importe, au fond… Rose, qui a grandi entourée de chiens, les a toujours adorés, et puis elle a une envie folle et déraisonnable de faire plaisir à son mari… Alors, tant pis pour les contraintes inhérentes à l'achat d'un jeune chien avec lequel elle en aura pour les quinze années à venir. Elle assumera. Elle se met donc rapidement en quête du chiot qui fera autant leur bonheur que des bêtises. Un golden retriever serait parfait pour les deux !

La saison d'hiver arrivant, le ski ne sera qu'une simple formalité.

Pour les milliers de baisers, elle a déjà commencé.

Pour la fête, elle y réfléchit… Noël est dans trois semaines. Elle verra avec la famille.

Pour le dernier voyage avec Lou, c'était une évidence. Rose se demande même pourquoi il l'a précisé dans sa liste. C'est la première chose que Lou a dite, lorsqu'ils lui ont appris le projet d'Antoine : « Je veux être là. »

Pour la mer, vu la distance, Rose se dit qu'ils pourront réaliser un crochet par la Somme, avant de rallier la Belgique. Elle les voit très bien, tous les trois, passer une soirée du côté de Berck, marcher le long de la plage, puis déguster des huîtres. En réalité, elle pense de plus en plus à ces derniers moments. Au point de se dire qu'il avait raison, qu'ils seront sans doute plus joyeux et plus agréables qu'une lente agonie à l'hôpital.

*

Ils réalisent à trois les souhaits d'Antoine.

Le dîner au restaurant se révèle extraordinaire. Ils vivent cette expérience culinaire à l'unisson. Jamais leurs papilles n'ont connu une telle extase, au point d'en avoir les larmes aux yeux. Antoine a dégusté chaque plat, millimètre par millimètre, les papilles à l'affût de la moindre saveur, pour ne rien perdre de cette expérience hors du commun. C'était un enchantement. Heureusement que la SLA n'attaque aucun des sens.

Le Noël à trois s'est élargi à huit… La famille d'Antoine n'a pas pu renoncer à venir. Rose n'a même pas eu l'audace de les écarter de la fête. Elle a simplement cherché à limiter à Hugo, Simone et Jacques ainsi qu'Arnaud et Géraldine. Et ce fut un très joli Noël. L'un de leurs plus réussis. Peut-être pour l'émotion palpable qu'il y a eu autour de la table, dans tous les esprits, au-dessus du chalet.

Le tour en hélicoptère remporte, en janvier, tous les suffrages. Le survol du massif du Mont-Blanc se révèle tout bonnement magique. Le moins que l'on puisse dire, c'est que Lou avait l'enthousiasme démonstratif, pour ne pas dire un peu bruyant. Ils ont retrouvé la terre ferme avec des paillettes dans les yeux.

C'est aussi en janvier que le facétieux Bobby rejoint le trio. Il relève haut la main sa mission de faiseur de bêtises. Bientôt, on ne compte plus les chaussons attaqués, les pieds de table grignotés, les coussins déchiquetés… Au moins, il met de la vie et de la joie dans le chalet. Et fait rire toute la famille.

Un à un, les souhaits d'Antoine sont réalisés. Même si ce n'est pas le plus important. Même si l'essentiel est ailleurs. Dans la douceur du quotidien, dans l'amour qu'ils se portent, dans le sentiment permanent d'être en train de vivre tous les trois leurs dernières fois…

69

Sentir que le moment approche

La grande fête a eu lieu en avril. C'était un peu bizarre… Que fêtait-on, au juste ? Des adieux anticipés ? Antoine voulait simplement réunir ses proches autour de lui. Mais comment intituler l'événement ? Rose avait peiné à rédiger les invitations. Personne ne serait dupe, de toute façon. Tous avaient répondu présent. La plupart (les très très proches) savaient qu'ils auraient l'occasion de dire au revoir à Antoine de façon plus intime, plus tard. Là, ils ont festoyé, ripaillé, joué, chanté, dansé. Au milieu des sourires, quelques larmes discrètes. Mais la joie a su dépasser le reste, la souffrance de leur Antoine méconnaissable dans son fauteuil, l'absence d'espoir, la peine à venir.

À l'aube du mois de juin, Antoine n'en peut plus. De souffrances, de fatigue, de lassitude. Il a tellement tiré sur la corde qu'elle est devenue une cordelette élimée prête à rompre. Il s'apprête à lâcher. Rose et

Lou ne sont que compassion, soutien et amour. Mais elles ne se leurrent pas : il n'ira plus très loin, forme bulbaire enclenchée ou pas. Il s'accroche, pour elles. Sans doute par culpabilité de les laisser. Elles ont conscience qu'il attend leur feu vert. Dans son regard, quelque chose s'est éteint. Elles parlent souvent toutes les deux, de leur impression de le forcer à rester en vie. Elles ont beau culpabiliser, vouloir le libérer, elles ne parviennent pas à renoncer à lui. Elles s'y accrochent et ne veulent pas le lâcher.

Et puis, un jour qu'ils sont assis devant le chalet, tous les trois, à contempler la chaîne des Aravis, Rose accorde enfin à Antoine ces mots qu'il attend. « Nous n'avons pas le droit de te maintenir plus longtemps dans la vie. Tu es libre… » Même si cela signifie que Rose renoncera à fêter avec lui leurs noces de cuir et Lou ses dix-huit ans. Elles s'étaient mises d'accord. Il leur demande de le prendre dans leurs bras et il essaie de les serrer. « Merci », dit-il simplement, et dans ce *merci* on entend son soulagement, intense et profond. Sa vie tient à un fil… Il semble heureux qu'on l'autorise à le couper… La libération sera donc pour bientôt. Il en pleure de joie.

*

Il faut maintenant fixer une date.

Antoine calme son impatience : Lou va passer son bac et il est hors de question qu'elle le rate. Déjà qu'elle vit une année difficile… Alors, à défaut de la voir majeure, il se rassure en s'imaginant la voir bachelière. Cela lui rappelle le jour des résultats du brevet, il y a bientôt trois ans… la première fois qu'il a ressenti une bizarrerie dans sa jambe. Antoine a conscience que Lou va passer son bac dans des conditions psychologiques extrêmes. Mais il la sait forte et capable. Il n'y a qu'à voir son attitude, son sérieux, sa décision de quitter le lycée en novembre dernier, pour continuer sa terminale par correspondance et pouvoir ainsi vivre au chalet auprès de son père. Elle n'en pouvait plus d'être confinée dans sa chambre d'internat loin des siens.

*

Le 10 juillet. Il mourra le 10 juillet. En fin de matinée, dans la clinique de Bruxelles.

Il leur reste donc… vingt-huit jours.

Vingt-huit jours de vie à trois, de vie tout court. Vingt-huit jours pour vivre les toutes dernières fois, pour dire au revoir à tous. Vingt-huit jours pour faire le deuil d'une vie.

Le compte à rebours est lancé. Vingt-huit jours, est-ce vraiment assez ? Rose n'a pas la réponse. C'est le temps qu'il reste pour se préparer. Cela fait des mois, des années qu'ils tentent de s'y préparer ! Ils ont déjà accompli bien des deuils, des renoncements. Mais il reste le pire : l'adieu, et l'après. L'absence. Le vide. Le trou béant.

Rose voudrait vivre ces vingt-huit jours en vase clos. Tout contre son mari. Le garder juste pour elle et pour Lou. Mais c'est impossible… Maintenant que la date a été fixée, on accourt au chevet du condamné, dans une sorte de défilé des proches. On se parle, on se presse les mains, on s'embrasse… On se dit tout ce qu'on a à se dire. Parce qu'on sait, parce qu'on a le temps, parce que la mort leur laisse un sursis pour leur permettre ça. Et Antoine, malgré la fatigue, est heureux. Lui qui n'avait pas eu le temps de se préparer à la mort de Raphaëlle et d'Hermance éprouve un immense sentiment de gratitude d'avoir le temps de se préparer à la sienne, pour lui et pour ses proches. « C'est un cadeau de la vie », dit-il parfois à Rose.

Les derniers à passer au chalet, et ils y tenaient, ce sont ses parents. Ils ont pris deux jours, coincés entre les dernières épreuves du bac et les résultats… le plus près possible de *la* date. Simone pleure beaucoup. Évidemment. Elle ne peut pas croire que la prochaine fois qu'elle le verra, il sera enfermé dans un cercueil. Entre deux accès de larmes, elle parvient tout de même à parler à Antoine, à lui dire qu'elle l'aime, qu'elle est fière de lui, de son parcours, de tout ce qu'il a accompli, de ses qualités d'homme, de fils, de père et de mari. Elle le remercie aussi pour ces dernières années… Elle est tellement heureuse d'avoir pu assister à la réconciliation de ses deux fils et à leur complicité devenue forte et précieuse. Elle lui dit qu'ils veilleront tous sur Rose et sur Lou. Que sa femme est merveilleuse et qu'elle repense souvent à la première fois qu'elle l'a vue, sur le perron de la maison de Boulogne, habillée comme une ado… Ils se livrent à des anecdotes. À des confidences aussi. Ils arrivent à rire.

Jacques aussi a tenu à un moment seul à seul avec

son fils, à la grande surprise de celui-ci. Rose et Simone auraient beaucoup aimé être des petites souris pour les écouter…

Jacques s'assoit sur la chaise à côté d'Antoine. Laisse passer quelques secondes. Moins gêné que perplexe par la situation qui le prive des mots qu'il voudrait dire. Alors c'est Antoine qui commence.

— Je suis content que tu sois là, papa.

— Moi aussi, je suis content, dit Jacques en posant sa main sur celle de son fils. Encore que j'aurais aimé ne jamais vivre ça… Il n'y a aucune logique à perdre un enfant. Ça peut paraître cliché, mais c'est pourtant vrai, c'est aux parents de partir en premier.

— La vie n'est pas logique, assène Antoine d'un ton philosophe.

— Je n'ai pas été un bon père, dit Jacques tout à coup. Je voulais que tu saches cela, avant de partir : je sais bien que je n'ai pas été un bon père. Ni un bon mari, d'ailleurs… ni une bonne personne, sans doute. J'ai été trop fier, trop orgueilleux, trop ambitieux. J'ai fait des choix contestables, surtout te concernant. Je t'ai poussé dans une voie qui n'était pas la tienne, et j'ai eu tort. J'ai bien vu, toutes ces années que tu as vécues ici, comme tu t'es épanoui dans ton domaine, dans la montagne… C'est bien. Je suis heureux que tu aies fait tes propres choix. Je ne les ai pas compris, à l'époque. À présent, je suis fier de toi, de ton courage. Tu m'as donné une leçon de vie et, sincèrement, je crois que tu avais raison : tu es plus doué pour le bonheur que moi. Je n'ai jamais su très bien ce que c'était. Je ne le saurai sans doute jamais… surtout pas après…

Antoine ne trouve pas vraiment les mots pour répondre à ceux, surprenants, de son père. Il murmure simplement :

— Mamie serait contente de nous voir, là…

Et c'est un peu comme s'il avait accordé son pardon à son père.

70

Préparer le voyage

6 juillet… J moins 4. Le compte à rebours résonne dans toutes les têtes. On essaie de ne pas y penser, mais on ne fait que ça. Tout le temps. Pendant les repas, pendant les jeux, pendant les promenades.

Antoine passe un temps fou devant le chalet, près du banc. Là où Rose et Lou lui ont lâché la main et lui ont dit « OK ». Mais surtout là où la vue sur la montagne est la plus belle. Il contemple cette muraille brute. Avec un sourire léger sur les lèvres. Il repense à toutes ses marches, à toutes ses aventures. Et à sa vie ici. Toutes ces années dans le chalet du bonheur… Il revoit sa grand-mère avec son tablier, confectionnant sa tarte aux pommes (tiens, il aurait pu mettre ça sur sa liste… mais, de toute façon, Rose en fait toutes les semaines), il la revoit assise sur le banc là-bas, près du Borne, lui tournant le dos, surtout le 14 juillet. Il pense à Lou. Sa grande Lou qui va sans doute décrocher le bac ce soir. Elle veut devenir monitrice de ski et guide en montagne. Comme lui. Tant qu'elle a le bac, elle fera bien ce qu'elle voudra ensuite. Il pense à Rose… sa jolie Rose. La fée Rose, le soleil Rose. Que serait-il devenu sans elle ? Elle lui avait ouvert les yeux, l'avait amené à voir les choses et l'existence autrement… S'il a eu le courage de changer de voie et de vie, pour être au plus près de ses rêves d'enfant et de son être réel, c'est grâce à elle. Elle a mis de la vie dans sa vie. Elle l'a rendu riche de tout, sauf d'argent. Elle était celle qu'il devait rencontrer… *Il n'y a pas de hasard, il n'y a que des rendez-vous…*

*

J moins 3.

Hier soir, Lou a décroché son bac. Avec mention. Ils ont fêté l'événement autour d'une fondue aux cèpes, avec Hugo. Cela marquait un tournant, une sacrée étape, le début d'une ère nouvelle.

Ils partent demain matin. Déjà. Rose prépare les valises. Il ne s'agit pas seulement de choisir des tenues pour quelques jours… Elle veut que tout soit parfait. Que les dernières heures d'Antoine soient à son image. Il a émis des souhaits sur ce qu'il aimerait vivre, boire et manger pendant ce dernier voyage. Elle compte bien les exaucer. Elle a rassemblé tout ce qu'elle doit emporter. À commencer par le costume de mariage d'Antoine, qu'il a choisi de revêtir pour le dernier jour de sa vie.

Demain soir, ils seront sur les rives de la mer du Nord, en Belgique.

Les bagages sont prêts. Il reste quelques heures pour profiter. Que faire, en pareilles circonstances ? C'est leur dernier après-midi, ici, ensemble… Parmi la multitude d'activités possibles, il n'est pas facile de choisir.

Antoine a tenu à se rendre au cimetière. Il voulait se recueillir sur la tombe d'Hermance. Lui dire au revoir… ou plutôt à bientôt. Venir ici-bas une dernière fois, avant de la retrouver là-haut.

Les premiers estivants arrivent. Le Grand-Bornand s'anime déjà. Ce sera bientôt la fête de la montagne. Mais peu importe. Peu importe la vie des autres. Plus rien ne compte que ce qu'ils vivent et ce qu'ils vont devoir affronter.

S'il avait tenu debout, Antoine aurait aimé marcher… alors il roule sur la route en guise de promenade, entre les deux femmes de sa vie. Ils ne se parlent pas vraiment, repliés dans leur silence. L'heure n'est pas encore venue. Chacun se recueille dans son esprit, chacun se prépare à sa manière. C'est autant une expérience collective qu'une expérience intime.

Le soir, ils font un feu. Non qu'il y en ait besoin, vu la température. Mais c'était le souhait d'Antoine. À l'intérieur du chalet, il a toujours préféré l'hiver. Ils ont mis un peu de musique. Ils font griller des chamallows au bout d'une pique, dans la cheminée. Ils mangent des chocolats et des bugnes, sous les yeux pleins d'amour de Bobby. Antoine voulait un dîner sucré, tout à fait régressif. Et boire du bon vin blanc. Ils ont ouvert leur meilleure bouteille qu'ils dégustent jusqu'à la dernière goutte. Ils sont un peu ivres, à la fin… mais qu'est-ce que c'est bien !

Avant d'aller se coucher, ils sortent sur la terrasse derrière le chalet et contemplent les étoiles. Dans trois jours, le ciel en comptera une de plus.

Cette nuit, le sommeil joue les farceurs. Qu'il est difficile de fermer l'œil… Rose se blottit contre Antoine et le respire. Elle frotte son nez dans ses cheveux. Le corps qu'elle tient entre ses bras n'a plus rien de celui qu'il a été, mais elle l'aime tout autant. C'est celui de son Antoine. C'est celui qui va disparaître. Plus que deux nuits après celle-ci. Elle ne veut pas y croire. Le serre un peu plus fort. Antoine ne dit rien. Il a du mal à déglutir… Est-ce l'émotion ou le début de la phase terminale ?

C'est sa dernière nuit ici. Les pensées et les images se bousculent. Aura-t-il vraiment la force de dire encore « oui », au médecin, mardi matin, de quitter cette vie, ce cocon, sa famille ?

71

Passer de l'autre côté

Ils sont partis au petit matin. Pour une longue route. Rose a eu du mal à conduire seule sur un si long trajet, et ballottée dans un flot ininterrompu de pensées contradictoires qui ne lui laissent aucun répit. L'angoisse et le désarroi le disputent à l'acceptation et à une grave sérénité, les certitudes au doute… Elle a beau se répéter que c'est le bon choix, elle se demande quel sens cela a de devoir quitter le pays pour avoir le droit de mourir dignement. De faire tous ces kilomètres… Elle aurait aimé qu'Antoine meure chez eux. Ou tout près.

Ils ont parlé pendant le trajet. De tout, de rien. De choses sans importance. La majeure partie du temps, Lou a gardé son casque sur les oreilles. Elle n'arrive pas à faire semblant, à vivre ce trajet comme n'importe quel autre. Ils se dirigent vers la mort choisie de son père. Elle comprend, elle a accepté sa décision, mais elle ne peut pas feindre la sagesse, encore moins la légèreté. Elle pense à Hugo qui pense à eux… Quand elles reviendront, il sera là. Elle pourra alors pleurer toutes les larmes de son corps dans ses bras.

Ils se sont garés devant l'hôtel, ont fait sortir Antoine. Se sont installés dans leur chambre, après avoir répondu « non » à la réceptionniste tout sourires qui a pris un air trop aimable pour leur demander s'ils étaient là « pour découvrir la région ». Lou a eu envie de lui faire ravaler son onctuosité commerciale en lui rétorquant un « pour mourir », mais elle n'a rien dit. Elle sent monter de plus en plus en elle la nervosité et le trac. La peur. Du moment. De l'après. Des regrets. Mais elle est comme Rose : elle doit tout mettre en œuvre pour ne pas gâcher leurs derniers moments. Elle voulait être là. Sans doute ne pensait-elle pas que ce serait aussi difficile. Profiter jusqu'au bout, s'étaient-ils promis, mais comment profiter quand on sait ce qui va arriver ?

Ils sont allés au restaurant. Près de l'hôtel, face à la mer. Ils ont commandé un énorme plateau de fruits de mer et bu du sauvignon. Ils ont parlé de tout, et de l'avenir, surtout. Antoine a fait promettre à Lou d'être la meilleure fille possible avec Rose. Il leur a redit, à toutes les deux, que toute la famille serait là pour les entourer. Surtout Arnaud, qui s'est engagé à veiller sur elles. Avec Géraldine, ils veulent s'installer non loin du chalet. Il faut simplement qu'elle trouve un travail en Haute-Savoie, mais cela ne devrait pas être trop difficile. À quelques heures de laisser les deux êtres qui l'aiment plus que tout, Antoine n'a pas peur, il veut les rassurer, les apaiser, il est triste non de partir mais de leur infliger un nouveau chagrin. Un chagrin dont il est la cause et dont il ne pourra pas les consoler.

Pendant tout le repas, Rose a regardé son mari en se disant : « Regarde-le, regarde-le… bientôt il ne sera plus. » Et elle qui ne pouvait rien avaler le dévorait des yeux en essayant de graver chaque seconde de ce dîner dans sa mémoire.

*

Ils ont passé la matinée du lendemain à paresser au lit, à prendre le temps, à se promener. Une matinée détente semblable à tant d'autres… Ils ont repris la route en début d'après-midi pour rejoindre Bruxelles et la clinique. Rejoindre la dernière chambre d'Antoine.

« Ça va aller », n'arrêtait-il pas de répéter à Rose et Lou, qu'il sentait sur le point de perdre pied.

À mesure que le temps restant s'amenuisait, leur cœur, leur amour, leurs sentiments, leur angoisse les dépassaient. Trop d'émotions, beaucoup trop… Ce n'était pas humain, de vivre ça. Comment Antoine pouvait-il attendre d'elles qu'ils fassent la fête ce soir ?! Alors qu'elles n'avaient au fond qu'une seule envie : qu'il renonce lui-même à son projet funeste. Pour grappiller encore du temps. Ce temps derrière lequel tout le monde court frénétiquement. Ce temps si précieux qu'il vaut tout l'or du monde.

72

Laisser partir

Ils sont tous les trois dans cette chambre de la clinique. Il n'y a plus de mer, de plage, de restaurant, de touristes. Dehors, c'est la ville, les immeubles, le béton et la circulation. « Drôle d'endroit pour mourir », se dit Lou. Les mines sont graves, les corps empruntés dans ce décor à la neutralité froide. La chambre ressemble à toutes les chambres d'hôpital. Murs bleus, draps blancs. Une télé. Des spots à la lumière blafarde.

Nonobstant ce décor, Antoine veut absolument revoir sur le visage de sa femme et de sa fille un peu de la joie d'antan. « Je veux emporter vos sourires avec moi », leur enjoint-il avant de demander qu'on ouvre la bouteille de champagne. Rose n'a jamais su très bien s'y prendre, elle se débrouillait toujours pour qu'Antoine s'en charge, *avant*. Elle se crispe sur le bouchon, gonfle les joues, grimace sous l'effet de l'effort, ce qui a le mérite de faire éclater de rire Lou. D'un rire franc qui les surprend tous les deux et les contamine. Qu'est-ce que ça fait du bien de rire ainsi, même si ça ne permet pas d'ouvrir la bouteille ! Lou s'y essaie à son tour, imite Rose, avec la même inefficacité… et les mêmes rires. Le trio doit se rendre à l'évidence : il ne leur reste plus qu'à trouver un membre du personnel pour résoudre leur problème.

Quelques minutes plus tard, ils sirotent le champagne dans les flûtes d'Hermance, en mangeant des fraises et du chocolat. Ils n'ont pas vraiment porté un toast. Ils ont dit : « À nous ! » Rose a dit, les larmes aux yeux : « À toi… » Et il a rétorqué : « À vous, surtout. »

C'est leur dernier soir. Ils ne savent pas bien si c'est l'heure du dernier discours officiel, ou si ce sera mieux demain, juste avant. De toute façon, ils se sont déjà tout dit… Que pourraient-ils ajouter qui ne soit pas une répétition ou qui ne soit pas dérisoire au regard de ce qui les attend ?

Ils s'endorment sur le tard, tous les trois serrés dans le lit deux places, Antoine, les bras en croix, accueille la tête de ses deux aimées. Il ne dormira pas vraiment… Dans quelques heures, il aura toute la mort pour ça. Alors, il lutte pour garder les yeux ouverts, écouter la respiration de Rose et de Lou, les expressions de leur sommeil agité. Il n'a tellement pas envie de les quitter… Et dans le noir de la chambre, sûr qu'elles ne peuvent pas les voir, il se laisse enfin aller aux larmes.

*

Le médecin est là. Le trio a disposé de quelques petites heures pour partager, encore un peu, gestes tendres et mots d'amour dont ils voudraient faire d'impossibles réserves. Tous les trois. Deux à deux, aussi, selon le souhait d'Antoine de passer encore quelques minutes seul à seule avec chacune.

Dire à Lou tout le bien qu'il pense d'elle, toute la fierté qu'il éprouve, toute la confiance qu'il a en son avenir. Lui dire aussi qu'il espère qu'Hugo continuera à la rendre heureuse, et qu'elle aura un jour des enfants… Qu'elle doit suivre son intuition et faire ses choix librement. Qu'il ne la perd pas de vue, de toute façon…

Dire à Rose qu'il l'aime plus que tout et pour toujours. Qu'il lui doit les presque dix-huit plus belles années de sa vie. Qu'elle est extraordinaire… Qu'elle ne doit pas être malheureuse. Qu'il n'est pas malheureux… au contraire. Qu'il est soulagé, qu'il part serein, qu'il a hâte de ne plus souffrir. Qu'il l'aime jusqu'aux étoiles…

Et lui offrir un fin bracelet de cuir bleu.

*

Le médecin est là, donc.

Comme prévu, il installe la perfusion. Ils sont quatre. Dont un homme, allongé, qui dénote dans son costume de marié. Dans tous les regards, la même gravité. Dans celui d'Antoine s'ajoute une détermination sereine. Il est prêt.

Il tient la main de Rose et de Lou dans chacune des siennes. Elles s'agrippent à lui, le visage ravagé, crispé, à l'image de leurs esprits qui se refusent à lâcher Antoine… même s'il le faut.

Le médecin attend patiemment leur accord. Sont-elles prêtes ? Elles acquiescent, les larmes aux yeux. Comment pourraient-elles l'être ? Alors il pose la question habituelle : « Monsieur Dussac, souhaitez-vous toujours bénéficier de l'aide à mourir ou avez-vous changé d'avis ? » Antoine s'embrouille... Oui, non. Oui, il est toujours et plus que jamais d'accord ; non, il n'a pas changé d'avis. Rose bloque sa respiration, sous le coup de cette phrase. Qu'espérait-elle ? Qu'il changerait d'avis ? Depuis qu'il a pris sa décision, sa détermination n'a jamais marqué le moindre fléchissement, elle n'a même eu de cesse de s'affirmer.

Le médecin va donc procéder à la piqûre et à l'injection du produit létal. C'est comme une anesthésie profonde, comme s'il allait simplement passer au bloc opératoire. Sauf qu'il ne se réveillera pas.

Lou ne peut s'empêcher de penser à Maxou. Quand son père lui avait annoncé son intention d'être euthanasié, sa première image avait été celle du chat d'Hermance, à la clinique vétérinaire, où elle avait beaucoup pleuré. Et c'est si étrange, inconcevable de se trouver là, dans cette scène surréaliste, avec son père allongé et perfusé... et devoir lui dire au revoir ici et maintenant. « Papa, je t'aime », s'écrie-t-elle d'une voix qui s'étrangle. « Je t'aime aussi, ma puce, je t'aime très fort et pour toujours. Et je serai toujours là. Tu sais où regarder, hein ? » Lou s'essuie les yeux... parce que les larmes lui brouillent la vue. Et puis elle aurait voulu lui donner une autre dernière image d'elle. Mais c'est trop.

Antoine se tourne vers Rose, qui tente un sourire malgré sa bouche qui voudrait plutôt se tordre de chagrin. Sa gorge est nouée, alors que le médecin pique le bras d'Antoine. « Va, mon amour », souffle-t-elle en retenant ses larmes le temps que le produit agisse.

Antoine sombre aussi vite dans un sommeil infini. Après quelques secondes en apnée, Rose et Lou s'effondrent sur le corps sans vie de leur mari et père.

73

Rentrer et lui rendre hommage

Antoine est mort ce 10 juillet à 11 h 47. Comme l'exige la loi, son corps a été conservé à la morgue pendant vingt-quatre heures (les vingt-quatre heures les plus insensées de la vie de Rose). Le camion des pompes funèbres est venu chercher le cercueil avec Antoine dedans. Puis le trajet du retour, plus éprouvant encore que l'aller. Enfin l'arrivée au chalet, tard le soir du 11 juillet.

*

Jacques, Simone, Arnaud et Géraldine les y attendaient. Avec Hugo. Rose et Lou leur sont tombées dans les bras, dépassées par la fatigue et les émotions trop fortes.

Ensemble, ils sont allés au funérarium le lendemain. Le cercueil, fermé, ne permettait pas de voir Antoine, mais Rose les a rassurés : il est mort en souriant. Déjà soulagé par la fin de ses souffrances. Lorsqu'elle avait vu son visage, juste après, elle a pu constater à quel point elle n'avait plus eu l'occasion depuis longtemps de le considérer ainsi, parfaitement détendu. Même dans son sommeil, Antoine grimaçait de douleur. Rien que pour cela, Rose sait qu'il a pris la bonne décision. Il est enfin tranquille. Elle a dit merci au médecin belge.

Le 13 juillet, tout le monde était là pour la cérémonie civile. Même les copains de Paris. Même Manon que Rose n'avait pas vue depuis plusieurs années.

Il y a eu des discours, beaucoup d'émotion. Lorsque le cercueil a été emporté pour la crémation, Simone a jeté un cri. Rose lui a serré la main. Et bientôt, au milieu des larmes, on a vu émerger des sourires. La musique était moins triste, et surtout, face à eux, des photos d'Antoine retraçant sa vie se sont mises à défiler. Antoine sur son tricycle, Antoine et Arnaud, Antoine avec des cerises en guise de boucles d'oreilles et quatre dents en moins, Antoine en communiant, Antoine sur les skis, Antoine qui nourrit une marmotte, Antoine qui se marie avec Raphaëlle, Antoine avec Lou, Antoine avec Rose, Antoine en moniteur ESF, Antoine en fauteuil, mais toujours Antoine qui sourit. Antoine plein de vie. Celui qui restera toujours ainsi, au fond d'eux. Et puis, cette surprise, à la fin... Antoine en vidéo, depuis son fauteuil électrique, qui leur adresse ce message : « Coucou, la famille, coucou, les amis... Ne soyez pas trop tristes. Maintenant, je suis bien... Soyez heureux, vivez à fond, et aimez ! » On a à peine eu le temps de penser au cercueil avalé par le four puis réduit en cendres. C'était le dernier souhait d'Antoine, a confirmé Arnaud, son complice. Dernière mission réussie : les photos, sa vidéo surtout, ont produit un effet certain. Étrangement, on avait plus envie de sourire que de pleurer…

*

Rose et Lou ont gravi avec émotion le « chemin des bouquetins », celui qui monte depuis le parking du col de la Colombière vers le lac de Peyre. Cela faisait longtemps… Quel sentiment étrange de parcourir ces mètres sans Antoine. Pourtant, il est avec elles. Il est partout en elles et autour d'elles. Parfois, malgré le vide du chalet et le vide dans leur cœur, il leur semble qu'il ne les a pas vraiment quittées.

Elles arrivent enfin au lieu voulu. Toujours le même. Ce petit endroit d'où le panorama est unique. Ce petit endroit à eux. Ce petit endroit où Antoine a demandé la main de Rose. Ce petit endroit qu'elles ont choisi pour lui. Tellement évident. Avec la certitude qu'il y pensait lui-même, sans l'avoir dit… pour qu'elles devinent. Où pourrait-il être mieux ?

Rose pose son sac à dos. Boit un peu, propose sa gourde à Lou, puis sort un carton du sac, qu'elle ouvre et dont elle retire l'urne. Comme elles l'ont décidé plus tôt, elles creusent à mains nues dans la terre pour y aménager une cavité dans laquelle elles déversent une partie des cendres. Elles les recouvrent ensuite avec le plus grand soin, puis déposent une grosse pierre dessus. Ici, elles pourront venir se recueillir.

Rose et Lou se redressent avec le sentiment d'avoir accompli la première partie de leur mission. Elles se prennent dans les bras, pour se donner encore un peu de force, puis s'avancent vers le vide pour y disperser, au vent, le reste des cendres. Elles les contemplent avec émotion s'éparpiller devant elles, et prennent une grande inspiration, à la recherche du souffle qui leur manque. Antoine est redevenu poussière.

Au fond d'elles, malgré la tristesse et le manque, la sérénité et la paix commencent à s'infiltrer.

74

Vivre, après

Lou a célébré ses dix-huit ans, passé son permis et intégré la formation qu'elle voulait pour devenir guide… à Thônes, tout près. Hugo est un soutien infaillible, un véritable amour.

Rose a repris le travail, la danse, le patinage… difficilement, mais avec l'envie de se redresser. Antoine aurait détesté la voir et la savoir déprimée. Alors, tous les jours, elle lutte contre l'envie de ne rien faire et de se laisser aller ; tous les jours, elle essaie de sourire un peu plus à la vie… comme avant. Et chaque jour plus que la veille, elle réussit, au moins un peu.

La vie, avec le temps, reprend ses droits. Même si le vide est atroce, même si Antoine lui manque terriblement. Heureusement, elle est bien entourée. Il y a Cyrielle, il y a Hugo, et Arnaud qui a tenu la promesse qu'il avait faite à son frère de veiller sur elles.

*

Rose a eu envie de fêter Noël au chalet, comme avant… Elle a donc invité les parents d'Antoine, les siens, son frère et sa sœur, sa marraine avec son mari et, bien sûr, Arnaud, Géraldine et Hugo. Les plus proches, donc. Elle avait envie de chaleur, comme autrefois. Antoine aimait tant Noël, ici. Arnaud et Géraldine ont une annonce de taille : elle a trouvé du travail à La Clusaz, ils ont déniché un appartement au Grand-Bornand et… ils vont se marier ici l'été prochain ! Autour d'eux, c'est la liesse. Que de belles nouvelles ! Comme cela réjouit les cœurs, après cette année difficile…

Il est bon et doux de se retrouver ainsi en famille, autour du feu, dans le salon, avec le sapin joliment décoré. À son pied, les cadeaux s'amoncellent. On les ouvre fébrilement. Il y a des cris de surprise et des cris de joie.

Rose a déballé ses cadeaux, elle aussi. Mais n'a pas vu Arnaud qui s'avance vers elle, une enveloppe à la main et une certaine émotion dans les yeux.

— J'ai quelque chose pour toi… de la part d'Antoine, précise-t-il. Il m'avait demandé de te la donner à Noël.

Encore une surprise d'Antoine… Très réussie. Comment aurait-elle pu s'attendre à un cadeau posthume ? Elle attrape avec fébrilité l'enveloppe tendue par son beau-frère. À son poignet, le bracelet de cuir bleu qui ne la quitte jamais. Ses mains tremblent, ses yeux sont déjà embués. Face au trop-plein d'émotion, Rose se réfugie à l'étage, dans *leur* chambre, et s'assoit sur son lit… leur lit d'avant. Ne prend pas le temps de chercher l'ouvre-lettre que dans sa confusion elle ne trouverait pas, décachette fiévreusement l'enveloppe. En retire une lettre tapée à l'ordinateur. Tout en bas, un prénom dont le tracé grossier et tremblant rappelle une écriture enfantine… *Antoine.* Antoine qui ne pouvait plus écrire autrement que quelques tout petits mots plus balbutiants que ceux d'un élève de CP. Rose ne peut s'empêcher de sourire. Elle retrouve dans cette lettre la générosité de son mari et son désir permanent, éternel de la surprendre. Touchée…

Le 15 juin
Ma fée,
Mon amour,

Si tout va bien, voilà 167 jours que je ne suis plus de ce monde. Tu vas peut-être trouver ma phrase bizarre. Oui, j'ai bien dit « si tout va bien » (et ça ne signifie pas seulement qu'Arnaud t'a bien donné ma lettre ce 24 décembre).

Entre ce jour où je t'écris et ce jour où tu me lis, il se sera passé du temps… et je veux croire qu'il t'aura apporté l'acceptation pleine et entière de ce que j'ai vécu, de ce que nous avons vécu ensemble… et de mon absence.

N'aie aucun regret. Je suis parti, sans regret aucun. J'ai eu beaucoup de chance, dans la vie, malgré mes deux grands malheurs. La mort m'a privé de mes deux amours, Raphaëlle est partie trop tôt, et là, c'est moi qui pars… Mais j'ai eu une belle vie. J'ai aimé, j'ai été aimé… très fort. J'ai eu la plus merveilleuse des filles. Et j'ai eu la chance et l'honneur (oui, j'assume ce mot) de te rencontrer et de vivre avec toi le plus beau des amours, dans le respect et la joie, dans la tendresse et l'estime. Tu étais ma fée, et je sais que tu le resteras jusqu'à mon dernier souffle.

Je voudrais te dire merci. Je ne sais pas si j'aurai l'occasion de te le dire avant mon grand départ, alors je te l'écris : MERCI. *Pour la leçon de vie que tu m'as donnée, pour la joie au quotidien, pour tout ce que tu as fait pour ma fille…* notre *fille…* ta *fille, désormais. Je suis si heureux d'avoir pu t'épouser, si fier que tu portes mon nom. Merci d'avoir dit oui, là-haut (oserais-je parier que tu y as déversé mes cendres, aussi ?). Merci d'être restée jusqu'au bout, merci de m'avoir soutenu et supporté, merci d'avoir accepté que je parte un peu plus tôt… Je n'ose pas imaginer dans quel état de décrépitude j'aurais passé ce Noël avec vous… Je préfère mille fois m'imaginer trinquer là-haut avec Hermance et les autres.*

Je ne vais pas être beaucoup plus long… À quoi bon ? Tu sais déjà tout ce que je n'aurais pas écrit. Mais je voulais aussi t'adresser quelques mots, pour ton avenir.

D'abord, même si j'imagine la détresse et le vide causés par ma disparition, je veux que tu te relèves, que tu souries, que tu reprennes goût à la vie, que tu retrouves la Rose que j'ai connue (et que j'ai quelque peu perdue, malgré tout) : joyeuse, fantaisiste, un peu folle parfois, heureuse d'un rien. Je veux que tu sois heureuse. Que tu fasses tout pour. Que tu attrapes tout ce que la vie peut t'offrir. Tu le mérites tant…

Je ne compte pas m'étendre sur ton rôle de mère… Tu as toujours eu l'instinct. Lou et toi, c'est une longue his-

toire complice et je vous souhaite de grandir encore et de vieillir ensemble. Je suis d'une confiance absolue quand je pense à vous deux.

Et pour finir… Tu vas avoir quarante ans… Tu as encore toute la vie devant toi. Je sais que tu m'as aimé avec toute la sincérité et toute la force possibles, mais je ne tiens pas à ce que tu me restes fidèle (sourire). Évidemment, tu es en deuil et je ne sais que trop ce que tu peux endurer (bien que, j'en suis heureux, tu aies pu commencer le tien avant ma disparition et je crois que c'est une chance). Mais le jour viendra où tu rencontreras quelqu'un qui fera battre ton cœur… Ne te ferme pas. Aime… Il n'y a rien de plus précieux sur cette Terre. Crois-en mon expérience : lorsque j'ai perdu Raph, tu sais à quel point je ne croyais plus en rien ; mais tu es bien placée pour savoir comme finalement j'ai pu aimer et être heureux ensuite… sans doute encore plus fort. Grâce à toi.

Alors, voilà ce que je voulais t'offrir pour Noël : ce message et ta liberté d'aimer, un jour, un autre. Tu as mon consentement, mon approbation, ma bénédiction absolus.

Sois toi, toujours.

Je t'aime jusqu'à l'infini.

Antoine

Épilogue

Quatre ans ont passé depuis la mort d'Antoine.

Comme chaque année, le 10 juillet, que le soleil brille ou qu'il pleuve, Rose et Lou montent au-dessus du col de la Colombière se recueillir là où Antoine est inhumé.

Elles s'assoient là, en face du panorama, en face de la chaîne du Mont-Blanc. Elles admirent le spectacle de la montagne, de la nature. Elles se remémorent des souvenirs. Elles parlent d'Antoine.

Quatre ans après, elles sont en paix. Elles ont trouvé la sérénité. Elles vivent, elles s'efforcent d'être heureuses.

— Rose, je voudrais te demander quelque chose, commence Lou, avec une timidité inhabituelle.

— Qu'y a-t-il, ma chérie ? demande Rose avec douceur, étonnée.

— J'ai bien réfléchi. Tu es ma mère adoptive, tu m'as toujours élevée… Ce n'est pas comme si c'était oublier ou blesser ma mère de naissance…

— Oui…

— Je voudrais t'appeler « maman ».

Des larmes de joie s'échappent des paupières de Rose.

— Je voulais te le demander ici, parce que papa est tout près, et parce que cela fait longtemps que... enfin voilà.

— Oh, ma Lou... murmure Rose en séchant ses yeux, la voix étranglée par l'émotion. Mais bien sûr que je suis d'accord. Il n'y a rien qui pouvait plus me toucher !

Lou se tourne vers elle, un sourire amusé aux lèvres.

— Rien, c'est sûr ?

Rose la regarde, sans comprendre.

— Maman...

— ...

Rose ne trouve pas à répondre. Il va falloir qu'elle s'habitue à ce mot, même si elle sait déjà qu'elle ne se lassera jamais de la douceur de l'entendre...

— Je vais être maman, moi aussi.

Face à la chaîne du Mont-Blanc, deux femmes contemplent autant l'horizon que l'avenir ouvert du champ des possibles... une mère et sa fille... deux fées qui sourient au ciel.

REMERCIEMENTS

Lorsque j'ai écrit *La Mélancolie du kangourou*, je n'avais pas envie de quitter mes personnages. J'avais prévu un épilogue qui aurait donné des nouvelles d'eux, quelques années plus tard… Mais j'ai eu l'envie de retrouver Antoine, Rose, Lou et Hermance, de vraiment les retrouver.

Et beaucoup d'entre vous, chers lecteurs de *La Mélancolie…*, partagiez ce souhait, de ce que j'ai pu lire souvent. Combien de fois je vous ai sentis heureux de savoir qu'une suite allait paraître ! J'espère ne pas vous avoir déçus, et que vous ne m'en voulez pas trop pour ce que je leur ai fait vivre dans ce roman ! Mais j'avais autant l'envie de les retrouver que d'aborder un thème pas facile. J'espère que vous les avez suivis dans leurs joies et leurs peines, et que vous m'avez suivie, moi, dans ce que je voulais transmettre.

Je tiens à vous remercier en premier, chers lecteurs… pour tout le bonheur que vous me procurez au quotidien, pour vos mots touchants, pour votre fidélité grandissante, pour votre soutien. Il me tarde de revenir vers vous dans les librairies, les salons du livre, les médiathèques, même si je n'ai pas le don d'ubiquité et que je ne peux pas aller partout…

Un grand merci à toute la maison Michel Lafon pour votre confiance, votre travail, tout ce que nous avons vécu ensemble et tout ce qu'il nous reste à vivre.

Un merci tout particulier, une nouvelle fois, à Maïté, mon éditrice de choc ! C'est toujours un plaisir de travailler et de grandir avec toi.

Un autre merci à toute l'équipe du Livre de Poche, qui redonne naissance à mes romans.

Merci aux libraires qui font un travail formidable, aux journalistes qui me lisent et parlent de mes livres, aux blogueurs qui me suivent ou me découvrent… et merci à mes amis-copains auteurs (c'est toujours une joie de vous retrouver).

Merci à mes proches, ma famille, mon chéri, mon fils, mes amis pour votre présence, votre amour, nos moments partagés… Je vous sais heureux pour moi et (un peu) fiers, et cela me touche profondément.

Merci à tous de participer à mon rêve.

À bientôt.

Table

De la même auteure
aux éditions Michel Lafon :

La Délicatesse du homard, 2017
La Mélancolie du kangourou, 2018
L'Ivresse des libellules, 2019
L'Embarras du choix, 2019
Le Craquant de la nougatine, 2021

Retrouvez l'auteure sur

Facebook
Lauremanelauteur

Instagram
lauremanel

PAPIER À BASE DE
FIBRES CERTIFIÉES

Le Livre de Poche s'engage pour l'environnement en réduisant l'empreinte carbone de ses livres. Celle de cet exemplaire est de :
250 g éq. CO_2
Rendez-vous sur
www.livredepoche-durable.fr

Composition réalisée par MAURY-IMPRIMEUR

Achevé d'imprimer en France par
CPI BRODARD & TAUPIN (72200 La Flèche)
en avril 2021
N° d'impression : 3043202
Dépôt légal 1re publication : mai 2021
LIBRAIRIE GÉNÉRALE FRANÇAISE
21, rue du Montparnasse – 75298 Paris Cedex 06

85/8644/7